DANS LES OMBRES BRISÉES

LES ENQUÊTES DE DÉTECTIVE MARK TURPIN

RACHEL AMPHLETT

SAXON PUBLISHING

CHAPITRE 1

Seamus Carter tomba à genoux.

Sa voix n'était guère plus qu'un murmure, qui s'élevait et retombait au rythme de la prière.

L'épuisement le menaçait, et il tenta de puiser sa force dans le sens caché des mots, éprouvant ainsi un moment de calme qui apaisait la culpabilité qui le rongeait depuis des jours. Il garda les yeux fermés en méditation un peu plus longtemps, et il savoura la paix fragile qui l'enveloppait.

Personne ne viendrait le déranger.

Il était seul – le pub qui se trouvait de l'autre côté du mur d'enceinte de son église accueillait un groupe ce soir. Il avait entendu les basses retentir pendant qu'il priait, et aucun de ses paroissiens n'était susceptible de lui rendre visite à cette heure de la nuit.

Il se releva doucement de sa position agenouillée, puis il fit un signe de croix tout en contemplant le crucifix en bois au-dessus de l'autel, avant d'incliner la tête dans une ultime prière silencieuse.

Seamus cligna des yeux, son état de transe le quittant dès qu'il s'éloigna de l'autel.

Malgré ses efforts, sa haine de lui-même persistait, et il fronça les sourcils.

Ce n'était pas censé être ainsi.

Il descendit lourdement l'allée en direction de la sacristie, plongea la main dans sa poche pour en sortir une plaquette d'antiacides, puis en fit sortir deux qu'il avala.

Ses pensées se tournèrent vers l'office du dimanche matin et le sermon édifiant qu'il peinait à écrire.

Les événements de la semaine précédente l'avaient ébranlé, et il devait excuser sa peur.

S'adresser à la congrégation serait comme un baume, une façon d'apaiser la blessure qui s'était ouverte.

Il traversa le reste de la nef, poussa la porte de son bureau et s'affaissa sur la chaise en bois rigide devant sa table de travail. Elle faisait face au mur, avec une simple croix en bois au-dessus de sa tête.

La pièce n'avait pas de fenêtres, ce qu'il préférait. Cet agencement lui permettait de méditer sur ses mots pendant qu'il élaborait des phrases soigneusement formulées pour répandre la parole de son Dieu.

Il tapota sur le pavé tactile de l'ordinateur portable et, tandis que l'écran s'illuminait, il déplaça le curseur vers l'application de musique, sélectionna une compilation de sonates pour violon, et ferma les yeux alors que la musique l'enveloppait.

Il sourit.

Deux ans plus tôt, la femme de ménage de l'église était entrée dans la pièce et avait laissé échapper un hoquet de surprise en entendant la musique dance tonitruante qui émanait de l'ordinateur. Après l'avoir calmée et avoir tenté de la convaincre que, souvent, ses meilleurs sermons étaient écrits à cent vingt battements par minute, elle avait continué à épousseter, tout en le regardant avec méfiance. Il avait résisté à l'envie d'élargir davantage ses goûts musicaux avec le rock progressif des Pink Floyd des années 1970.

Seamus relut les mots qu'il avait tapés une heure auparavant et il fronça les sourcils. Il supprima la dernière phrase, fit craquer ses articulations puis frappa le clavier de deux doigts, comme s'il tentait de transmettre les pensées qui le troublaient.

Peut-être qu'en partageant ses propres faiblesses, il trouverait la paix.

La pile de documents à son coude s'agita sous l'effet d'un courant d'air froid qui lui gifla la nuque, et il se frotta la peau, sans jamais quitter l'écran des yeux.

Il vérifierait toutes les portes et fenêtres avant de partir ce soir, mais maintenant qu'il avait trouvé son rythme, le sermon était presque terminé.

Un bruit de frottement parvint à ses oreilles avant qu'il ne prenne conscience de la présence de quelqu'un derrière lui, un instant avant qu'une corde ne s'enroule autour de son cou.

Seamus se débattit avec terreur et poussa sa chaise en arrière. L'épouvante le saisit alors que le nœud coulant se resserrait.

Une main gantée frappa son oreille droite, envoyant des éclats de douleur dans son crâne, et il cria de souffrance tandis que son agresseur apparaissait dans son champ de vision.

Masque noir, sweat-shirt noir, jean noir.

— Il y a de l'argent dans la boîte dans le classeur là-bas. Mon portefeuille est dans la poche de mon pantalon.

Avant qu'il ne puisse se remettre du choc, son poignet

droit fut attaché à l'accoudoir de la chaise avec une attache en plastique.

Son poing gauche s'agita dans l'air, puis Seamus hurla lorsqu'il reçut un coup dans les parties, et tout l'air s'échappa de ses poumons en un seul gémissement angoissé.

Il haletait pendant qu'on attachait son poignet gauche à la chaise, et il tenta de rassembler ses pensées.

— Qu'est-ce que vous voulez ?

Les mots se desséchèrent sur ses lèvres quand il entendit le tremblement dans sa voix rauque, l'instabilité qui trahissait son mensonge.

Des yeux le fixaient à travers les fentes d'une cagoule noire, mais aucun mot n'en sortit.

Au lieu de cela, la silhouette se déplaça derrière lui.

La bile lui monta à la gorge tandis que la corde se serrait sous sa pomme d'Adam.

— Au secours !

Son cri était instinctif, désespéré – et inutile.

Entravée par la corde autour de son cou, sa voix n'était guère plus qu'un croassement, brisé et fracassé.

Il se tortilla sur son siège, les narines dilatées tandis qu'il tirait sur les liens qui attachaient ses poignets aux accoudoirs de la chaise.

Il ne pouvait pas bouger.

Il s'étouffa, il luttait pour déglutir.

Sans avertissement, la corde fut brusquement tirée, ce qui força son menton vers le plafond et brûla sa gorge.

Une larme unique roula sur sa joue tandis qu'une humidité se formait entre ses jambes, la chaleur lui montant au visage pendant que son agresseur s'accroupissait derrière la chaise pour fixer la corde.

Il savait que cela arriverait, un jour.

La silhouette ne dit rien et se déplaça autour de son corps tout en scrutant ses yeux avant d'approcher un couteau du visage de Seamus.

Une main gantée agrippa sa mâchoire et le força à ouvrir la bouche tandis que le prêtre haletait pour trouver de l'air.

La lame traça le contour de chaque orbite oculaire, à quelques millimètres de son visage.

Je ne veux pas mourir.

Ses yeux s'écarquillèrent lorsque le couteau se déplaça vers sa joue, sa supplication n'étant guère plus qu'un gémissement.

Seamus suffoqua à cause de la corde qui lui entaillait le cou. Il luttait contre la pression dans ses poumons.

Je ne peux pas respirer.

Une douleur brûlante déchira sa langue et trancha à travers les tendons et les tissus avant que le couteau ne brille devant ses yeux, du sang gouttant de la lame, et, tandis que le corps de Seamus se convulsait, la silhouette devant lui commença à parler.

— Pardonnez-moi, mon Père, car j'ai péché...

CHAPITRE 2

Jan West pointa la clé vers la voiture et ne se détendit qu'une fois les clignotants allumés.

Le quartier s'était forgé une réputation pour ses petits larcins, et comme la voiture ne lui appartenait pas à l'origine, elle n'était pas prête à prendre le moindre risque. Elle n'était pas non plus disposée à payer les frais de stationnement exorbitants exigés par la municipalité pour ce qui ne serait qu'un bref arrêt.

Elle se détourna du véhicule, glissa ses clés dans son sac à main en cuir et boutonna son manteau de laine tout en traversant la surface craquelée du parking.

En se faufilant par une ouverture à côté de la grille métallique, elle jura à voix basse lorsqu'elle glissa dans du gravier moucheté de boue qui s'était aggloméré près de l'accotement à cause du nombre de promeneurs de chiens qui empruntaient régulièrement ce chemin et avaient labouré ce sentier rudimentaire.

Elle retrouva son équilibre, les bras écartés, et elle espéra que personne de connaissance ne l'avait vue. Elle jeta un coup d'œil par-dessus son épaule mais le parking demeurait désert, hormis son véhicule. Elle examina la boue qui adhérait à ses chaussures en daim noir achetées il y a à peine un mois, elle gémit et tenta d'en essuyer le plus gros sur les herbes hautes qui bordaient le sentier. Son regard se posa sur son poignet alors que sa montre captait les faibles rayons du soleil.

— Merde.

Elle pourrait gagner du temps en coupant à travers la prairie jusqu'à la rivière qui serpentait à travers la ville marchande, mais un seul regard vers la terre détrempée la décida à faire le tour par le chemin plus long.

L'étroit sentier de gravier disparut bientôt, pour céder la place à un chemin herbeux érodé par les promeneurs, l'odeur âcre de végétation pourrissante imprégnant l'air humide du matin.

Elle se mit de côté en apercevant deux hommes en tenues colorées qui couraient dans sa direction. Elle les observa avec méfiance à mesure qu'ils approchaient et elle sortit les mains de ses poches.

Leur respiration haletante projetait de légères volutes de vapeur dans l'air, et l'un d'eux lui adressa un signe de tête en passant avant de se reconcentrer sur sa route, plusieurs pas devant son compagnon.

Les deux silhouettes s'éloignèrent et Jan remarqua qu'au lieu de passer par la grille du parking, ils continuaient vers une arche sous le pont de pierre qui enjambait la rivière en aval.

À sa gauche, l'arrière d'une rangée de maisonnettes bordait la prairie, un paysage austère contrastant avec la route principale animée que les bâtiments affrontaient.

Elle lorgna par-dessus le muret bas dans les différents

jardins, observant les poubelles, les jouets d'enfants abandonnés pêle-mêle, et le linge aux couleurs vives qui séchait sur les cordes à linge.

Elle leva les yeux vers les nuages qui s'amoncelaient au-dessus d'elle, et elle trouva plutôt optimiste de la part des résidents d'espérer que quoi que ce soit puisse sécher ce jour-là.

Le bruit de la circulation parvint à ses oreilles, l'étroit pont au-dessus de la rivière aggravant les problèmes d'embouteillages matinaux, bien qu'il ait été élargi trois fois au cours des siècles. Cette ville marchande n'était tout simplement pas conçue pour le nombre de voitures, camions et personnes qui s'y pressaient chaque jour.

Arrivée au bout de la rangée de maisonnettes, elle tourna à droite et commença à suivre le chemin de halage, avec la rivière à sa gauche.

Les eaux avaient considérablement baissé depuis les inondations de début de printemps, même si une odeur persistante d'humidité assaillait ses sens tandis que la terre continuait de sécher. Elle observa un cygne qui flottait près d'elle. Il la toisa avec dédain avant de pagayer vers sa compagne qui se balançait sur l'eau près de la rive opposée.

Poussant un soupir de soulagement, elle dirigea son attention vers la rangée de bateaux plus loin sur le chemin de halage.

Des bateaux de croisière modernes montaient et descendaient sur l'eau aux côtés de péniches aux couleurs vives, le grincement des cordes sur les amarres brisant le silence. En passant devant les embarcations, elle gardait ses sens en alerte tandis que son regard parcourait les différentes formes et tailles.

Elle jeta un coup d'œil par-dessus son épaule, mais personne ne la suivait.

Elle ralentit et sortit un bout de papier de sa poche, puis leva les yeux et plissa le regard vers les bateaux, réalisant que celui qu'elle cherchait se trouvait tout au bout de la rangée.

— C'est bien ma veine.

Elle remit le papier dans sa poche, maudit la boue qui collait à ses chaussures, et fouilla dans son sac.

En approchant de la dernière péniche, elle examina la peinture bleu terne autour des fenêtres et les plats-bords en bois usés.

Une silhouette se tenait à la poupe, en train d'enrouler une corde, la tête baissée pendant qu'il travaillait. Des cheveux bruns et bouclés s'élevaient dans la brise tandis qu'il se détournait d'elle et jetait quelque chose sur le pont avec un bruit sourd qui parvint à ses oreilles.

Il portait un sweat-shirt bleu marine et un jean, ses pieds chaussés de bottes qui semblaient avoir connu des jours meilleurs. Le genre que Scott appelait ses « bottes de jardinage » chaque fois qu'elle suggérait de les jeter.

Avant qu'elle ne puisse ouvrir la bouche pour l'appeler, un chien aboya. Une fraction de seconde plus tard, une forme sombre se lança d'un autre bateau vers elle.

— Hamish, non !

La voix de l'homme parvint à l'animal trop tard pour sauver l'ourlet de son pantalon. Des traces de pattes boueuses parsemèrent bientôt le tissu gris anthracite, et elle gémit.

— Viens ici !

Le chien trottina vers la péniche, la voix de l'homme semblant plus amusée que fâchée à ses oreilles.

Il se redressa tandis qu'elle s'approchait, et un froncement de sourcils plissait son front alors qu'il gardait ses doigts passés dans le collier du chien.

— Je peux vous aider ?

Elle prit une profonde inspiration.

— Inspecteur Mark Turpin ?

— Qui êtes-vous ?

Elle montra sa carte de police.

— Je suis l'enquêteuse Jan West. Il y a eu un meurtre, et le chef a besoin de vous sur la scène de crime.

CHAPITRE 3

— Pourquoi louer un bateau et pas une maison ?

— Il n'y avait rien d'autre de disponible tout de suite. Je me suis dit que je le louerais pour six mois pendant que je cherche quelque chose de plus permanent.

Mark traversa l'étroite cabine en bois, retira ses chaussures de marche et son sweat tout en essayant de poursuivre la conversation avec l'enquêteuse.

Il l'entendait de l'autre côté de la minuscule fenêtre, en train de faire les cent pas sur le pont peu profond pendant qu'elle attendait, ses talons claquant sur la surface en bois toutes les quelques secondes tandis que son ombre passait à travers le rideau en voile.

— Je n'aurais jamais pensé à louer un bateau, dit-elle.

— C'était facile. J'ai passé quelques coups de fil, je me suis présenté à quelques habitués de la marina en ville, et j'ai signé le bail il y a trois semaines.

— Pourquoi ne pas vous amarrer plus près de la ville ? Ce serait plus facile d'accès.

— C'est justement l'idée. Ce n'est pas facile d'accès. J'ai besoin de paix et de tranquillité.

Il se tint en équilibre sur un pied et retira son jean en se cognant le coude contre la paroi lambrissée avant d'ouvrir l'unique placard qui lui servait de garde-robe et d'en arracher un pantalon noir sur un cintre en plastique. Le mouvement envoya ce dernier cogner contre le fond de l'armoire, et le bruit résonna contre les murs.

— Vous n'aurez pas froid en hiver ? demanda Jan. Je ne vois pas de cheminée comme sur le bateau de votre voisin.

— C'est seulement temporaire. Je prévois de m'installer dans une maison avant qu'il ne fasse trop froid. Et puis, beaucoup de gens vivent sur des péniches, non ?

Une chemise pendait au dossier d'une chaise près de la fenêtre, et il l'attrapa pour la porter à son nez un instant.

Elle ferait l'affaire.

— Et toutes vos affaires ?

— Dans un garde-meuble à la périphérie de la ville.

Il grimaça.

— Ça coûte une fortune.

Il sautilla en enfilant une paire de bottines noires élégantes qu'il avait trouvées en solde dans un magasin d'Oxford avant son entretien officiel. Cela fait, il attrapa une veste qu'il avait laissée sur la couette, et se fraya un chemin à travers la cabine principale tout en ajustant une cravate sous son col de chemise. Il passa devant les cartons qui s'alignaient sur les banquettes de chaque côté et remplissaient la cuisine, puis il poussa la porte.

Jan se tenait dos à lui, occupée à attacher ses cheveux bruns mi-longs en un chignon soigné à la base de sa nuque. Elle se retourna au bruit de la porte de la cabine qui se fermait et laissa retomber ses mains tandis que ses yeux verts l'évaluaient.

— Prêt ? demanda-t-elle.

— Oui.

Elle désigna d'un mouvement de menton par-dessus son épaule l'endroit où Hamish était couché sur le dos dans l'herbe, la langue pendante.

— Vous devriez tenir votre chien en laisse, au fait.

— Ce n'est pas mon chien.

— Qu'est-ce que vous voulez dire ?

— Il est apparu sur le chemin de halage un jour et il a sauté à bord. Je n'ai aucune idée d'où il vient.

— Personne ne l'a cherché ?

— Non.

Il bondit du pont en une seule enjambée.

— Oh.

Elle tendit la main pour se stabiliser tandis que le bateau tanguait.

— C'est triste, non ? C'est quelle race de chien ?

— Je ne sais pas. Un bâtard, je suppose. Un peu de Schnauzer, un peu de terrier, et un peu d'autre chose.

Elle ne répondit pas, et quand il jeta un coup d'œil par-dessus son épaule, il remarqua qu'elle était descendue du bateau pour rejoindre le chemin de halage, une expression inquiète sur le visage.

— Vous ne fermez pas clé ?

— Non, ça va aller. Lucy à côté va le surveiller pour moi.

Il réprima un sourire lorsqu'elle jeta un regard vers la péniche voisine de la sienne, dont les décorations de carillons éoliens, de pots de fleurs colorés et de jardinières suspendues contrastaient fortement avec son propre bateau.

Après un moment, elle haussa les épaules comme si elle

se fichait complètement que son domicile soit cambriolé parce qu'il avait ignoré ses conseils et préféré le confier à la garde d'une hippie.

— Allons-y alors. Ils nous attendent.

Il inhala l'arôme de la terre humide tandis qu'ils marchaient le long de la berge herbeuse, et ses oreilles percevaient le léger clapotis d'un campagnol qui entra dans l'eau au son de leurs voix.

Des cercles concentriques apparurent à la surface de l'eau un instant avant que des bulles ne s'en échappent, et il remarqua avec intérêt la silhouette floue d'une truite qui se dirigeait vers l'autre rive.

Il avait espéré profiter d'une semaine supplémentaire de congé pour s'habituer à son nouvel environnement et s'installer, mais il semblait qu'un tueur avait d'autres idées concernant son bref congé sabbatique.

— Vous n'avez pas écouté un mot de ce que j'ai dit, n'est-ce pas ?

Il regarda Jan et la trouva en train de le fusiller du regard.

— Désolé, quoi ?

— Quand est-ce qu'ils vont vous donner un téléphone portable ?

— Je ne sais pas. Je n'étais pas censé commencer avant la semaine prochaine. Je suppose que je serai équipé à ce moment-là. Pourquoi ?

— Eh bien, ce serait plus facile pour vous joindre. Personne n'a pu trouver votre numéro personnel.

Il tendit la main pour la stabiliser alors qu'elle glissait dans la boue.

— Vous n'avez pas grandi dans le coin ?

Elle sourit de travers.

— C'est si évident que ça ? Non, je suis une fille de la

ville, en quelque sorte. J'ai déménagé ici depuis Exeter quand j'avais seize ans.

— Dites-moi ce que vous savez sur le meurtre, dit-il.

Il retira sa main une fois qu'il fut sûr qu'elle n'allait pas tomber, puis il la laissa marcher devant tandis que le sentier se rétrécissait.

Elle commença à s'éloigner et lança par-dessus son épaule :

— C'est un prêtre, apparemment. Tué dans sa propre église. Le médecin légiste et les techniciens de la police scientifique sont déjà sur place.

— Le lieu ?

— Upper Benham. Vous connaissez ?

— Pas bien. Je viens d'arriver. Je connais les villes et les grands villages des environs, mais il va me falloir un peu de temps pour apprendre les noms des plus petits.

— Vous étiez basé dans le Wiltshire avant de venir ici, n'est-ce pas ?

— Ouais.

— Eh bien, vous allez vite vous intégrer. C'est un endroit accueillant.

— À part le fait que quelqu'un ait assassiné le prêtre local, vous voulez dire ?

Il sourit en entendant le ricanement qui émanait de l'enquêteuse devant lui.

Ils avançaient rapidement en silence, les hautes herbes frappaient contre l'ourlet de son pantalon et le bruit de l'eau qui clapotait contre la berge s'estompant à mesure qu'ils passaient devant les maisonnettes.

Jan marchait d'un pas décidé devant lui alors que le sentier se rétrécissait de chaque côté, et il se demandait comment elle parvenait à marcher avec les chaussures qu'elle portait, pas surpris de la voir glisser un peu partout.

— Vous avez des bottes, Jan ?

— Pardon ?

— Des bottes. Ce serait peut-être plus adapté que ces chaussures pour le travail.

— Merci, chef. Je m'en souviendrai. J'étais censée être en congé aujourd'hui quand j'ai reçu l'appel. On ne m'avait pas dit que mon nouvel inspecteur vivait sur un bateau au beau milieu de cette fichue rivière.

Elle s'éloigna d'un pas lourd, et il jura à voix basse en se dépêchant pour la rattraper.

— Qui a découvert le corps ?

— La sacristine de l'église. Ça lui a fait un sacré choc, je parie.

— Premiers arrivés sur les lieux ?

— La patrouille locale. Ils sont arrivés dans les vingt minutes après que le central a reçu l'appel d'urgence. Apparemment, ils avaient été de service toute la nuit et retournaient à la base quand l'appel est arrivé.

— Catholique ou anglican ?

Elle s'arrêta net et se tourna vers lui, une main sur le portail métallique.

— Catholique, mais est-ce que ça a de l'importance maintenant ? Il est mort de toute façon.

Il plissa les yeux dans la fraîche lumière matinale vers les bateaux au loin, puis revint à elle.

— Non, je suppose que non.

— Bien. La voiture est par ici.

CHAPITRE 4

Une bourrasque de vent fit filer des nuages blancs à travers un ciel bleu pâle et secoua la voiture de service.

Jan tendit la main et ajusta le chauffage, l'intérieur de la voiture se réchauffant tandis que la matinée de fin de printemps se transformait en ce que Mark attendait d'un début de journée de mai.

Hormis le meurtre d'un prêtre de paroisse.

— Qu'est-ce que vous savez sur la victime ?

Sa main jaillit brusquement pour saisir la poignée au-dessus de la portière passager tandis que Jan négociait un virage serré. Le rétroviseur effleura un buisson d'aubépine à leur passage, effrayant un falsan aux couleurs vives qui s'enfuit en caquetant sous une barrière à cinq barreaux de l'autre côté du chemin.

— Seamus Carter. C'est la sacristine de l'église, Helen, qui l'a découvert. C'était le prêtre de la paroisse depuis environ quinze ans. Il devait arriver à l'église quelques heures avant l'office de Pentecôte ce matin. Il avait prévu qu'elle arrive en premier pour vérifier les arrangements floraux et gérer les derniers dons alimentaires pour les paniers de charité. Quand elle est arrivée, l'église était déjà déverrouillée, et elle a découvert son corps dans la sacristie.

— Pour être clair, quelle partie du bâtiment est la sacristie ?

— À l'arrière. Généralement utilisée comme bureau, ainsi que comme endroit où le prêtre se prépare avant un office. Vous n'êtes jamais allé à l'église ?

— Pas depuis mon mariage, non.

— Oh.

Il frotta son pouce sur l'espace où se trouvait autrefois son alliance, puis il s'agita sur son siège et regarda par la fenêtre tandis qu'elle mettait son clignotant à gauche et dirigeait la voiture vers le village.

Mark parcourut des yeux le panneau qui les accueillait à Upper Benham, puis il laissa son regard errer sur le parc bordé d'un bureau de poste et d'un étang à canards.

Le clocher de l'église était visible au-dessus d'une rangée de marronniers.

À mesure que la voiture se rapprochait, il remarqua un long mur qui séparait l'église d'un pub, avec un échalier taillé dans la pierre pour permettre aux promeneurs d'accéder au sentier qui traversait les propriétés.

Il fut satisfait de constater que l'entrée du terrain de l'église avait été délimitée par les premiers intervenants. Un ruban bleu et blanc flottait entre deux piliers de portail, et maintenant un petit groupe de fidèles se serrait les uns contre les autres tandis que des agents en uniforme les éloignaient de la scène de crime pour recueillir leurs déclarations.

L'état de choc était palpable, et les officiers se déplaçaient parmi les hommes et les femmes rassemblés, leurs carnets en mains, prêts à noter autant d'informations que possible auprès de chaque individu avant que les paroissiens n'aient trop l'occasion de se parler entre eux et de brouiller leurs propres souvenirs des événements.

Jan freina à côté d'une fourgonnette blanche et coupa le moteur.

— Merde.

— Quelque chose ne va pas ?

Elle désigna la voiture noire élégante à quatre portes qui était garée plus haut dans la ruelle.

— La médecin légiste du quartier général est encore là.

— Où est le problème ?

Sa collègue soupira.

— Elle est incroyablement intelligente et douée dans ce qu'elle fait, mais elle n'est pas très patiente avec ceux d'entre nous qui ont du mal à suivre son rythme.

— Comment s'appelle-t-elle ?

— Gillian Appleworth.

Mark émit un gémissement.

— Qu'est-ce qui ne va pas ? demanda Jan.

Il ne répondit pas et, à la place, détacha sa ceinture de sécurité et ouvrit brusquement la portière.

Avec Jan à ses côtés, il traversa la route à grands pas jusqu'à l'endroit où une tente blanche avait été érigée. Il écarta le rabat et prit deux combinaisons blanches auprès du technicien de la scène de crime. Il en enfila une par-dessus son costume et mis les surchaussures assorties pendant que sa collègue faisait de même. Après s'être enregistré auprès de l'agent de police qui montait la garde à l'entrée de l'église, il se tourna vers l'enquêteuse.

— Vous avez déjà fait ça avant ?

— De temps en temps, si je suis de service à ce moment-là, répondit-elle en ajustant la capuche sur ses cheveux. Une vieille dame a été agressée chez elle il y a environ six mois à la périphérie de Didcot. Ce n'était pas beau à voir.

— Je déteste dire ça, mais je pense que ça va être pire cette fois-ci.

Elle pâlit à ces mots, mais il remarqua la manière dont elle redressa les épaules avant de le suivre.

Les doubles portes de l'église avaient été maintenues ouvertes pour faciliter l'accès aux enquêteurs de la brigade criminelle et aux policiers qui s'affairaient.

Une odeur familière de renfermé envahit ses sens lorsqu'il passa sous le porche et pénétra dans le bâtiment.

Des particules de poussière flottaient dans l'air et tourbillonnaient dans la lumière projetée à travers les vitraux. Un chemin délimité avait été tracé à l'aide de ruban adhésif, et deux enquêteurs de la brigade criminelle travaillaient de l'autre côté de l'église. L'un soulevait un appareil photo numérique, le flash éclatant illuminant le mur de plâtre tandis qu'un autre faisait les cent pas, la tête baissée.

— Vous savez s'il y avait des signes d'effraction ?

— Les premiers intervenants ont rapporté que la sacristine a dit que non, répondit Jan. Il y a deux entrées à l'église, et les deux étaient ouvertes : la porte d'entrée par laquelle nous venons de passer, et une porte latérale qui mène au parking.

Mark s'arrêta et tendit le cou pour regarder le plafond au-dessus de lui. Des lampes pendaient de longs cordons qui descendaient des chevrons en chêne clair, la lueur des ampoules répandant une douce teinte sur le grand espace.

— Dans ce cas, je me demande si notre tueur serait entré dans le bâtiment plus tôt dans la journée et aurait attendu ?

Jan secoua la tête.

— Helen Wilson, c'est la sacristine, a dit qu'ils avaient eu une journée chargée hier. Un mariage le matin, et un baptême l'après-midi. Une fois ces événements terminés, le prêtre et les huissiers ont préparé l'église pour la messe qui devait avoir lieu ce matin.

— Vous êtes croyante ?

— Pas particulièrement, chef. Non.

— Alors pourquoi est-ce que vous chuchotez ?

— Je ne sais pas. C'est ce que les gens font habituellement dans les églises, non ?

Il pivota sur ses talons et se dirigea vers l'arrière de l'église où deux silhouettes vêtues de combinaisons blanches similaires aux leurs se tenaient près d'une porte, leur attention captée par les activités au-delà.

La personne la plus proche se retourna au bruit de leurs pas et abaissa son masque en papier à leur approche.

— Inspecteur Mark Turpin. Je crois que vous connaissez l'enquêteuse Jan West. L'inspecteur principal Kennedy gère la salle des opérations en train d'être mise en place à Abingdon, et j'assiste en tant qu'adjoint de l'inspecteur principal.

— Quelle chance. Venez. La médecin légiste et le chef de la police scientifique sont ici.

L'homme remit son masque et s'écarta pour les laisser passer.

À l'intérieur, deux silhouettes identiquement vêtues de combinaisons blanches parlaient à voix basse près du mur du fond de la pièce tout en se penchant sur une chaise et un bureau, leurs pieds posés sur une estrade qui avait été érigée.

Mark n'avait pas besoin de demander pourquoi – une flaque de sang s'était figée sur le sol carrelé.

La pièce semblait avoir été utilisée comme bureau pendant plusieurs années. Deux classeurs métalliques avaient été placés à côté du bureau, leurs tiroirs fermés. Les murs étaient peu décorés. Un crucifix en bois ornait l'espace au-dessus d'eux, et un calendrier pendait à un crochet enfoncé dans le mur du côté droit, ouvert sur le mois de mai et affichant une photographie du Cheval blanc d'Uffington au-dessus d'un champ de blé.

Aucune des deux personnes ne prêta attention aux nouveaux arrivants et elles restèrent concentrées sur leur tâche.

Mark s'éclaircit la gorge.

— Alors, qu'est-ce qu'on a ?

La silhouette en combinaison blanche sur la gauche pivota, l'espace entre la capuche et le masque facial révélant des yeux gris froids qui plongèrent dans les siens au moment même où il entendit sa brusque inspiration.

— Mark ? J'avais entendu dire que tu t'étais relocalisé par ici.

— Gillian.

— Oh, vous vous connaissez ? demanda Jan.

— On peut dire ça, répondit la médecin légiste.

Elle descendit de l'estrade et fit un geste vers sa gauche.

— Restez de ce côté de la pièce, près du mur. Ils ont fini de traiter cette zone.

Mark ouvrit la marche, les semelles en papier de ses surchaussures raclant les dalles tachetées.

Malgré l'animosité entre lui et Gillian Appleworth, il respectait son éthique de travail et il comprenait pourquoi elle tenait à ce qu'il garde une distance de sécurité avec l'endroit où elle et l'équipe des techniciens de la police scientifique étaient en train de travailler.

Le corps affaissé du prêtre était assis, penché en avant sur une simple chaise en bois, dos à la pièce, un bras pendant sur le côté tandis que l'autre reposait sur la table devant lui.

Ses fins cheveux bruns laissaient apparaître un crâne pâle, et un pull en laine bleu marine couvrait ses épaules minces. Le sang recouvrait le mur au-dessus de lui, un large arc qui avait frappé la paroi puis éclaboussé vers l'extérieur, enduisant un ordinateur portable, des documents et une mallette en cuir – ainsi que la moitié inférieure de la croix clouée au mur.

Mark fronça les sourcils.

— Que s'est-il passé ?

Gillian interrompit sa conversation avec l'un des techniciens et jeta un coup d'œil par-dessus son épaule.

— Il a été attaqué par derrière. Une corde a été utilisée pour le maîtriser par le cou pendant qu'on lui retirait la langue. L'agresseur lui a ensuite tranché la gorge.

Il entendit Jan déglutir avant qu'elle ne parle.

— Il était vivant quand on lui a coupé la langue ?

— C'est fort possible. Nous ne l'avons pas encore trouvée, donc il se peut qu'on l'ait forcé à l'avaler.

— Personne n'a rien entendu ?

— Non.

La médecin légiste désigna l'ordinateur portable.

— L'ordinateur diffusait de la musique classique à tue-tête quand les premiers intervenants sont arrivés, et apparemment le pub d'à côté avait un groupe en direct hier soir.

— Des empreintes ?

Une autre silhouette vêtue d'une combinaison blanche se retourna et secoua la tête.

— Nous avons peut-être quelques empreintes partielles,

mais celui qui a fait ça portait des gants fins, suffisants pour masquer toute empreinte du moins.

— Et l'arme ? demanda Mark.

— Aucune trace, ni de la corde qui a été utilisée pour entourer son cou.

— C'était bien une corde ?

Gillian lui lança un regard cinglant et pencha la tête sur le côté tandis qu'elle l'évaluait.

— Les marques de ligature sont assez distinctives, détective Turpin. Nous avons des photos. Je suis sûre que nous serons en mesure de t'indiquer le type exact de corde qui a été utilisé une fois que nous aurons eu le temps d'analyser les photos et de récupérer toute trace de fibres de la blessure.

— Pas d'empreintes de pas ? demanda Jan.

— Il a été attaqué par derrière. Le sang a giclé loin du tueur donc, non, pas d'empreintes de pas. Nous avons vérifié à l'extérieur aussi, mais nous n'avons trouvé aucune marque sur la surface du parking.

— Ça a dû demander une sacrée force, remarqua Mark en faisant un signe du menton vers le corps inerte du prêtre. Ce n'est pas un petit gabarit.

— Prends en compte la colère, la soif de sang ou quelque chose comme ça, et tu serais surpris de ce dont les gens sont capables. Tu as sûrement déjà vu comment les gens sont quand ils sont énervés et prêts à se battre.

— Homme ou femme ?

— Trop tôt pour le dire. Mais il a fallu une certaine force pour le maîtriser.

Gillian fit un geste vers un ensemble de papiers éparpillés aux pieds de la victime, comme s'ils avaient été balayés du bureau pendant une lutte.

— Il semble qu'il ait essayé de se défendre. Il y a aussi des traces de fibres de corde sous ses ongles.

— Ça ne lui a pas servi à grand-chose, commenta Mark. Très bien, on va te laisser continuer. Quand est-ce que tu penses pouvoir nous remettre ton rapport préliminaire ?

— Quand il sera prêt.

Il soupira tandis que la médecin légiste lui tournait à nouveau le dos, puis il ouvrit la marche pour quitter la sacristie, Jan sur ses talons.

Ils atteignirent la sortie, et il prit une profonde bouffée d'air, désireux de chasser l'odeur du sang de ses narines avant de se diriger vers la tente pour retirer sa combinaison.

Il se redressa et remarqua Jan qui parlait à l'un des agents de police au cordon, un sourire aux lèvres tandis qu'elle faisait passer les clés de voiture d'une main à l'autre.

Elle le vit approcher et interrompit sa conversation pour se diriger vers la voiture.

— Qu'est-ce qui vous fait sourire comme ça ?

Elle attendit qu'il se mette à marcher à côté d'elle.

— Alors, Nathan là-bas me dit que la médecin légiste est la sœur de votre ex-femme ?

Il soupira, s'émerveillant de la vitesse à laquelle les nouvelles circulaient au sein de la police.

— C'est compliqué.

— Sans blague.

CHAPITRE 5

Jan tenta un raccourci pour retourner en ville, mais se retrouva coincée dans des embouteillages interminables une fois arrivée aux abords d'Abingdon.

Elle jura à voix basse tandis que la voiture avançait au pas derrière un camion articulé, et elle fit craquer ses doigts autour du volant.

À côté d'elle, Turpin regardait par la fenêtre, l'air perdu dans ses pensées, et elle se demanda si elle allait devoir se coltiner ce nouveau détective ou si elle pourrait le confier à l'enquêteur McClellan sans méfiance en arrivant au commissariat.

Elle avait entendu dire qu'un nouvel inspecteur allait rejoindre l'équipe basée au commissariat, mais elle s'attendait à ce qu'on déploie quelqu'un du coin – quelqu'un qui connaissait au moins la région.

Maintenant, en plus d'une enquête pour meurtre qui serait très médiatisée pour l'unité des crimes majeurs, ils devraient s'adapter à un étranger parmi eux.

Elle se demandait pourquoi il avait une voix de fumeur –

elle ne l'avait pas vu glisser la main dans la poche de sa veste pour prendre une cigarette durant le peu de temps qu'ils avaient passé ensemble, et ses vêtements ne puaient pas la cigarette.

En lui jetant un regard en coin, elle décida de prendre l'un de ses collègues à part dès qu'elle le pourrait pour découvrir ce qu'ils savaient sur l'inspecteur Mark Turpin.

Elle s'arrêta complètement, baissa sa vitre, passa sa carte de sécurité sur un panneau fixé à côté d'un portail métallique coulissant, puis entra dans le parking derrière le commissariat.

La voiture de l'inspecteur principal Kennedy était à sa place habituelle sous l'une des caméras de vidéosurveillance. Même s'il travaillait dans l'un des commissariats d'une zone de police locale assez étendue, il restait paranoïaque à l'idée que quelqu'un puisse endommager ou voler sa voiture. Jan avait entendu dire qu'il avait dépensé une somme considérable et plusieurs années à restaurer cette MG classique, et elle ne pouvait s'empêcher de se demander pourquoi il n'achetait pas simplement quelque chose de plus récent qui ne tomberait pas en panne tout le temps.

Elle pointa la clé vers la voiture, puis mena le chemin vers le bâtiment.

— Je vais devoir vous faire enregistrer en attendant qu'ils puissent vous procurer votre propre carte d'accès.

Jan attendit que le sergent derrière l'accueil prépare un badge visiteur pour Turpin, puis elle passa une barrière de sécurité métallique et se dirigea vers l'ascenseur.

Il se mit à marcher à ses côtés, puis tapota son bras et pointa l'escalier.

— Ça vous dérange si on prend plutôt l'escalier ? J'aimerais me dégourdir les jambes après le trajet en voiture.

Elle hésita, puis haussa les épaules.

— Ok.

Elle se demanda si elle avait hérité d'un fanatique de la santé en le voyant bondir dans les escaliers devant elle, et elle résista à l'envie de grogner. Quand elle atteignit le deuxième étage, elle était à bout de souffle. Elle avait été tellement occupée au travail ces six dernières semaines qu'elle avait négligé sa routine sportive et elle se promit d'aller nager en rentrant. Si elle essayait de faire quoi que ce soit après avoir franchi la porte de sa maison, ce serait impossible – Harry et Luke voudraient leur dîner, et Scott lui tendrait un verre de vin.

Elle parvint à sourire à Turpin quand elle le rattrapa, puis elle arpenta le couloir jusqu'à la salle des opérations, poussant la porte pour entrer dans une cacophonie d'activités.

Lors d'une journée de travail typique, il y aurait une équipe principale d'enquêteurs et d'inspecteurs disponibles pour s'occuper des enquêtes criminelles dans la région.

Sauf que ce n'était pas une journée de travail typique. Bien que ce fût un dimanche, le meurtre brutal d'un prêtre avait changé la donne. D'où la présence de l'inspecteur principal Ewan Kennedy, qui aboyait des ordres depuis le devant de la salle, des taches de sueur s'accumulant sous ses bras tandis qu'il dirigeait son équipe et entamait le long processus de conduite d'une enquête pour meurtre.

Elle avait déjà travaillé avec lui auparavant et elle savait que sous son apparence bourrue se cachait un homme d'une détermination implacable avec un grand sens de la justice. Elle n'était pas toujours d'accord avec lui, mais sa réputation était l'une des plus respectées.

Il leva les yeux d'une liasse de papiers qu'il tenait à la

main lorsqu'elle s'approcha et il la regarda par-dessus ses lunettes de lecture.

— Vous avez trouvé mon nouvel inspecteur alors, Jan ?

— Oui, chef. Nous venons de revenir de la scène de crime.

— C'est aussi grave que ce qu'on m'a dit ?

— Oui. C'est affreux.

Elle se tourna et fit un geste vers Turpin pour présenter formellement les deux hommes.

— Désolé que votre congé sabbatique se termine plus tôt, Mark. Votre prédécesseur est parti il y a un mois et nous a laissés en sous-effectif, et j'ai besoin de quelqu'un avec votre expérience pour être mon adjoint sur cette affaire.

Le nouveau venu haussa les épaules.

— Ce n'était qu'une question de jours, chef. Vu les circonstances, ce n'est pas un problème.

— Bien. Avant que vous ne posiez la question, Jan, j'ai déjà approuvé vos heures supplémentaires.

— Vous êtes une légende, chef, merci.

Kennedy tourna son attention vers les autres occupants de la pièce et éleva la voix.

— Bien, tout le monde. Maintenant que nous sommes tous là, faisons un rapide récapitulatif des événements à ce jour, puis nous passerons en revue les tâches initiales pour aujourd'hui.

Jan observa comment Turpin se dirigeait vers le bord du cercle d'officiers de police qui se rassemblaient près d'un tableau blanc sur lequel Kennedy commençait à écrire.

Elle se demandait pourquoi il avait été en congé sabbatique en premier lieu, puis elle porta son attention sur l'inspecteur principal qui commençait le briefing.

— Voici ce que nous savons jusqu'à présent. Seamus

Carter était le prêtre de la paroisse de l'église catholique d'Upper Benham, dit-il. Cinquante-six ans, il vivait seul dans le village et, selon la femme qui est sacristine de l'église, Helen Wilson, il n'aurait pas fait de mal à une mouche. Son meurtre était, comme Jan l'a observé plus tôt, affreux. Il a été attaqué alors qu'il travaillait dans son bureau à l'église, le médecin légiste a confirmé qu'il a été immobilisé par derrière à l'aide d'une corde placée autour de son cou avant que sa langue ne soit coupée. Sa gorge a ensuite été tranchée de telle façon qu'il a été presque décapité.

Il fit une pause et épingla trois photographies au tableau blanc, puis consulta à nouveau ses notes.

— L'église partage un mur avec le pub local, le White Horse. Le pub organise un événement musical en direct tous les samedis soir, et les déclarations des témoins qui ont assisté au concert d'hier soir sont en cours de collecte. Les enquêtes de porte-à-porte se poursuivent ce matin, et la base de données HOLMES2 sera mise à jour avec toutes ces déclarations au cours des prochaines vingt-quatre heures.

Jan observa Turpin prendre des notes, la tête baissée et le front plissé de concentration. Comparé à deux des autres détectives qui planaient à côté de lui, il semblait imperturbable face au nombre de tâches qui étaient déléguées à toute l'équipe, comme s'il avait trop souvent vécu des incidents majeurs similaires.

Elle se força à se concentrer en entendant son nom.

— Jan, j'aimerais que vous accompagniez Mark pour aller à la maison du prêtre pendant que les techniciens de la police criminelle effectuent leurs recherches ce matin, puis allez interroger Helen Wilson. Évidemment, elle est bouleversée. Elle a déjà fourni une déclaration aux premiers intervenants, mais espérons qu'une fois qu'elle aura eu le temps de se calmer, elle pourra nous fournir plus d'informations.

Une fois que Kennedy eut terminé le briefing, l'équipe commença à se disperser.

Jan vit une silhouette familière se frayer un chemin entre les bureaux pour la rejoindre, et elle fit signe à Turpin de s'approcher alors que l'homme avançait.

Elle aurait préféré que le nouveau venu n'ait pas l'air aussi élégant – malgré son départ précipité de sa maison sur l'eau ce matin-là, il parvenait encore à faire paraître le reste d'entre eux négligés, notamment son jeune collègue qui attendait avec impatience une présentation tout en rentrant sa chemise dans sa ceinture.

Elle réprima un soupir.

— Mark, voici l'enquêteur—

L'homme éternua, postillonnant sur ses doigts avant d'essuyer sa main sur son pantalon puis de la tendre à Turpin.

— Désolé, c'est le rhume des foins. Je suis Alex McClellan.

CHAPITRE 6

Jan fouilla dans son sac à main et en sortit deux paquets enveloppés de papier aluminium. Elle en tendit un à Turpin tandis qu'ils marchaient vers une voiture de couleur argentée.

— Qu'est-ce que c'est ?

— Fromage et pickles.

Il la regarda avec amusement.

— Vous avez des enfants ?

— Deux garçons. Tous les deux avec des estomacs sans fond.

— Je vois ça. Merci.

Arrivée à la voiture, elle la déverrouilla et posa son sac sur le toit avant de déchirer le papier aluminium.

Turpin s'appuya contre la voiture et fit de même.

— Qu'est-ce que fait votre mari ?

— Scott ? Il est peintre en bâtiment. Il fait ça depuis l'adolescence, et maintenant il dirige sa propre entreprise. Il a deux ou trois gars qui travaillent pour lui, selon la quantité de travail. Et il est toujours rentré à seize heures, donc il y a quelqu'un pour les garçons si je suis occupée.

— On dirait que ça marche bien pour vous tous.

Elle sourit.

— C'est vrai, oui. Vous avez des enfants ?

— Deux filles, douze et quatorze ans, dit-il, avec de la chaleur dans la voix. Elles vivent avec leur mère à Swindon.

— Oh. Vous les voyez souvent ?

— Une fois tous les quinze jours, selon le travail. C'est comme ça, dit-il entre deux bouchées. Vous êtes basée ici depuis combien de temps ?

— Environ quatre ans. Avant, j'étais basée à Newbury. Mais c'est mieux ici. Plus facile avec les enfants.

Elle regarda à travers la vitre de la voiture et avala sa bouchée.

— Oh, merde.

— Qu'est-ce qui ne va pas ?

— Tracy nous a donné la voiture qu'Alex a utilisée ce matin.

— Il y a un problème ?

Elle ne répondit pas et pointa plutôt la clé vers la voiture, puis ouvrit son sac et en sortit un sac plastique avec le logo d'un supermarché.

Tandis que Turpin ouvrait la portière passager, elle se mit à ramasser les emballages de sandwich vides et autres déchets à l'arrière du véhicule, et plaça tout dans le sac avant de le fourrer derrière le siège conducteur.

Cela fait, elle s'installa et démarra le moteur. Elle se retourna pour vérifier par-dessus son épaule en commençant à faire reculer la voiture, et elle vit Turpin qui l'observait, l'air perplexe, alors qu'il récupérait une canette de soda vide du plancher et l'ajoutait au sac.

— Ne vous inquiétez pas, je vais lui en toucher deux mots, dit-elle.

Ils étaient en route et se dirigeaient vers Upper Benham quand Turpin reprit la parole.

— Depuis combien de temps Alex est-il enquêteur ?

Elle haussa les épaules.

— Pas longtemps. Il nous a rejoints depuis Bicester il y a six mois après avoir terminé sa période probatoire.

— Est-ce qu'il possède un peigne ?

Elle rit.

— Il est peut-être un peu débraillé et encore jeune, mais il a l'étoffe d'un bon détective, chef.

— On dirait qu'il a été traîné dans les ronces. Deux fois.

———

Jan serra le frein à main et scruta à travers le pare-brise la maison individuelle en briques qui avait appartenu il y a peu à Seamus Carter.

Au fil des années, un affreux crépi à galets avait été appliqué sur les murs, donnant à tout le bâtiment un aspect grisâtre sale. Les cadres d'origine avaient été remplacés par du PVC, sans doute pour tenter d'imperméabiliser la construction.

Elle sortit du véhicule et rejoignit Turpin sur le seuil.

— À quelle distance se trouve l'église d'ici ? demanda-t-il en se décalant pour laisser passer un technicien de la police scientifique.

— À peine dix minutes à pied.

Turpin jeta un coup d'œil par la porte d'entrée ouverte et émit un léger sifflement.

— Attendez.

Un bruissement se fit entendre depuis une porte à droite

de l'endroit où ils se tenaient, puis une grande silhouette enveloppée dans une combinaison de protection blanche avec un masque sur le visage apparut. La peau autour de ses yeux se plissa quand il l'aperçut, et il abaissa son masque.

— January West. Qui est ton nouveau coéquipier ?

Elle ignora le regard en coin que lui lança son nouvel inspecteur à l'utilisation de son nom complet, et elle fit plutôt les présentations.

Jasper Smith hocha la tête en guise de salut et leva ses mains gantées.

— Bienvenue. Je vous serrerais bien la main mais—

— Pas de problème, dit Turpin. Ça vous dérange si on jette un coup d'œil ?

— Pas du tout, on a presque terminé. Tenez, mettez des combinaisons.

Jan prit une des combinaisons que le responsable de la police scientifique leur tendait, posa son sac près de l'entrée et enfila la tenue blanche par-dessus ses vêtements. Après avoir attaché des surchaussures en plastique, elle suivit Jasper et Turpin dans la maison.

— Quelque chose de significatif ? demanda Turpin.

—L'endroit est assez dépouillé. Le salon se trouve par là, il y a trois chambres à l'étage et une cuisine à l'arrière de la maison. Il utilisait l'une des chambres comme bureau, et c'est là que nous avons passé le plus de temps. Nous avons des agendas des quatre dernières années, et il y a tout un classeur rempli de documents officiels. Mais aucun signe d'effraction, et ses clés de voiture sont pendues à un crochet dans la cuisine. Il y a un garage sur le côté de la propriété, et la voiture y est. Le réservoir est rempli aux trois quarts, et elle semble en bon état compte tenu de son âge.

Jan écouta distraitement la voix de Smith tandis qu'elle parcourait la maison dans son sillage, absorbant du regard ce qui avait été la vie du prêtre en dehors de son église.

En entrant dans le salon, elle fut frappée par la décoration sobre. Une peinture mate vert foncé avait été appliquée sur les murs, contrastant avec le plafond blanc cassé. Sur un mur, une aquarelle du village était accrochée au-dessus d'un ancien téléviseur. Des étagères tapissaient le mur opposé derrière un canapé trois places devant une table basse. Une tache de café couvrait le coin gauche, et à côté se trouvait une sélection de brochures paroissiales jaunies par le temps.

— Est-ce qu'il avait quelqu'un qui vivait chez lui pour l'aider ? demanda Turpin.

— Les prêtres vivent généralement seuls, chef, dit-elle. Il aurait été responsable de ses propres courses, de la cuisine et du nettoyage de la maison entre ses obligations paroissiales.

Elle se sentit soudain reconnaissante de ne pas avoir dû amener Alex ici – il aurait fait un commentaire désinvolte sur la vie du prêtre, et aurait ri ou plaisanté sur quelque chose de totalement inapproprié.

Au lieu de cela, le nouvel inspecteur passait une main gantée sur les affaires du prêtre défunt avec révérence, prenant soin de replacer les objets comme il les avait trouvés, et il suivait Smith en silence tandis qu'il les guidait à travers le reste de la maison.

Lorsqu'ils atteignirent le haut de l'escalier, Smith désigna une porte ouverte au-delà de la salle de bain.

— C'est son bureau. Nous avons terminé ici, donc la pièce est à vous. Les agendas sont sur le bureau si vous voulez y jeter un coup d'œil avant qu'on les emballe. Il y a aussi un carnet d'adresses. Je serai en bas en train de terminer la fouille du garage si vous avez besoin de moi.

Turpin hocha la tête en signe de remerciement, puis s'écarta pour laisser Jan entrer dans la pièce avant lui.

Immédiatement, elle comprit pourquoi le prêtre avait choisi cette pièce comme bureau.

La fenêtre donnait sur un jardin et une structure semblable à un hangar à gauche de la maison, qui était évidemment le garage, vu les trois techniciens de la police scientifique qui faisaient des allers-retours. Au-delà du jardin, des champs ouverts s'étendaient à partir du village et menaient vers un bosquet d'arbres à l'horizon proche.

Seamus Carter avait placé son bureau directement sous la fenêtre, et elle pouvait l'imaginer en train de contempler le paysage tout en réfléchissant à son travail.

— Intéressant.

Elle se retourna en entendant Turpin.

— Quoi donc ?

Il pointa du doigt l'ordinateur haut de gamme placé sur le côté droit du bureau.

— Tout ce qu'on a vu jusqu'à présent était plutôt ancien, la télévision en bas, par exemple. Et Smith a dit que la voiture de Seamus était en bon état pour son âge aussi. Et pourtant, l'ordinateur portable à l'église et celui-ci sont neufs.

— Fan de technologie ?

— Peut-être.

Turpin tourna son attention vers les agendas de format A4 que Smith et son équipe avaient mis sous scellés et laissés sur le bureau pour qu'ils soient récupérés une fois leur recherche terminée.

— Dès que ces documents auront été enregistrés par l'officier des pièces à conviction au centre des opérations, nous demanderons aux uniformes de les passer en revue.

Avec un peu de chance, il y aura quelque chose qui pourra nous aider.

Elle fit une pause pendant qu'il tendait la main et passait ses doigts sur les livres de l'étagère à côté du bureau avant de se tourner vers elle.

— Ça semble être une existence bien solitaire pour un homme autrement entouré de gens, vous ne trouvez pas ?

CHAPITRE 7

Jan écrasa la pédale de frein et jura lorsqu'un gamin à vélo la nargua avant de se faufiler entre deux voitures garées sur le côté de la rue et de disparaître.

— Petit voyou.

— Vous le connaissez ? demanda Turpin en levant les yeux de ses notes pour scruter à travers le pare-brise.

— De vue seulement. Il habitait au-delà d'Oxford Road. Il s'est fait coincer pour vol à l'étalage il y a quelque temps.

— Quel âge ont vos enfants ?

— Ils sont jumeaux. Huit ans, mais ils se croient déjà à dix-huit.

Elle passa une vitesse et redémarra, puis accéléra une fois qu'ils eurent dépassé le virage vers la route principale.

— Vos garçons vont dans la même école que lui ?

— Quoi ? Non, ils sont trop jeunes. De toute façon, quand ils auront son âge, ils seront à l'école des garçons.

Turpin se tourna dans son siège.

— Je sens une pointe de stress, Jan.

Elle accusa réception de ses paroles en plissant le nez, et elle changea de vitesse tandis que la campagne remplaçait l'étalement urbain.

— Je ne veux pas que mes deux fils aillent au collège public, d'accord ? J'ai peur qu'ils se fassent harceler par des gamins comme lui.

— Alors quoi, école privée ?

— Exactement.

— Avec un salaire de flic ? ricana-t-il. Vous ne trempez pas dans quelque chose de louche, j'espère ?

Elle se mordit la lèvre.

Son rire s'estompa.

— Jan ?

Elle soupira, puis mit son clignotant à gauche et prit une route sinueuse vers l'extrémité opposée d'Upper Benham.

Un autre jour, elle aurait été émerveillée par le changement du paysage environnant. Un hiver impitoyable avait cédé la place à un printemps détrempé qui avait apporté des ciels gris et des routes inondées, provoquant des conditions traîtresses dans toute la zone de police locale.

Maintenant, une matinée nuageuse avait tourné les talons vers les Berkshire Downs, laissant derrière elle un paysage éclatant et baigné de soleil, fait de champs et de haies, avec un aperçu alléchant d'un temps plus chaud à seulement quelques semaines.

— Jan ?

— Écoutez, j'ai un plan. Il y a des bourses, d'accord ?

— Ah, je vois.

Il se cala dans son siège un instant, puis du coin de l'œil, elle le vit froncer les sourcils.

— Quel genre de bourses ?

Elle prit une profonde inspiration.

— Pour la musique. S'ils peuvent démontrer un certain niveau de compétence au cours des dix-huit prochains mois environ, ils auront peut-être une chance. Les bourses couvrent soixante pour cent des frais.

Turpin siffla doucement.

— Pas mal. Quel instrument ?

— Trombone.

— Quoi—

Sa réponse fut interrompue tandis qu'il étouffait un rire, et elle fut récompensée par le son de ses éclaboussures depuis le siège passager.

Il se frappa la poitrine, et après un regard inquiet pour s'assurer qu'il ne s'étouffait pas, elle sentit ses épaules se détendre tandis qu'un sourire tirait le coin de sa bouche.

— Ce n'est pas drôle, chef.

— Mon Dieu, si, ça l'est, souffla-t-il. Des jumeaux qui apprennent tous les deux le trombone. J'imagine le vacarme.

— Ils sont plutôt doués en fait.

— C'est pour ça que Kennedy vous a dit qu'il avait déjà approuvé vos heures supplémentaires pour cette affaire, pour vous sauver de ce bruit ?

— D'accord, oui, j'admets que c'est agréable de venir au travail pour échapper au bruit parfois.

Il cessa de rire, comme s'il percevait son changement de ton.

— Mais ça les fera entrer dans l'école qu'ils veulent, pas vrai ?

— Exactement. Le marché, c'est qu'une fois qu'ils y seront, ils pourront choisir l'instrument qu'ils veulent.

— Plus que dix-huit mois à tenir, alors ?

— Plus que dix-huit mois.

— Espérons qu'ils ne voudront pas apprendre la batterie ensuite.

Elle serra la mâchoire tandis qu'il s'essuyait les yeux et tentait de se ressaisir, puis elle ralentit la voiture et désigna la maison d'en face.

— Nous y sommes.

Elle ferma la portière et traversa vivement la ruelle en direction de la maison mitoyenne.

— Jan. Attendez.

Il la rattrapa en boutonnant sa veste, puis il tendit le bras et l'arrêta sur le trottoir.

— Je ne dirai plus un mot à ce sujet. Je vois combien c'est important pour vous que vos garçons entrent dans la bonne école.

— Merci.

Il acquiesça, puis tourna son attention vers la maison à pignon et parcourut la façade du regard.

— Elle se débrouille plutôt bien pour quelqu'un qui aide dans une église.

— Les agents qui ont pris sa déposition ce matin ont dit que son mari était décédé il y a deux ans. Crise cardiaque. Complètement inattendue, apparemment. Il était membre du conseil d'administration d'une entreprise de la ville pendant plusieurs années, il a fait des choix d'investissement judicieux, et il a laissé à sa femme une maison entièrement payée et un joli revenu mensuel grâce à un portefeuille d'actions.

Turpin plissa les yeux.

— Alors on peut se demander pourquoi elle a besoin d'un travail à l'église, non ?

— C'est du bénévolat, chef. Elle n'est pas payée.

Avant même qu'elle n'ait fini de parler, il avait déjà gravi les trois marches peu profondes menant au jardin de la maisonnette et il frappait à la porte.

Elle trottina derrière lui et atteignit le paillasson sur le pas de la porte au moment où celle-ci s'ouvrait et que des yeux cernés de rouge les observaient. Elle fut surprise par l'apparence de la femme. Elle s'attendait à quelqu'un de plus âgé, mais elle estima que Helen ne devait avoir qu'une cinquantaine d'années.

Elle portait un jean noir et un pull en cachemire couleur crème, ses cheveux brun foncé coupés au niveau des épaules.

L'arôme de pâtisseries fraîches flottait au-delà du seuil, et Jan serra les dents tandis que son estomac menaçait de gargouiller.

— Madame Wilson ?

Turpin les présenta tous les deux, puis tapota l'extérieur de sa veste et fronça les sourcils avant de se tourner vers Jan.

— Vous avez des cartes de visite ?

Elle acquiesça, fouilla dans son sac à main et tendit une carte écornée à la femme.

— J'ai parlé à la police ce matin, dit Helen en examinant les références de Jan.

— J'en suis conscient, mais j'ai été nommé adjoint de l'inspecteur principal sur cette affaire, dit Turpin, et c'est habituel pour nous de parler également aux témoins dans ce genre de circonstances.

La femme s'écarta et leur tint la porte ouverte.

— Vous feriez mieux d'entrer, alors. Je suppose que vous voulez du thé.

Turpin franchit le seuil après avoir essuyé ses pieds sur le paillasson, et il laissa Jan fermer la porte.

— Seulement si vous en prenez aussi.

La femme ne répondit pas et les conduisit plutôt à travers un couloir étroit jusqu'à la cuisine à l'arrière du cottage qui avait été agrandie par rapport au plan d'origine.

Une table à manger pour six personnes avait été placée au fond, à côté d'un siège de fenêtre qui offrait un coin lecture avec vue sur le jardin. La propriété donnait sur des champs, où un tracteur solitaire passait près de la clôture en barbelés le long de la limite tandis qu'il traversait le paysage en grondant.

Deux grilles de refroidissement en métal étaient posées sur un plan de travail à côté du four, avec des rangées bien ordonnées de petits gâteaux alignés à côté des prémices d'un pudding.

— Ça sent divinement bon, commenta Jan.

— Je trouve ça relaxant, dit Helen en commençant à ranger et empiler les bols dans un lave-vaisselle. Je ne savais pas quoi faire d'autre. Je fais parfois des pâtisseries pour les collectes de fonds dans le village, mais ce n'est plus comme avant. Les règles d'hygiène alimentaire sont une vraie plaie, ça décourage beaucoup de personnes d'aider de nos jours.

Helen plaça une bouilloire en inox sur la cuisinière et alluma le gaz, puis elle se tourna vers les deux détectives. Elle désigna la table à manger et les rejoignit quand ils prirent place.

— Quoi qu'il en soit, vous n'êtes pas venus pour parler de ça, n'est-ce pas ?

— Vous êtes seule ici ? demanda Turpin. Est-ce que vous avez des amis ou un membre de la famille qui pourrait être avec vous en ce moment ?

Helen secoua la tête.

— J'ai des amis dans le village que je peux appeler si j'ai besoin plus tard.

Jan sortit son carnet de son sac et décapuchonna un stylo.

— Pouvez-vous me raconter les événements de ce matin ? demanda Turpin. Je sais que c'est très traumatisant pour vous, mais c'est essentiel pour notre enquête.

La femme acquiesça et renifla.

— C'est l'un des jours les plus chargés de l'année pour nous. Nous avions presque tout installé hier après le baptême, mais j'avais convenu avec le Père Carter de venir tôt aujourd'hui pour vérifier les arrangements floraux et l'aider à se préparer avant que les fidèles ne commencent à arriver.

— À quelle heure êtes-vous arrivée à l'église ?

— Vers sept heures, je pense.

— Vous êtes venue en voiture, à pied—

— J'ai pris la voiture. J'avais les cartons de produits d'entretien avec moi, et c'est trop encombrant pour les porter sur une telle distance.

La bouilloire commença à siffler, et elle se leva de sa chaise, s'affaira à sélectionner des tasses pour eux, puis déposa un plateau sur la table.

— Servez-vous en lait et en sucre.

Jan versa un peu de lait dans sa tasse et remarqua que Turpin faisait de même – pas de sucre.

Il prit une cuillère et remua sa boisson avant de reporter son attention sur Helen.

— Depuis combien de temps est-ce que vous travaillez à l'église ?

— Deux ans.

— Seamus Carter était dans la région depuis près de quinze ans. Qu'est-il arrivé à la sacristine précédente ?

— Elle a pris sa retraite. Mary O'Brien, c'était son nom. Même après avoir cessé d'y travailler, elle assistait toujours à la messe tous les dimanches jusqu'à son décès il y a environ huit mois. Elle a eu un AVC massif, et comme elle vivait seule, elle n'a pas reçu d'aide à temps.

— Je suis désolé de l'apprendre.

Turpin fit une pause et but une gorgée de thé.

— Pourquoi est-ce que vous travaillez à l'église ?

— Qu'est-ce que vous voulez dire ?

— Est-ce que vous avez besoin d'argent ?

— Ce n'est pas rémunéré, inspecteur. C'est un rôle bénévole. Et je n'ai pas besoin d'argent. Quand mon mari est décédé, il m'a laissé suffisamment d'assurance pour rembourser l'hypothèque. C'était un homme avisé, inspecteur. Il a bien investi, et je lui en suis reconnaissante.

— Alors, pourquoi ce travail à temps partiel à l'église ?

Elle posa sa tasse de thé, son visage assombri.

— Parce que je me sens seule. Je n'ai appris à conduire qu'après la mort de Derek, et je ne suis pas très à l'aise. Oui, je peux conduire dans le village et aller au supermarché et revenir sans problème, mais ce n'est pas comme si je partais en vadrouille maintenant qu'il n'est plus là. En plus, j'aime rendre service.

— Vous socialisez beaucoup dans le village ?

— Non, pas jusqu'à récemment. Comme vous pouvez l'imaginer, il m'a fallu beaucoup de temps pour surmonter le décès de mon mari. Il me manque terriblement. Mais quelques amies de l'église et moi sommes allées boire un verre au pub à plusieurs reprises ces trois ou quatre derniers mois, et j'ai commencé à prendre des cours d'art une fois par semaine à la salle paroissiale.

— Revenons à ce matin. Que s'est-il passé quand vous êtes arrivée à l'église ?

— Quand je suis arrivée, la porte était ouverte. Je veux dire qu'elle était fermée mais pas verrouillée. J'ai appelé le

Père Carter, mais il n'y a pas eu de réponse. Les lumières étaient encore allumées, enfin certaines d'entre elles. On aurait dit qu'elles étaient restées allumées depuis hier soir. Je ne le voyais nulle part dans l'église, alors je me suis dirigée vers le bureau en pensant qu'il y serait...

Elle porta une main tremblante à sa bouche et ferma les yeux.

— Il y avait tellement de sang.

Jan réprima ses propres souvenirs de la scène de crime et remarqua avec quelle patience Turpin attendait que Helen se ressaisisse.

Au bout d'un moment, la femme ouvrit les paupières et se serra les bras. Elle cligna des yeux.

— Qu'est-ce que vous avez fait ? demanda Turpin d'une voix calme.

— Évidemment, j'ai réalisé qu'il était mort, et j'ai regardé assez de séries policières pour savoir qu'il ne fallait rien toucher. J'ai eu la nausée. Je suis sortie en courant et j'ai réussi à atteindre le parking avant de vomir. J'avais toujours mon sac à main avec moi et mon téléphone, et c'est à ce moment-là que j'ai appelé le numéro d'urgence.

— Est-ce que vous savez si Seamus s'était disputé avec quelqu'un récemment ?

Elle soupira, se pencha en avant et joignit ses mains sur la table.

— Je sais qu'il y a eu une petite altercation entre lui et Terry, le propriétaire du pub, le mois dernier. C'était à cause du stationnement, vous voyez. Le pub et l'église partagent une limite de propriété, et il y a un sentier piétonnier qui passe entre l'église et le parking du pub. Il existe une sorte d'arrêté municipal qui stipule qu'aucun véhicule ne doit bloquer le sentier à quelque moment que ce soit, mais souvent les gens laissent leur voiture et rentrent à pied s'ils ont trop bu, et ensuite ils viennent la chercher en retard le lendemain, donc les gens ne peuvent pas utiliser le sentier pour se rendre à l'église pour la messe dominicale. Je ne peux pas croire que Terry ferait du mal au Père Carter pour ça, pas comme ça. Ce qui a été fait à Seamus était l'œuvre du mal.

CHAPITRE 8

Mark remercia Helen, puis se dépêcha de descendre le sentier jusqu'à l'endroit où Jan se tenait près de la voiture, le front plissé de concentration.

— Où est-ce qu'on va maintenant, chef ?

— Au pub, je pense. Voyons un peu l'ampleur de « l'altercation » que notre curé a eue avec le tenancier le mois dernier.

Il monta dans la voiture et attacha sa ceinture tandis qu'elle démarrait le moteur.

— Je n'imagine pas qu'une dispute sur un sentier puisse être suffisamment grave pour lui donner un mobile de meurtre.

— Moi non plus, mais nous devons nous en assurer.

Il regarda par la fenêtre tandis qu'elle conduisait la voiture le long du chemin sinueux depuis la maison de Helen et prenait un virage à droite qui les menait à travers la partie principale du village.

L'église et le pub se trouvaient à l'extrémité, et tandis qu'ils traversaient Upper Benham, il remarqua que l'épicerie du village et le bureau de poste maintenaient un commerce florissant – sans doute aidés par les commérages sur la mort du curé ce matin-là.

Il observa un groupe de personnes rassemblées sur le trottoir devant la boutique, et il se demanda si le meurtrier de Seamus était parmi eux. Des visages pâles le dévisagèrent lorsque la voiture passa, et il reporta son attention sur Jan.

— Vous connaissez cet endroit ?

— Upper Benham ?

— Ouais.

Elle haussa les épaules.

— Pas vraiment. Je pense qu'on y est passés quelques fois en allant à Wallingford, mais on ne s'est jamais arrêtés. Je n'y avais jamais vraiment prêté attention jusqu'à maintenant.

— Un village tranquille typique, alors ?

— J'ai consulté la base de données après le briefing de ce matin. En dehors de quelques cambriolages mineurs il y a quelques années, il n'y a rien. On pourrait dire que c'est l'image parfaite.

Il grogna doucement tandis qu'elle dirigeait le véhicule autour du pittoresque étang aux canards, à la surface duquel trois canards blancs flottaient. Des bancs en bois avaient été installés sur les accotements herbeux à côté de l'étang, mais ils étaient actuellement abandonnés. Il imagina que les week-ends, l'espace serait rempli de familles en train de faire des pique-niques.

Il porta son attention sur un bâtiment face à l'étang aux canards et réalisa, en parcourant des yeux les lettres ciselées sous la cheminée centrale, que ces trois maisons mitoyennes avaient autrefois été un autre pub. Les jardins semblaient bien établis, et il supposa que le pub avait fait faillite depuis longtemps.

— Comment s'appelle le pub à côté de l'église ?

— Le White Horse. Cet endroit là-bas s'appelait le Red Lion. Je crois qu'il a fermé il y a environ huit ans.

— Alors, ce tenancier qu'on s'apprête à interroger doit bien s'en sortir s'il a le seul pub du village.

— C'est ce qu'on pourrait penser. Mon cousin possède un pub au Pays de Galles et c'est un travail sacrément difficile.

Quelques instants plus tard, Jan ralentit le véhicule et le dirigea dans le parking recouvert de gravier du White Horse.

Turpin descendit de la voiture et s'étira le dos, tout en jetant un coup d'œil au bâtiment devant lui.

Le pub semblait avoir été agrandi au fil des années, son toit de chaume s'étendait à la fois sur l'empreinte d'origine et sur celle d'une extension plus récente. Deux hautes cheminées perçaient les couches de chaume soigneusement peignées, et une antenne parabolique avait été fixée sur le côté de l'une d'elles, son disque blanc détonnant contre la maçonnerie plus traditionnelle.

Derrière lui, un corbeau lança son cri depuis son perchoir dans le cimetière avant que sa lamentation ne soit noyée par le moteur d'une voiture qui passait.

Les fleurs de mûrier recouvraient les ronces qui grimpaient le long du mur de pierre entre les propriétés, promesse de fruits gorgés de saveur dans quelques mois seulement.

Toute cette atmosphère contrastait avec la scène glaçante dont il avait été témoin à l'église quelques heures plus tôt, et un frisson involontaire lui parcourut les épaules.

— Il est propriétaire ou locataire ? demanda-t-il tandis qu'elle rangeait les clés de voiture dans sa poche et le rejoignait.

— Locataire. Le propriétaire actuel est là depuis trois ans.

J'ai examiné les premières déclarations qui ont été recueillies jusqu'à présent, et il semble que Terry Benedict ait redressé l'établissement depuis qu'il est là. J'ai fait une recherche sur Internet ce matin, et la société propriétaire du pub avait failli le fermer avant qu'il ne reprenne l'affaire parce qu'il perdait de l'argent à vue d'œil. Les habitants étaient furieux.

— Il est bien respecté alors ?

— Il semblerait que oui. Et il ne supporte pas les imbéciles. L'un des habitués a dit aux agents en uniforme que lorsque Terry est arrivé, il a interdit l'accès à six personnes durant la première semaine pour comportement turbulent et ivresse.

— Il doit servir une bonne bière pour faire tourner cet endroit.

— Il a gagné quelques prix, d'après le *Guide des bons pubs*. J'ai l'impression que c'est comme ça qu'il s'est débarrassé des jeunes. Il a arrêté de servir ce qu'ils aiment boire, et tous les autres sont revenus.

— J'ai hâte de le rencontrer.

Il traversa le parking puis tint la porte du pub ouverte pour Jan.

Tandis que ses yeux s'habituaient à la pénombre, il entendit le son grave d'une guitare de blues qui jouait à travers des enceintes intégrées au plafond, la séquence de trois accords interrompue régulièrement par le bruit de verres qui s'entrechoquaient en provenance du bar.

Au-dessus de sa tête, des poutres sombres apparentes traversaient un plafond blanc uni, tandis que ses chaussures résonnaient sur un parquet qui montrait des signes d'usure et un chemin bien tracé vers le comptoir.

Les murs avaient été peints d'un rouge brun profond d'un côté, tandis que sur les autres, un papier peint à motifs servait de toile de fond à plusieurs gravures et photographies représentant le village.

Une silhouette apparut derrière le bar, se redressant d'une position accroupie avant de faire un pas en arrière, surprise.

— Désolé, je n'ai pas entendu la porte s'ouvrir. J'étais en train de réapprovisionner les frigos.

— Terry Benedict ?

Mark montra sa carte de police.

— C'est moi. Je suppose que vous êtes ici à propos de Seamus.

Il secoua la tête, puis tendit le bras par-dessus le comptoir pour prendre un torchon et s'essuyer les mains.

— Une terrible affaire, vraiment.

— Vous le connaissiez bien ?

Un sourire triste traversa le visage de l'homme et il pointa du doigt une plaque en laiton fixée à une extrémité du bar. On l'appelait « le confessionnal ». C'est là que Seamus s'asseyait le soir, et on riait toujours du fait que les gens lui racontaient n'importe quoi. C'était une plaisanterie récurrente entre nous.

— Est-ce que ça le dérangeait ?

— Je ne pense pas. Il disait toujours que c'était un risque professionnel.

— Vous vous connaissiez depuis combien de temps ?

Benedict remit le torchon sur le comptoir et se dirigea vers un tiroir-caisse laissé à côté de la caisse enregistreuse. Il le souleva pour le mettre en place et tourna une clé sur le dessus de la caisse. Une série de chiffres verts s'alluma sur un écran, puis il se retourna vers eux.

— Il faisait partie des habitués qui étaient déjà là quand je suis arrivé. Je pense que chaque village en a, ceux qui se rassemblent au bar le soir ou le dimanche à l'heure du déjeuner. Seamus était différent des autres, car il n'essayait pas de me dire comment gérer mon affaire, ajouta-t-il, le visage plein de remords. Nos conversations vont me manquer, pour être honnête.

— Vous vous entendiez bien avec lui ?

La bouche de l'homme se pinça.

— La plupart du temps. Nous avons eu nos différends au fil des années, bien sûr.

— Parlez-moi du parking. Je crois comprendre qu'il y aurait eu un problème entre vous et Seamus à ce sujet.

Benedict soupira, indiqua une table avec quatre chaises, puis passa une main dans ses cheveux.

— Donc, maintenant je suis suspect, c'est ça ?

Mark tira une chaise pour Jan, puis s'assit en face du tenancier.

— C'est mieux si je suis celui qui pose les questions. Alors ?

Benedict se pencha en arrière sur sa chaise et croisa les bras sur sa poitrine.

— Tout a culminé le mois dernier. Pour être honnête, il me harcelait par intermittence toute l'année, mais je crois qu'il y avait un mariage particulièrement important le samedi matin. Nous avions une soirée privée ici le vendredi soir, et bien sûr le parking était plein. Quoi qu'il en soit, quelques habitants ont choisi de rentrer à pied pour pouvoir boire un verre, et je pense que beaucoup de gens prévoyaient de passer quand le pub ouvrirait le lendemain pour récupérer leurs clés. À ce moment-là, c'était déjà le chaos dehors parce que la moitié des invités du mariage ne pouvaient pas se garer à l'église.

— Alors, ils ont choisi d'essayer de se garer au pub à la place ? Comment ça marche, c'est votre terrain, n'est-ce pas ?

— En quelque sorte. Il y a un droit de passage entre

l'église et le parking là-bas. L'accord est que l'église peut utiliser le parking du pub comme débordement pour les événements. L'arrêté municipal est en place depuis les années 1930, et bien sûr il n'y avait pas autant de voitures à l'époque.

— Vous avez déjà cherché à savoir si le droit de passage pourrait être modifié ?

— Non. Nous nous étions toujours débrouillés avant.

Il haussa les épaules et posa ses mains sur la table.

— Ça semble stupide maintenant, avec le recul.

— Vous vous disputiez souvent avec Seamus ?

— Non, pas du tout. Nous avions l'habitude de nous chamailler gentiment le soir quand il venait prendre un verre. Il adorait débattre, et c'était toujours divertissant. Je n'arrive pas à croire qu'il soit parti.

— Est-ce que vous pouvez penser à quelqu'un qui aurait voulu lui faire du mal ?

Benedict secoua la tête.

— J'y réfléchis depuis ce matin. C'est une communauté très soudée ici, et je me rends compte à quel point c'est rare de nos jours. Les jeunes partent dès qu'ils le peuvent, généralement quand ils vont à l'université, mais beaucoup de gens de mon âge sont ici depuis un certain nombre d'années maintenant, et pas mal de gens prennent leur retraite de Londres et viennent s'installer ici.

— Revenons à hier soir. Est-ce que vous étiez derrière le bar tout le temps ?

— Non. J'avais Gemma et Beverley qui m'aidaient au bar, et trois personnes en cuisine. Nous étions occupés, les gens viennent généralement manger tôt avant que le groupe ne commence son premier set, et ceux qui ne le font pas commandent typiquement un encas entre les morceaux. Entre nos habitués et les fans du groupe, j'ai passé la majeure partie de la soirée à tirer des bières, changer des fûts ou monter et descendre les escaliers jusqu'au bureau pour chercher de la monnaie pour la caisse.

— Y a-t-il quelqu'un pour confirmer vos déplacements hier soir ?

Benedict fronça les sourcils.

— J'ai donné une liste avec les coordonnées du personnel de cuisine et des serveuses à l'agent de police ce matin. Je pensais ce que j'ai dit. Je n'aurais jamais fait de mal à Seamus.

Mark recula sa chaise et fit signe à Jan.

— Nous allons vous laisser retourner à votre travail, monsieur Benedict. Nous reprendrons contact avec vous, c'est certain.

CHAPITRE 9

Mark tint la porte ouverte pour Jan, puis traversa la pièce jusqu'à son bureau et s'affaissa dans son siège avec un soupir mal dissimulé.

Il ramassa la nouvelle carte de sécurité et le téléphone portable qui avaient été laissés à côté de son clavier, puis il passa une main sur ses yeux fatigués.

Malgré la formation de tout officier supérieur d'enquête qui stipulait que les premières vingt-quatre heures d'une enquête pour meurtre étaient les plus importantes, cela ne signifiait pas toujours qu'une percée se produisait.

Il estimait que lui et ses collègues allaient encore passer un certain temps à gratter le vernis de l'image parfaite de la vie villageoise dépeinte dans les témoignages.

Un rire bruyant de l'autre côté de la pièce le tira de sa rêverie, et il tourna la tête pour voir Jan poser le sac plastique rempli de déchets sur le bureau d'Alex.

— J'ai déjà deux enfants à ma charge, Alex, dit-elle. Je n'ai pas besoin d'un troisième.

Le jeune enquêteur eut la décence de rougir en ramassant

le sac, et il se précipita vers les poubelles à l'autre bout de la pièce.

Jan secoua la tête en se dirigeant vers son bureau et elle vit qu'il la regardait.

— Franchement, s'il appliquait la même diligence à ranger derrière lui qu'à son travail, ça ne serait pas un tel problème.

Mark sourit, puis son estomac grogna – un rappel qu'il n'avait rien mangé depuis que Jan lui avait donné un sandwich plus tôt dans la matinée. Depuis, il avait survécu grâce au café, au thé et à l'adrénaline.

Il lorgna le paquet de biscuits au chocolat qu'elle avait placé à côté de son écran d'ordinateur, puis abandonna cette idée.

Il avait pris du poids trop facilement pendant les mois passés à se remettre des blessures subies lors d'un incident dans le Wiltshire, et il avait fallu toute sa détermination pour retrouver un niveau de forme normal.

Au lieu de cela, il se concentra sur ses notes du premier jour de travail et commença à mettre à jour la base de données HOLMES2, accompagné par le son des doigts de Jan en train de taper sur le clavier de son propre ordinateur.

Il n'avait rien contre l'aspect administratif de son rôle. Il trouvait que ce travail lui permettait de repasser les conversations dans son esprit, son souvenir des mots et du langage corporel ouvrant souvent de nouvelles pistes d'enquête. Généralement, c'était ce que les témoins ne disaient pas qui permettait la percée.

Les gens oubliaient à quel point leurs yeux, leurs mains et leurs expressions faciales pouvaient être expressifs.

Jan jeta un coup d'œil par-dessus son écran d'ordinateur.

— Vous ne pensez pas que Terry Benedict est notre tueur, alors ?

— C'est juste une intuition. On ne peut pas l'exclure complètement à ce stade.

Elle reprit son travail.

Un instant plus tard, il sentit de nouveau un regard posé sur lui et leva les yeux.

— Quoi ?

— La plupart des gens ici auraient déjà piqué un biscuit à l'heure qu'il est.

— Ne me tentez pas. J'essayais d'être sage.

Son rire fut interrompu par l'inspecteur principal Kennedy qui se précipita dans la salle des opérations.

— Ok, briefing, tout le monde. Tout de suite. J'ai une réunion dans trente minutes, alors faisons vite.

Il fit signe à l'équipe de le rejoindre près du tableau blanc et il arpenta la moquette en attendant que les détectives et agents en uniforme rassemblés s'installent, puis il pivota sur la pointe des pieds pour leur faire face.

— Est-ce que toutes les dépositions des témoins sont arrivées ?

— Elles ont toutes été reçues, chef, mais elles ne seront pas toutes mises à jour dans HOLMES2 avant demain matin, répondit un agent en uniforme près de l'endroit où se tenait l'inspecteur principal. On nous a promis une aide administrative supplémentaire, mais pas de nouvelles concernant le moment où ils vont se présenter.

Kennedy prit acte des murmures mécontents qui remplissaient la pièce, puis il leva la main pour réclamer le silence.

— On savait que ça arriverait. Peter, fais ce que tu peux

avec ce que tu as. La priorité est sur les déclarations des personnes qui habitent le plus près de l'église.

L'agent en uniforme acquiesça, puis baissa les yeux et écrivit dans son carnet.

L'inspecteur principal tourna son attention vers Mark.

— Comment ça s'est passé pour vous deux ?

— Nous avons parlé à Helen Wilson, la sacristine de l'église. En plus de nous raconter les événements de ce matin, elle a mentionné que notre prêtre avait eu ce qu'elle a appelé « une altercation » avec le patron du pub le mois dernier au sujet du stationnement. Ensuite, nous sommes allés parler à Terry Benedict, le tenancier. Il nous a assuré qu'il s'agissait d'un petit différend permanent et qu'ils ne faisaient rien de plus que se chamailler à ce sujet. Les coordonnées du personnel de cuisine et de service ont été transmises aux agents en uniforme, donc Jan et moi allons passer en revue les déclarations et les corréler avec celles de Benedict pour nous assurer qu'il n'y a pas de lacunes.

L'inspecteur principal mit à jour le tableau blanc avec les commentaires de Mark et reboucha le feutre.

— Faites-moi savoir si vous trouvez quoi que ce soit qui vous préoccupe. Alex, où en sont ces déclarations ?

Le jeune enquêteur se leva de sa chaise, son carnet dans ses mains tremblantes.

— Chef, Caroline et moi avons examiné celles des enquêtes de porte-à-porte, et nous avons retracé les mouvements de Seamus dans les vingt-quatre heures précédant sa mort. Nous n'avons rien trouvé d'inquiétant. J'ai également fait des demandes pour ses relevés téléphoniques et bancaires.

— Bon travail.

Kennedy fit signe au détective de se rasseoir, puis il fit le tour de la salle pour demander des mises à jour à chacun des membres de l'équipe d'enquête, déléguer des tâches et fournir des encouragements lorsque nécessaire avant de clôturer le briefing.

— Très bien, c'est tout pour aujourd'hui. Je vous veux tous ici demain matin à sept heures trente.

Le groupe commença à se disperser, et Mark retira sa veste du dossier de sa chaise avant de se diriger vers la porte.

Il la tint ouverte pour Jan puis marcha avec elle jusqu'au parking.

— Vous voulez que je vous dépose ? proposa-t-elle.

Il scruta le ciel un instant.

— Non, mais merci pour l'offre. C'est une belle soirée et je dois acheter quelque chose à manger en rentrant. On se voit demain matin, ok ?

— Ça marche.

Elle lui fit un signe de la main par-dessus son épaule en se dirigeant vers sa voiture.

Mark suivit le chemin sur le côté du bâtiment jusqu'à atteindre la route principale.

Le va-et-vient de la circulation devint un bruit blanc à ses oreilles pendant qu'il marchait.

Il réfléchit à sa première journée. Une unité des crimes majeurs pouvait être stressante même dans les meilleures conditions mais, malgré ses réserves initiales, ses nouveaux collègues semblaient former une équipe soudée. Personne n'avait posé trop de questions, personne n'avait trop fouillé les raisons de son arrivée dans l'équipe, et il avait survécu à la rencontre avec Gillian.

Son estomac gronda, et il accéléra le pas.

Dix minutes plus tard, il poussa la porte d'un restaurant de fish and chips qu'il avait découvert lors de son arrivée en ville, et l'arôme de friture, de sel et de vinaigre titilla ses sens.

Deux adolescentes géraient le service en salle de l'établissement, prenaient les commandes, rendaient la monnaie et distribuaient les plats à emporter. En regardant par-dessus l'épaule de la femme devant lui, Mark pouvait apercevoir à travers une porte une femme et deux hommes qui travaillaient en cuisine, le fracas des plaques de cuisson métalliques sur les plans de travail en acier et le sifflement de l'huile de friture parvenant à ses oreilles.

Presque en train de saliver, il tapait du pied en attendant dans la courte file, puis il passa sa commande. Cabillaud et frites pour une personne, plus une saucisse pour Hamish.

Le fish and chips proposait des tables et des chaises aux clients pendant qu'ils attendaient leurs commandes, mais en voyant qu'elles étaient toutes occupées, Mark se mit sur le côté et s'appuya contre un grand réfrigérateur qui contenait des boissons fraîches.

Il tourna son attention vers un téléviseur fixé au mur au-dessus des tables alors que commençait le journal du soir, et il fit abstraction de l'agitation autour de lui.

Le générique d'ouverture de l'émission se termina, et un présentateur masculin fit face à la caméra, moment où Mark réalisa que le son avait été coupé.

Pas découragé pour autant, il continua à regarder les images vacillantes, puis il se redressa à la vue d'une bannière « dernière minute » qui traversa l'écran. L'image du studio laissa place à celle d'une journaliste debout dans une ruelle étroite.

Derrière elle, Mark reconnut le muret du cimetière d'Upper Benham. Tandis que la journaliste continuait de parler, l'image changea pour montrer la bande de scène de crime qui flottait entre deux piliers de portail enchâssés dans le mur, pendant que des enquêteurs de la police scientifique allaient et venaient, la tête baissée, en train de travailler dans la lumière déclinante.

Il consulta sa montre et comprit que l'inspecteur principal n'aurait pas vu le reportage en raison de la réunion tardive à laquelle il avait été convoqué. Il jura entre ses dents, se demandant quel impact la couverture télévisée aurait sur les lignes téléphoniques ce soir-là.

— Tout va bien ?

Il se retourna pour découvrir la fille derrière le comptoir qui le fixait, et il s'efforça de sourire.

— Oui.

Elle brandit un paquet emballé.

— Voilà pour vous.

— Merci.

Il prit le fish and chips et se fraya un chemin hors de la boutique en faisant un pas de côté pour éviter un piéton qui venait en sens inverse, puis il tourna à droite dans Bridge Street.

Derrière lui, une volée de cloches commença à retentir depuis l'église Saint-Nicolas alors que débutait une répétition pour un service à venir, et pour la première fois, il réalisa à quel point l'effet était mélancolique.

Lorsqu'il atteignit le bateau, Hamish était assis sur le chemin de halage, en train d'agiter la queue.

Le chien se leva et bondit vers lui, et Mark sourit tandis qu'une partie du stress de la journée s'atténuait.

— Tu n'as pas mis longtemps à comprendre la routine, dit-il en se penchant pour gratter le chien entre les oreilles. Allez, viens manger.

Vingt minutes plus tard, il était assis sur le toit de la

péniche, à picorer distraitement les frites restantes et à en lancer une occasionnellement sur le pont pour Hamish. Le chien avait englouti la saucisse en moins de trente secondes, même si Mark la lui avait donnée petit à petit de peur de provoquer une indigestion.

Ils étaient désormais assis dans un silence complice tandis que le dernier tintement des cloches s'éloignait au loin.

Le dernier coup aplatit la légèreté de son humeur, et il redevint rapidement sobre à la pensée du corps du prêtre à la morgue d'Oxford.

Le vent tourna, mordant sa nuque depuis le cours d'eau derrière lui. Il déplia ses jambes avec un gémissement étouffé tout en soulageant les nœuds de ses muscles. Après avoir froissé les papiers de frites vides et les avoir placés dans une poubelle à l'extrémité du pont, il s'assura que Hamish s'était installé sur la vieille couette qui lui servait de lit et il se retourna pour rentrer.

Un mouvement attira son regard, une silhouette en train de se déplacer à l'intérieur de la péniche voisine, sa petite carrure découpée en ombre chinoise contre la lumière.

Lucy O'Brien l'avait accueilli dans son logement temporaire au bord de l'eau trois semaines plus tôt avec un pack de quatre bières et des lasagnes faites maison.

Se décrivant comme une artiste en herbe – ce qu'il découvrit plus tard être un euphémisme significatif – elle avait passé la soirée à le régaler d'histoires sur ses autres voisins et leurs bizarreries.

Il n'avait pas autant ri depuis des mois.

Maintenant, il se demandait s'il devrait se risquer à aller la voir. Peut-être pourrait-il apporter une bouteille de vin.

La lumière s'éteignit, et il soupira.

Une autre fois, peut-être.

CHAPITRE 10

Le lendemain matin, Mark étouffa un bâillement et parcourut du regard les annonces épinglées sur un tableau en liège à côté de la caisse du café.

Début mai, et il semblait que chaque groupe communautaire de la région organisait une fête ou une autre collecte de fonds dans les semaines à venir.

Le bruit et le vacarme de la machine du barista étouffaient les conversations autour de lui tandis que l'arôme de grains torréfiés emplissait l'air, et un flux constant de clients franchissait la porte depuis la rue pour récupérer leurs commandes en se rendant au travail.

La chaleur du croissant dans le sac en papier qu'il tenait à la main lui picotait le bout des doigts, et son estomac gargouilla.

— Flat white pour Mark ?

Il s'avança vers le comptoir, remercia la jeune fille qui s'occupait de la caisse et servait les quelques tables du café avec une grâce naturelle, puis il sortit sur le trottoir animé.

Le petit matin gardait une fraîcheur dans l'air, le côté

opposé de la rue baigné d'un faible rayon de soleil tandis que le chemin où il marchait restait dans l'ombre. Il accéléra le pas, se faufila entre les voitures qui se suivaient pare-chocs contre pare-chocs, et traversa la route.

Ses pensées revinrent à son premier jour. Se faire tirer de son sommeil par une enquêteuse grincheuse n'avait pas fait partie de ses plans lorsqu'il s'était installé dans le Val du Cheval blanc. Il avait pleinement l'intention de reprendre doucement le travail après son congé sabbatique, et le meurtre du prêtre avait été un accueil désagréable dans son nouvel environnement.

Bien sûr, il avait travaillé sur de nombreuses enquêtes pour meurtre dans le passé – c'était son expérience qui avait attiré l'attention de la police de la vallée de la Tamise lorsqu'il avait demandé sa mutation. La brutalité extrême de la mort de Seamus l'inquiétait cependant.

Un frisson parcourut ses épaules, malgré le soleil.

C'était comme si le tueur avait réservé toute sa rage pour l'homme d'église.

Mais pourquoi ?

Il s'arrêta, posa son gobelet de café à emporter sur un muret devant un cabinet dentaire, et déballa son croissant.

La texture légère et la saveur beurrée stimulèrent tous ses sens dès la première bouchée, et il froissa le sac en papier avant de le fourrer dans la poche de son manteau. Il prit une gorgée prudente de café, grimaça quand le liquide chaud lui brûla la langue, puis il repartit.

Il savoura l'opportunité d'observer son environnement – dans le Wiltshire, il habitait à plusieurs kilomètres du commissariat auquel il avait été affecté et il devait s'y rendre en voiture au début et à la fin de chaque service. La proximité de l'amarrage de sa péniche louée avec le quartier général de la police d'Abingdon était quelque chose qui avait éveillé son intérêt quand il avait vu l'annonce.

La nature compacte du centre de la ville marchande lui évitait également la peine d'acquérir sa propre voiture pour le moment, d'autant plus que Debbie utilisait maintenant son ancien véhicule pour conduire les filles à l'école afin qu'elles n'aient plus à marcher. Avec un peu de chance, il pourrait s'en sortir en utilisant les voitures de service – surtout que Jan semblait se contenter d'être chauffeur désigné.

Il termina le reste du croissant et se lécha les doigts.

Deux mini-ronds-points se profilaient devant lui, la circulation ralentissant jusqu'à l'arrêt presque complet à l'approche du carrefour encombré. Il saisit l'occasion pour traverser la rue en empruntant un passage piéton, et il accéléra le pas lorsque le quartier général de la police apparut dans son champ de vision.

Quelques instants plus tard, il poussa la porte d'entrée et pénétra dans l'espace d'accueil, puis s'arrêta en entendant des voix qui s'élevaient.

Le sergent à l'accueil, dont le nom échappait à Mark, levait les mains pour essayer d'apaiser un homme de grande taille qui se tenait devant lui.

L'homme n'en démordait pas – il faisait les cent pas devant le bureau, et pointait du doigt le sergent tout en le réprimandant.

— C'est scandaleux. J'exige de voir immédiatement le détective responsable de cette enquête.

— Je suis désolé, monsieur. Comme je vous l'ai déjà expliqué, l'inspecteur principale Kennedy n'est pas disponible pour le moment. Si vous souhaitez prendre rendez-vous, je peux consulter son agenda avec lui plus tard dans la matinée et organiser un créneau qui vous conviendrait à tous les deux.

— Ne soyez pas ridicule. Un de mes administrés a été assassiné, et j'attends d'être tenu au courant de l'enquête.

Le sergent harcelé aperçut Mark et se détendit visiblement lorsqu'il s'approcha du bureau.

— Je peux peut-être vous aider, monsieur...

L'homme pivota sur ses talons, puis recula d'un pas, surpris par la proximité de Mark. Ses sourcils se froncèrent, accentuant davantage ses traits déjà pincés.

— Gerald Aitchison. Et vous êtes ?

— Inspecteur Mark Turpin. Je travaille avec l'inspecteur principal Kennedy.

— Turpin, tiens donc ? Nom étrange pour un agent de la loi.

Mark haussa un sourcil.

— Je suis le conseiller municipal d'Upper Benham.

Le torse de l'homme se gonfla, et il redressa les épaules.

— Je connaissais bien Seamus. Comme vous pouvez le comprendre, nos résidents locaux sont extrêmement préoccupés par son meurtre et ils cherchent à être rassurés que la police fait tout ce qui est en son pouvoir pour appréhender le responsable.

Mark jeta un coup d'œil par-dessus son épaule au bruit des portes principales qui s'ouvraient à nouveau. Il observa rapidement le couple âgé qui entrait et se retourna vers Aitchison.

— Si vous voulez bien me suivre ? Il y a une salle de réunion que nous pouvons utiliser, et je pourrai vous mettre au courant.

La bouche d'Aitchison se crispa comme s'il s'était attendu à ce que Mark oppose plus de résistance.

Mark ignora le regard de soulagement que lui lança le sergent, passa son badge et ouvrit la porte pour Aitchison.

— Deuxième porte à gauche.

Heureusement, les salles d'entretien du rez-de-chaussée étaient calmes, et après avoir allumé les lumières, il fit signe à Aitchison de s'asseoir.

Aitchison posa sa masse dans l'une des chaises en plastique et joignit ses mains sur la table devant lui.

Mark tira une chaise en face, se pencha en arrière et ajusta sa cravate.

— Alors, que pouvez-vous me dire ? demanda Aitchison, le visage impatient.

— Absolument rien, répondit Mark. Nous en sommes à un peu plus de vingt-quatre heures dans notre enquête. Comme vous le comprendrez, nous avons un certain nombre de personnes locales à interroger, des témoignages à rassembler et des preuves médico-légales qui doivent être examinées et sur lesquelles nous devons agir.

La confusion se répandit sur le visage de l'autre homme, et il se renfonça dans son siège.

— Mais je pensais que vous vouliez me parler ?

— Vous avez dit que vous vouliez être rassuré que nous faisons tout ce qui est en notre pouvoir pour trouver la personne responsable de la mort de Seamus Carter. Je vous donne cette assurance.

Les yeux d'Aitchison se plissèrent.

— Vous êtes nouveau ici, n'est-ce pas ?

— C'est exact. Transféré du Wiltshire.

— Bien, monsieur—

— Inspecteur Turpin.

— Je dois vous dire que je suis déçu de votre attitude. Je pensais—

— Vous pensiez que j'allais vous donner des informations sur une enquête en cours avant même que nous ayons eu le temps d'élaborer une stratégie médiatique. Dans ce genre d'affaires, tout ce que nous faisons doit être soigneusement coordonné. Les premières vingt-quatre heures de toute enquête sont les plus importantes, et nous ne pouvons pas nous permettre d'être distraits dans notre travail par des citoyens qui exigent des mises à jour à tout moment.

La bouche d'Aitchison s'ouvrit et se referma, puis ses joues devinrent rouges.

Mark leva la main.

— Soyez très prudent avec ce que vous êtes sur le point de dire. Je comprends que vous soyez frustré, mais cela ne changera pas notre position, et je peux vous assurer que mon officier supérieur chargé de l'enquête me soutiendra sur ce point.

Les épaules du conseiller se soulevèrent, et il sembla lutter contre sa colère avant de pousser un profond soupir.

— Vous avez raison, bien sûr. Je suis désolé. Seamus était apprécié et respecté dans notre communauté. C'est un tel choc.

Mark adoucit son ton.

— Je comprends. J'imagine que beaucoup d'habitants se tournent vers vous dans ces moments difficiles, n'est-ce pas ?

Aitchison se redressa.

— C'est ce que je fais de mieux. Les relations sociales. Rassembler tout le monde.

— C'est donc ce que vous devez faire. Retournez auprès de vos administrés, dites-leur que l'enquête de police en est à ses débuts mais que nous faisons tout notre possible pour trouver le meurtrier de Seamus. Mais laissez-nous faire notre travail. Dès que nous aurons quelque chose à communiquer au public, nous le ferons par le biais d'un communiqué de presse coordonné.

L'homme s'éclaircit la gorge et recula sa chaise.

— Si vous avez d'autres informations que vous pouvez me communiquer, vous m'appellerez ? Surtout si elles pourraient affecter mes administrés. Nous sommes une communauté très soudée.

Mark prit la carte qu'Aitchison lui tendait.

— Je ferai ce que je peux.

Aitchison hocha la tête, puis le suivit jusqu'à l'accueil avant de franchir les portes principales et de sortir vers le parking.

— Merci, chef, dit le sergent derrière le comptoir, du soulagement dans ses yeux. Il peut être une vraie plaie même dans ses meilleurs moments.

— C'est l'impression que j'ai eue, répondit Mark.

CHAPITRE 11

Jan leva les yeux de son ordinateur lorsque la porte de la salle des opérations s'ouvrit et que Turpin se précipita vers son bureau.

— Tout va bien ?

Il jeta sa veste sur le dossier de sa chaise, et elle l'entendit soupirer d'exaspération.

— J'ai eu le plaisir de croiser l'un de vos conseillers municipaux en bas, Aitchison.

— Quelle chance.

Elle sourit narquoisement, et jeta son stylo en se renversant dans son siège.

— Qu'est-ce qu'il avait à dire ?

— Il essayait de fourrer son nez pour savoir où nous en étions avec l'enquête sur le meurtre. Visiblement, il n'a aucune idée de comment fonctionne une enquête policière.

— C'est un emmerdeur.

Il sourit.

— Ça semble être l'avis général par ici.

— Gerald Aitchison. Élu local pour Ditmarsh, qui

comprend Upper Benham. Apparemment, il vise un poste mineur au Cabinet.

— Un ambitieux, donc.

— Oui, faites attention. La rumeur court qu'il a le préfet dans sa poche.

— J'ai compris.

Elle se redressa sur son siège lorsque l'inspecteur principal apparut à la porte et se dirigea vers le tableau blanc en claquant des doigts pour attirer l'attention de tout le monde.

— Venez, tout le monde. Assez de bavardages. Nous avons beaucoup à faire ce matin.

Il attendit qu'ils se soient tous rapprochés, tirant des chaises ou se perchant sur des bureaux, puis il porta son attention sur une liasse de documents qu'il tenait à la main.

— Bien. Premier point : j'ai rencontré le commandant divisionnaire Melrose et Sarah de l'équipe des relations médias hier en fin de journée, et un communiqué sera diffusé à neuf heures ce matin pour rassurer le public sur l'état actuel de l'enquête. Évidemment, le sensationnalisme de la presse d'hier ne nous a pas aidés, mais on nous a alloué deux officiers supplémentaires pour gérer les appels téléphoniques, même si seul le numéro de Crimestoppers a été inclus dans le communiqué destiné au public.

Il haussa les épaules.

— Vous savez comment ça peut être cependant, je suis sûr que nous allons recevoir des appels ici, y compris des habituels farceurs.

Il attendit que le chœur de gémissements se calme.

— Bien, rapport d'avancement. Nous avons les conclusions médico-légales préliminaires de Gillian Appleworth. Elle va procéder à l'autopsie demain matin à la première heure, mais pour l'instant, elle a confirmé que la cause du décès était la gorge du prêtre tranchée après que sa langue a été enlevée. Jan, je voudrais que vous assistiez à l'autopsie, s'il vous plaît. Prenez Mark avec vous. Il pourrait aussi bien découvrir où notre estimée médecin légiste a son antre.

Jan jeta un coup d'œil vers l'endroit où Turpin s'appuyait contre le mur et elle remarqua son front se plisser à cette suggestion. Elle étouffa un gémissement – les autopsies n'étaient pas agréables à suivre même dans les meilleures conditions, et maintenant elle devrait gérer l'antagonisme entre son nouvel inspecteur et la sœur de son ex-femme.

L'inspecteur principal continua, inconscient de la réticence de Jan et de Turpin.

— Les tâches de ce matin. Alex, travaillez avec Caroline pour rassembler les vérifications d'antécédents et l'historique d'emploi de Seamus Carter. Nous savons qu'il est à Upper Benham depuis quinze ans, et qu'il ne ferait pas de mal à une mouche, mais nous savons aussi que dans des cas comme celui-ci, c'est souvent quelqu'un que la victime connaît. Signalez tout ce qui justifie une enquête plus approfondie, et faites-moi parvenir une note à ce sujet une heure avant le briefing de cet après-midi. De cette façon, si nous devons poursuivre quelque chose, nous pourrons définir des tâches pour demain matin et faire avancer cette enquête.

Jan observa attentivement la femme élégamment vêtue qui se tenait près du bureau d'Alex.

L'enquêteuse Caroline Roberts avait rejoint la zone de police locale deux ans plus tôt en provenance du Hampshire, et elle s'était déjà révélée être un atout pour l'équipe des crimes majeurs lors d'une affaire précédente. Grande, élancée, ses cheveux blonds rassemblés en un chignon soigné à la base de sa nuque, elle respirait la confiance.

Jan se détendit un peu. Caroline était tout à fait capable de travailler avec Alex pour gérer les vérifications des antécédents et identifier les problèmes qui pourraient avoir une incidence sur l'enquête.

— Mark et Jan, j'ai examiné les témoignages recueillis par les agents en uniforme. Il y a une certaine Penny Starling qui m'intéresse. Elle dirige le fleuriste local et fournit également les arrangements floraux pour l'église. Elle a dit qu'elle emploie une autre femme, Candice Williams, mais celle-ci n'était pas là quand les agents ont essayé de lui parler. Elle ne travaille apparemment qu'à temps partiel, donc nous devons la retrouver. Elle n'a pas répondu à l'appel que lui ont laissé les agents. Est-ce que vous pouvez tous les deux assurer le suivi avec ces deux femmes aujourd'hui ? Voir si elles peuvent apporter un éclairage sur cette affaire. Quelqu'un dans ce village sait quelque chose, et je ne suis pas encore convaincu par les affirmations de Terry Benedict selon lesquelles sa dispute avec Carter n'a finalement rien donné.

— Oui, chef, répondit Jan en griffonnant une note pour elle-même.

Le briefing se termina peu après, et elle recula sa chaise jusqu'à son bureau tandis que Mark s'approchait.

— J'ai pensé, commença-t-il, vu ce que le chef a dit à propos de n'écarter personne pour le moment, ça te dirait de faire un autre tour en voiture dans le village ? J'aimerais bien me repérer pour savoir où vivent certaines de ces personnes qui ont fourni des témoignages, par rapport à l'église.

Elle se pencha sur son bureau pour prendre son téléphone portable, le glissa dans son sac et tira sa veste du dossier de sa chaise.

— Ça me va, allons-y.

Avant qu'ils ne puissent atteindre la porte, cependant, l'inspecteur principal Kennedy passa la tête par la porte de son bureau et les appela.

— Chef ? répondit Mark.

— Tom Wilcox à l'accueil en bas m'a dit que vous avez parlé à Gerald Aitchison ce matin. Qu'est-ce qu'il voulait ?

— Il a demandé des informations sur l'avancement de l'enquête.

— J'avais oublié que sa circonscription incluait Upper Benham.

L'inspecteur principal passa sa main sur sa mâchoire.

— Qu'est-ce que vous lui avez dit ?

— Je lui ai suggéré de rester attentif à nos communiqués de presse. Il a semblé accepter cette réponse, il est certainement sorti d'ici plus calme qu'il ne l'était quand je suis arrivé ce matin.

Kennedy pinça les lèvres.

— Bien, bravo. Tenez-moi au courant s'il vous cause d'autres problèmes à l'un ou l'autre.

— Entendu, chef. J'ai une de ses cartes de visite, et s'il y a quelque chose que nous pouvons lui faire savoir, et peut-être s'il apprend de nouvelles informations qui à leur tour aideraient notre enquête, il devrait d'abord vous en parler à vous.

— Merci. Une chose que vous ne savez peut-être pas, étant donné que vous n'êtes arrivé que récemment, c'est qu'il y a une élection partielle qui approche, et qu'il a l'intention de la gagner.

CHAPITRE 12

Jan réussit à trouver une place de stationnement à côté du parc d'Upper Benham, une somptueuse étendue d'herbe qui bordait l'étang aux canards.

Au loin, un homme d'un certain âge manœuvrait une tondeuse autoportée entre deux écrans en bois blanc, le vrombissement du moteur parvenant aux oreilles de Jan tandis qu'elle ouvrait sa portière et mettait ses lunettes de soleil.

Turpin retira sa veste et, après avoir remarqué l'état de la banquette arrière de la voiture de service, décida de la draper sur l'appuie-tête avant de fermer la portière.

— Endroit idyllique. Enfin, je suppose que ça l'est, habituellement.

Il pointa du pouce un panneau à côté de la place proclamant « Village le plus soigné de l'Oxfordshire en 2015 ».

— Fier, aussi, dit Jan. Vous avez remarqué le bureau de poste que nous avons dépassé en entrant ?

— Oui, j'ai vu dans le système ce matin que les agents en uniforme avaient déjà parlé à la femme qui le gère. J'ai été surpris de voir la forte activité qu'ils ont pour un si petit village.

— J'ai l'impression qu'il y a quelques entrepreneurs qui vivent dans le coin. Des entreprises gérées depuis leur domicile, ce genre de choses, donc ça les fait probablement vivre. Est-ce que les dépositions mentionnent qui est responsable de l'entretien du parc ? Je veux dire, regardez cette pelouse, j'aurais peur de laisser mes garçons s'en approcher.

— Ça ? Vous regardez un terrain de cricket de village classique. Je suis sûr qu'il est piétiné tous les samedis matin en été.

Il se retourna en se levant.

— Bon, par où est-ce qu'on commence ?

Jan pointa de l'autre côté de l'étang.

— L'église est là-bas, et les enquêteurs de la brigade criminelle ne nous ont pas encore fait part de preuves provenant du sentier entre le pub et l'église, donc je suppose que l'agresseur de Seamus a pu emprunter le sentier vers la place ici. Bien sûr, c'est si on considère qu'il a marché, et qu'il n'a pas utilisé une voiture.

— Ok, eh bien, jusqu'à ce que nous obtenions des informations sur les données LAPI et la vidéosurveillance des caméras sur les routes principales autour d'ici, gardons l'esprit ouvert. Commençons par le fleuriste.

Jan le suivit à travers l'herbe fraîchement tondue, un sentiment de culpabilité titillant ses sens alors que ses chaussures s'enfonçaient dans le gazon moelleux. Elle pouvait imaginer qu'en temps normal, l'été, le parc accueillerait une fête de village avec des jeux traditionnels et beaucoup de rires.

Maintenant, le centre du village semblait désolé, sous le choc des événements des derniers jours.

Comme dans beaucoup de villages anglais, le centre était coupé en deux par une route principale. Bien que ce ne soit pas un axe majeur, les voitures se faufilaient entre les véhicules garés de chaque côté de la rue, et Jan réalisa qu'aucune des propriétés autour du parc n'avait de garage. Il semblait que même les propriétaires de biens à prix premium devaient se garer dans la rue, et elle grimaça lorsqu'un 4x4 cabossé passa dangereusement près du rétroviseur d'une voiture de sport de luxe qu'elle savait avoir coûté à son propriétaire plus de quatre-vingt mille livres.

Turpin ricana à son inspiration brusque.

— Ne vous inquiétez pas. Je suis sûr qu'ils sont assurés.

— Il vaudrait mieux pour eux.

La boutique du fleuriste occupait l'angle d'une rangée de maisons mitoyennes, à côté d'un salon de coiffure. Les deux propriétés avaient été converties à un moment donné pour accueillir ces commerces, et tandis que Jan tendait le cou vers le haut, elle réalisa que l'étage supérieur de chaque bâtiment devait être resté à usage résidentiel, vu les rideaux à motifs qui pendaient aux fenêtres.

Une devanture vert foncé avec des lettres dorées encadrait la porte d'entrée, tandis que des seaux colorés de bouquets prêts à l'emploi bordaient le trottoir et le seuil.

Jan remarqua avec amertume que les couleurs étaient de nature funéraire.

— À quelque chose malheur est bon... marmonna-t-elle tandis que Turpin la suivait par la porte ouverte.

Une sonnette électronique provenant d'une alarme au-dessus de la porte émit deux *bip* quelque part derrière le comptoir, et une voix désincarnée appela depuis une pièce à l'arrière.

— J'arrive tout de suite !

Un juron étouffé suivit, puis le bruit d'eau qui coule avant qu'une femme au visage rouge n'apparaisse, son teint marbré contrastant fortement avec ses cheveux gris foncé.

— Oh, dit-elle lorsque Jan montra sa carte professionnelle.

Elle s'essuya les mains sur son tablier, puis repoussa une mèche de cheveux derrière son oreille.

— Désolée. Livraison tardive d'agapanthes. Penny va me tuer si je ne les arrose pas correctement.

— Vous êtes Candice Williams ?

— C'est bien moi.

— Nous attendions votre appel, dit Jan. Nos collègues vous ont laissé un message dimanche. Pourquoi est-ce que vous ne nous avez pas contactés ?

Candice leva les mains.

— Je savais bien qu'il y avait quelque chose que je devais faire. Je suis vraiment désolée. J'ai écouté le message, puis je l'ai supprimé mais j'ai oublié de le noter. Penny me dit toujours que j'oublierais ma tête si elle n'était pas fixée à mon cou.

Elle gloussa, mais Jan ne dit rien et Turpin resta de marbre.

— Enfin bon, dit Candice, son sourire s'estompant, je suppose que vous voulez me poser des questions sur le Père Carter, n'est-ce pas ?

— Où étiez-vous entre dix heures samedi soir et sept heures dimanche matin ? demanda Jan.

— Eh bien, je suis rentrée des courses samedi, à

Abingdon, notez bien. C'étaient les grosses courses. J'avais tout épuisé dès jeudi. Donc, je suis arrivée vers six heures, je suppose. Bien sûr, à ce moment-là, Marbles était fou furieux pour son dîner—

— Marbles ? dit Turpin.

— Mon chat. Vingt et un ans. On ne lui donnerait pas plus de huit ans, notez bien. Vous devriez voir son—

— Samedi soir, madame Williams ? insista Jan.

— C'est mademoiselle. Oui. Samedi. Donc, une fois que sa seigneurie a été nourrie, c'était l'heure de mon thé et je me suis affalée devant la télé pour le reste de la soirée.

— Qu'est-ce qu'il y avait ?

— Oh, cette émission sur l'expatriation pour commencer. Sur l'Australie. Très sympa. Je ne sais pas si je pourrais vivre dans une ville comme Sydney cependant. Je suis une fille de la campagne, moi...

Elle surprit le regard noir de Turpin et s'éclaircit la gorge.

— Euh, et puis j'ai regardé un film jusqu'à environ neuf heures. Un de ces trucs d'espionnage. J'adore l'action et l'aventure, moi.

Jan se mordit fort la lèvre pour réprimer le sourire qui menaçait, et elle évita de croiser le regard de son collègue.

— Et entre neuf heures du soir et sept heures le lendemain matin ? demanda-t-elle.

— Oh, j'étais complètement dans les vapes, répondit Candice.

Elle baissa la voix et sourit.

— Je me suis offert quelques verres de sherry, voyez-vous. Je ne bois pas beaucoup, donc ça a suffi. Je ne me suis pas réveillée avant que Penny m'appelle pour me dire que Helen avait trouvé le Père Carter.

Elle frissonna.

— Terrible. Vraiment choquant, tout ça.

— Vous travaillez ici depuis combien de temps ? demanda Turpin.

— J'ai l'impression que ça fait une éternité, mais ça ne fait que quatre ans. Penny est une patronne formidable.

Candice rayonna et pointa du doigt un article de journal encadré à côté de la caisse qui montrait une femme mince aux cheveux blonds en train de recevoir un certificat des mains d'un homme corpulent avec les chaînes du maire autour des épaules.

— Elle a même gagné un prix d'entreprise locale il y a quelques années, regardez.

— Vous fournissez des fleurs pour l'église régulièrement ? demanda Jan.

— Quand ils en ont besoin, oui, répondit Candice. La plupart du temps, ils se contentent de ce que les gens donnent de leurs jardins à cette période de l'année. Penny vient toujours superviser l'arrangement floral, cela dit.

Jan referma son carnet.

— Vous savez où nous pourrions trouver Penny ?

— Elle est partie il y a environ vingt minutes.

Candice jeta un coup d'œil par-dessus son épaule.

— J'ai vraiment besoin de m'occuper des agapanthes, si vous n'avez plus besoin de moi.

— Merci, mademoiselle Williams.

Jan suivit Turpin hors du magasin et leva les yeux au ciel en le voyant s'arrêter sur le trottoir, un sourire mal dissimulé sur le visage.

— Bon sang, dit-elle. C'était comme parler à ma mère. Comment diable Penny Starling a-t-elle réussi à travailler avec quelqu'un comme ça pendant quatre ans ? Et ce fichu chat, Marbles ?

— Je crois que Mademoiselle Williams perd un peu la boule.

Jan rit.

— Vous pourriez avoir raison. Qu'est-ce que vous voulez faire maintenant ?

— Allons jeter un autre coup d'œil à l'église.

Turpin vérifia qu'aucune voiture n'arrivait, puis il fit signe à Jan de le suivre de l'autre côté de la route avant de s'arrêter sur le trottoir au croisement avec la ruelle pour rejoindre l'église.

Elle remonta ses lunettes de soleil sur sa tête et traversa la route vers le côté opposé, la tête baissée tandis qu'elle scrutait l'asphalte.

— Pas de traces de dérapage, lança-t-elle.

— Je ne pensais pas qu'il y en aurait. Je crois que si notre tueur avait une voiture et a quitté le village par ici, il aurait conduit prudemment pour ne pas attirer l'attention.

Jan concéda ce point et commença à s'éloigner du parc en direction de l'église.

Elle gardait les yeux fixés sur le caniveau, à la recherche d'objets qui auraient pu être jetés d'une voiture en mouvement, puis elle s'écarta pour laisser passer une camionnette rouge de la poste qui s'arrêtait doucement devant le portail d'un cottage couvert de lierre derrière elle.

Arrivée à hauteur de l'entrée du parking de l'église, elle

soupira et traversa à nouveau la route pour rejoindre Turpin qui était accroupi près d'une bouche d'égout.

— Le seul problème avec un village aussi propre, c'est qu'il ne reste aucune foutue preuve, chef.

Il se redressa et épousseta son pantalon tandis qu'elle approchait.

— Les experts de la police scientifique n'ont rien trouvé non plus, alors je suppose que c'était une tentative désespérée.

— Ou notre tueur a simplement été prudent.

Il se tourna et regarda par-dessus le mur de pierre qui bordait l'église, sa grande taille lui permettant d'avoir une vue dégagée jusqu'à la porte d'entrée.

— Vous savez si les experts ont terminé dans l'église ?

— Hier en fin de journée, d'après Caroline.

— Allons à l'intérieur. Je veux jeter un autre coup d'œil à l'endroit où Seamus a été trouvé.

— Ok.

Une brise souleva ses cheveux alors qu'ils approchaient du bâtiment du dix-neuvième siècle, et elle sortit un élastique de son sac pour l'enrouler habilement à la base de sa nuque tout en observant les jardins paysagers environnants.

— C'est inhabituel d'avoir une église comme celle-ci dans un village, dit-elle.

— Qu'est-ce que vous voulez dire ?

— Eh bien, après la Réforme, les terrains restants ont fini par être construits, généralement avec des matériaux provenant des églises catholiques détruites. Il est donc rare d'en trouver une au centre d'une communauté comme Upper Benham. J'ai consulté l'histoire de cet endroit hier soir. Apparemment, dans les années 1800, cette parcelle de terrain appartenait à une riche veuve qui l'a léguée à l'Église.

— Bon sang, je me demande si ses enfants étaient ravis. Et leur héritage, alors ?

Elle sourit.

— Pas d'enfants.

— Il n'y a pas de cimetière ici.

— C'est à cause des lois sur les inhumations du dix-neuvième siècle qui sont entrées en vigueur. J'imagine que beaucoup de paroissiens décédés au fil des ans sont enterrés dans des cimetières comme celui de Garford.

Ils restèrent un moment immobiles, le cou tendu pour examiner les ornements complexes du bâtiment, puis Turpin lui tapota le bras.

— Venez.

Jan haussa un sourcil lorsqu'il poussa contre la porte double de gauche, surprise qu'elle ne soit pas verrouillée.

En franchissant le seuil, elle entendit un faible bruit de sanglots et tandis que ses yeux s'habituaient à la pénombre intérieure, elle remarqua une silhouette sur l'un des bancs les plus proches de l'autel, tête baissée.

Elle laissa Turpin où il se tenait et s'approcha de la femme, qui releva la tête au bruit des pas sur les dalles.

Ses yeux s'écarquillèrent à la vue de la carte professionnelle de Jan.

— Vous êtes de la police ?

— Oui. Et vous êtes ?

— Penny Starling. Je suis la—

— La fleuriste, n'est-ce pas ? Nous venons juste de parler avec Candice. Qu'est-ce que vous faites ici ?

La femme renifla, puis tamponna ses yeux avec un mouchoir en papier déjà trempé.

— J'ai un jeu de clés. Le ruban a été enlevé hier, alors j'ai pensé que ce serait acceptable.

Jan se glissa sur le banc à côté d'elle.

— Je suis l'enquêteuse Jan West. Pourquoi est-ce que vous êtes venue ici ?

Penny haussa les épaules, ses yeux injectés de sang sous une longue frange blonde.

— Je n'ai pas bien dormi la nuit dernière, en pensant à Seamus. Je pensais qu'en venant ici, je trouverais la paix.

Sa bouche se tordit.

— Aucune chance maintenant. J'ai reçu un appel du bureau de l'évêque ce matin. Helen est trop bouleversée, je ne pense pas qu'elle reviendra un jour. Ils vont faire venir des nettoyeurs professionnels. Il y avait trop de sang. Elle ne pouvait pas... elle ne peut pas l'affronter. Ils—

Un autre sanglot secoua ses épaules, et elle porta sa main à sa bouche pour étouffer son gémissement.

— Penny, je comprends que vous soyez dévastée par ce qui s'est passé, mais je vais devoir vous demander ces clés. Je suis sûre que le diocèse préférerait que nous gardions l'endroit sécurisé pour le moment, vous ne pensez pas ?

Penny hocha la tête.

— C'est le seul jeu que vous possédez ? demanda Jan en empochant les trois clés qui lui étaient remises.

— Oui. Je ne les utilise pas souvent car Seamus est.,. était généralement déjà là quand j'arrivais. Helen avait un autre jeu, mais elle l'a donné à la police quand ils sont venus hier matin.

— Vous avez de la famille à proximité ?

— Non. J'ai parlé à ma sœur après avoir eu des nouvelles de l'évêque ce matin. Elle m'a proposé de venir chez moi, mais je préférerais qu'elle ne le fasse pas. Nous ne nous entendons pas très bien, et elle cherche probablement des ragots, pour être honnête.

Jan nota le ton amer dans la voix de la femme et elle jeta un coup d'œil par-dessus son épaule en entendant Turpin tousser.

— Venez, dit-elle. Je vous raccompagne jusqu'à la porte, d'accord ?

Elles quittèrent le banc et se dirigèrent vers les portes doubles. L'inspecteur en tenait une ouverte pour elles.

En s'approchant de lui, Penny s'arrêta.

— Quand… quand est-ce que son corps sera restitué ? Beaucoup de villageois posent la question. Ils veulent lui rendre hommage.

— Ça pourrait prendre un certain temps. Ça dépend de notre enquête et des résultats de l'autopsie.

— Vous allez trouver qui a fait ça, n'est-ce pas ?

— Nous allons faire tout notre possible, répondit-il.

— D'accord. Au revoir.

Jan observa la femme qui parcourait le court chemin jusqu'à la route, puis tournait à droite en direction du village. Elle expira et tendit les clés à Turpin.

— Merci.

Il consulta sa montre.

— Il nous reste quarante minutes avant le briefing.

Jan le suivit à travers l'église jusqu'à la sacristie à l'arrière où le corps de Seamus avait été découvert.

Une odeur ferreuse persistait dans l'air moisi, et lorsqu'il poussa la porte du bureau du prêtre, elle comprit pourquoi.

Des taches couvraient la moquette fine et les murs là où le sang de Seamus avait coagulé et séché.

Jan recula brusquement quand une mouche bleue bourdonna près de son visage, puis elle plaça sa main sur sa bouche et son nez.

Turpin arborait une expression qu'elle était certaine de dissimuler sous ses doigts.

— Les agents en uniforme ont bien donné à l'église les coordonnées d'un service de nettoyage professionnel, non ? dit-il, le nez plissé tandis que son regard balayait la pièce.

— C'est ce que Penny a dit. J'imagine que si les lieux n'ont été libérés par les techniciens de la brigade criminelle que tard hier, ils ne pourront peut-être pas le programmer avant quelques jours.

— Bon sang. Heureusement que vous avez récupéré ces clés auprès de Penny.

Il resta sur le seuil, comme s'il répugnait à s'avancer davantage dans la pièce, et Jan le dépassa pour examiner de plus près le bureau.

— Pourquoi diable le tuer ici ? demanda-t-elle.

— Plutôt que chez lui, vous voulez dire ?

— Oui. Je veux dire, c'était un sacré risque, non ? N'importe qui aurait pu surprendre le tueur.

— Pas si Seamus avait fermé à clé et que le tueur a attendu de se sentir en sécurité pour se révéler.

Jan baissa les yeux pour éviter de marcher sur les taches de sang, et elle traversa de l'autre côté de la pièce. Elle s'arrêta en approchant de la chaise abandonnée et se retourna vers Turpin.

— Expression intéressante.

— Quoi ?

— Vous avez dit « se révéler ». Je me demande s'il l'a fait. Je me demande si le tueur a montré son visage à Seamus.

— Eh bien, Gillian a dit qu'il avait été attaqué par derrière, donc la corde a été passée par-dessus sa tête avant d'être tirée en arrière pour exposer sa gorge.

— Mais il serait difficile de retirer la langue de quelqu'un sous cet angle, non ? Plus facile d'assurer la corde et ensuite de se déplacer ici pour faire ça.

Il passa une main sur sa mâchoire.

— C'est vrai.

— Peut-être que son tueur voulait qu'il voie son visage.

Elle jeta un dernier regard sur la surface marquée du bureau, puis sur le simple crucifix au mur, et elle secoua la tête.

— Je ne comprends pas.

— Moi non plus. Il y avait une rage dans cette attaque, n'est-ce pas ? Presque comme si son meurtrier avait… je ne sais pas…

— Mais c'était calculé jusqu'à un certain point, non ?

— Exactement. Même si c'était prémédité, ce dont je suis sûr, c'est comme s'il n'avait plus aucun contrôle sur ses émotions une fois arrivé ici.

Son téléphone portable émit un *bip* et il détourna son regard de l'espace de travail du prêtre en entendant l'alarme.

— On ferait mieux d'y aller.

Une fois dehors, Jan retira l'élastique de ses cheveux et le glissa sur son poignet au-dessus de sa montre tandis qu'elle se retournait pour regarder une plaque au-dessus de la porte, l'année de construction gravée en chiffres romains.

— Je me demande quand le diocèse va lui trouver un remplaçant ? Ça va être difficile pour eux, non ?

— Je sais… je parie qu'ils n'auront pas exactement une file de prêtres qui vont se bousculer pour le poste. Qui diable voudrait prendre la place de Seamus après ce qui s'est passé ici ?

CHAPITRE 14

Un vent chaud bruissant dans les arbres accompagnait les pas de Mark sur l'asphalte tandis qu'il suivait Jan à travers le parking le lendemain matin.

Elle le guidait vers les portes doubles du bâtiment peu élevé qui abritait la morgue de la municipalité d'Oxford et servait également de site pour les autopsies demandées par le médecin légiste du quartier général qui couvrait la zone de police locale.

Jan s'arrêta, la main posée sur la poignée en laiton, et elle se tourna vers lui.

— Quoi ?

— Vous allez être à l'aise pour faire ça ? Vous savez, comme c'est la sœur de votre ex-femme et tout ça ?

— Bien sûr. Je vais bien me tenir.

Il lui fit un clin d'œil, mais il se demanda si la médecin légiste modérerait ses propres émotions et resterait professionnelle.

Jan avançait avec assurance, sans doute familière avec la disposition de la morgue.

Il se demandait combien de fois on lui avait demandé d'assister à une autopsie. Malgré ses assurances qu'elle avait déjà travaillé sur des enquêtes pour meurtre, il n'était pas convaincu qu'elle ait été exposée à quelque chose d'aussi brutal que le meurtre de Seamus Carter.

Il refoula ses doutes alors qu'ils approchaient d'un comptoir d'accueil, derrière lequel un homme élancé d'une vingtaine d'années, au visage couvert d'acné, se débattait avec un ordinateur antique.

— Bonjour, Clive, dit Jan. Nous sommes là pour l'autopsie du prêtre.

L'homme sourit, révélant des dents irrégulières.

— Bonjour, Jan. Ça fait une éternité que je ne vous ai pas vue.

— Ne le prenez pas mal, mais j'en suis plutôt contente.

Elle fit un geste vers Mark.

— Voici l'inspecteur Mark Turpin. Il vient de nous rejoindre depuis le Wiltshire.

— Et c'est bien dommage qu'il n'y soit pas resté.

Mark se retourna brusquement en entendant la voix de Gillian. Malgré la tension entre eux, il devait admettre que Gillian Appleworth dégageait une certaine présence tandis qu'elle marchait vers eux.

Dépourvue maintenant des vêtements de protection amples qu'elle portait sur la scène de crime, son tailleur-pantalon gris anthracite s'accordait avec la froideur de ses yeux et n'était adouci que par le chemisier rose pastel qu'elle portait.

Son ton, cependant, était purement glacial.

Elle se tourna vers Jan.

— Qu'est-ce que vous avez fait pour mériter ça ?

La bouche de l'enquêteuse s'ouvrit, mais à son honneur, elle resta silencieuse.

Mark s'efforça de sourire et leva les mains.

— Allons, Gillian. Tu ne pourrais pas être civile juste une fois, si ce n'est pas pour moi, au moins pour eux ?

Elle le fusilla du regard.

—Allez vous équiper, tous les deux. Je commence l'autopsie dans quinze minutes. Ne soyez pas en retard.

Elle tourna les talons et s'éloigna d'un pas raide, sans se soucier de vérifier s'ils suivaient, tout en enfilant sa propre combinaison de protection par-dessus ses épaules.

Clive se tourna vers lui, sourcil levé.

— Ah, je me souviens maintenant. Vous êtes l'ex-mari de sa sœur.

Il suivit Gillian en ricanant sous cape.

Mark soupira.

— Génial.

———

La puanteur des produits chimiques assaillit les narines de Mark dès que les portes battantes s'ouvrirent sur la morgue.

Cependant, le parfum d'antiseptique ne parvenait nullement à masquer l'odeur persistante qui émanait de ce qui était étalé sur la table.

Jan et lui s'approchèrent avec précaution du corps du prêtre, même si dans le cas de Mark, son hésitation résultait tout autant de la proximité d'Appleworth qui tournait autour de la table en ajustant son micro à pince.

Elle leva brièvement son regard vers lui, puis appela son assistant par-dessus son épaule.

— Très bien, Clive. Donne-moi un coup de main.

Mark recula alors que le jeune homme le frôlait, et l'examen commença. Il jeta un coup d'œil à Jan, qui détourna le regard quand la médecin légiste brandit une scie électrique, mais à son honneur, elle resta impassible pendant le reste de la procédure.

Il avait toujours eu l'impression que le processus d'autopsie était une ultime insulte pour quelqu'un qui était mort de façon si brutale. La personne dont se souviendraient les amis et la famille n'existait plus – ce qui restait n'était qu'un réceptacle dont on extrairait des réponses et à partir duquel on rédigerait des rapports et, finalement, s'il faisait correctement son travail et bénéficiait d'un peu de chance, une condamnation serait prononcée par un juge.

Tout cela semblait être un tel gâchis.

Au bout d'un moment, ce fut terminé, et tandis que Clive commençait à ranger les outils et instruments utilisés par Gillian, elle se tourna vers les deux détectives et abaissa son masque.

— Très bien. D'après mon examen, je maintiens mes observations initiales selon lesquelles il était vivant quand sa langue a été retirée. Son meurtrier a pris son temps, d'ailleurs. Vous l'avez retrouvée ?

— Sa langue ?

Mark fronça les sourcils et fit un pas en avant. Sur la table, le visage du prêtre paraissait paisible, calme, ses yeux fermés comme s'il sommeillait, malgré les entailles irrégulières sur son cou et sa bouche.

— Tu veux dire que le tueur l'a emportée ?

— Eh bien, Seamus n'a pas été forcé de l'avaler comme nous le pensions initialement, dit-elle, son regard s'assombrissant. Je l'aurais trouvée pendant mon examen dans le cas contraire.

— Une idée de comment elle a été retirée ? demanda Jan. Je veux dire, avec quel type d'arme ?

En réponse, Gillian tendit la main et ouvrit à nouveau la mâchoire du prêtre, puis elle prit une lampe de poche pour éclairer l'intérieur de sa bouche.

— Regardez.

Jan n'hésita pas et rejoignit la médecin légiste pour observer de plus près.

— Vous voyez ici ? La coupure est déchiquetée. Elle n'est pas nette. La langue a été arrachée à coups de hachoir, et vu les ecchymoses sur le muscle, je dirais que l'arme avait une lame courte et trapue. Les contusions ont été causées par le manche qui a heurté la langue à chaque application du couteau. Peut-être un cutter ou quelque chose de similaire.

Jan se recula, et son regard troublé croisa celui de Mark.

— Les experts de la police scientifique n'ont trouvé aucun couteau ni aucune lame abandonné quand ils ont effectué leurs recherches dans l'église.

— Ni dans le cimetière ou les alentours, ajouta-t-il. Compte tenu de la quantité de sang sur la scène de crime, comment notre tueur aurait-il transporté la langue ? Aucune trace de projection de sang n'a été trouvée en s'éloignant de la scène du crime, n'est-ce pas ?

Gillian secoua la tête.

— Pas à ma connaissance. Ça aurait pu être n'importe quoi, pour être honnête. Une boîte alimentaire en plastique, du papier essuie-tout. N'importe quoi qui pourrait contenir ou absorber le sang. Comme tu le dis, le tueur a été prudent et n'a pas laissé de traces.

Pour une fois, il remarqua qu'elle restait professionnelle, et il comprit qu'elle était aussi choquée qu'eux par ce meurtre brutal.

Il s'éclaircit la gorge tandis qu'elle rangeait sa lampe et remettait la mâchoire du prêtre dans sa position normale.

— Bien, nous allons te laisser travailler. Merci.

Elle hocha la tête mais resta silencieuse tandis que les deux détectives quittaient la salle.

— Je vous retrouve à l'entrée, dit Mark alors que Jan se dirigeait vers le vestiaire des femmes.

— Ok.

Dans le vestiaire des hommes, il arracha la combinaison en plastique empruntée, la plaça dans une poubelle pour déchets biologiques à côté de la porte et resta un moment devant les miroirs au-dessus d'une rangée de lavabos, ses mains agrippées à la porcelaine.

Puis la sueur commença à perler sur son front, et il ouvrit le robinet, l'eau froide éclaboussant ses mains avant qu'il ne les porte à son visage.

Ses pensées revinrent au corps détruit sur la table, un prêtre inoffensif mis en pièces d'abord par soif de sang puis pour la science médicale, et un frisson lui parcourut l'échine.

— Ressaisis-toi, Turpin, grommela-t-il à voix basse.

Il saisit une poignée de serviettes en papier du distributeur au-dessus du lavabo, tamponna son visage pour le sécher, puis jeta la boule de papier dans une corbeille à ses pieds.

Avec un dernier coup d'œil dans le miroir pour vérifier qu'il n'avait pas l'air aussi pâle qu'il se sentait, il ouvrit brusquement la porte et se précipita dans le couloir.

Jan l'attendait près de la porte d'entrée, occupée à faire défiler des messages sur son téléphone, mais elle leva la tête et sourit à son approche.

— Prêt ?

— Oui. Retour au commissariat. Il vaut mieux qu'on fasse un rapide compte rendu à Kennedy avant le briefing.

Il s'arrêta à la porte, jeta un regard par-dessus son épaule en direction de la morgue, puis pinça les lèvres et suivit Jan jusqu'à la voiture.

— Ça va, chef ?

— Rien ne lui a été volé. Aucune hésitation dans le meurtre. Et un preneur de trophée.

Mark attacha sa ceinture de sécurité.

— La question est, qui lui aurait fait ça, Jan ? Et pourquoi ?

CHAPITRE 15

Jan plissa le nez après avoir pris une gorgée de café avant de réaliser qu'il était devenu froid, puis elle parcourut des yeux les pages qu'elle avait récupérées de l'imprimante délabrée qu'elle partageait avec le reste de l'équipe d'enquête.

Deux jours s'étaient écoulés depuis qu'ils avaient interrogé le dernier de leurs témoins clés, et le *tap tap* frustré des doigts sur les claviers remplissait la salle des opérations alors que l'équipe commençait à passer au crible les informations recueillies.

Les téléphones s'étaient tus depuis des heures, et un sentiment de désespoir se mêlait à une atmosphère déjà morose qui persistait dans la pièce après que les points clés des résultats de l'autopsie avaient été partagés lors du briefing du matin par l'inspecteur principal Kennedy.

Une mélancolie enveloppait les pensées de Jan alors qu'elle essayait de se concentrer sur les lignes de texte devant elle.

Il avait fallu plus de temps que ce qu'elle aurait souhaité, mais elle tenait enfin dans ses mains une transcription envoyée par le diocèse près de Bristol d'où Seamus Carter avait été transféré à Upper Benham.

Avant de devenir le prêtre du village et des environs, il avait supervisé les devoirs religieux pour une paroisse au nord-ouest de la ville pendant trois ans. Rien d'anormal n'avait été noté par le diocèse à l'époque, et tandis que Jan feuilletait les pages et remarquait que son engagement précédent avait duré une décennie, elle se demandait pourquoi son séjour dans cette paroisse avait été si court.

À toutes fins utiles, cette communauté aurait été plus grande que celle qu'il administrait à Upper Benham et, à la lecture des témoignages, Jan avait le sentiment que c'était un environnement où Seamus aurait pu s'épanouir.

Elle leva les yeux en percevant un mouvement derrière elle, puis Turpin plaça une tasse de café frais à son coude.

Il prit une gorgée de sa propre boisson chaude avant de faire un geste vers les papiers dans sa main.

— Du nouveau ?

— Je ne suis pas sûre. Je n'arrive pas à comprendre pourquoi Seamus aurait été relocalisé d'une grande paroisse comme celle au nord de Bristol pour venir travailler à Upper Benham.

— Ça arrive, je suppose. Peut-être qu'il a ressenti le besoin de s'immerger dans une communauté plus petite.

— Peut-être, mais le transfert a été rapide. Regardez, ils ont commencé les formalités en mai, et il était dans l'Oxfordshire en juillet. J'aurais pensé que cela aurait pris plus de temps parce qu'ils auraient dû trouver quelqu'un d'autre pour prendre sa place dans la paroisse.

Elle passa la documentation à Turpin et attendit pendant qu'il feuilletait les pages.

— J'ai fait quelques recherches, et la seule explication

que je peux trouver est qu'ils avaient désespérément besoin d'un prêtre dans cette paroisse. J'ai parlé avec l'équipe administrative de l'évêque lundi pour obtenir ces détails, et ils ont dit que la plupart de leurs prêtres sont responsables de plus d'une église. Regardez la dernière page, vous pouvez voir l'étendue de la zone qu'ils doivent couvrir.

— Et pourtant, Seamus n'était responsable que de la paroisse d'Upper Benham, répondit Mark en lui rendant l'imprimé. S'il s'agissait de quelqu'un d'autre, je suggérerais qu'il avait un problème de santé et que l'église l'avait mis en service léger, mais nous savons d'après l'autopsie que ce n'était pas le cas.

— Peut-être que c'était tout ce qu'ils avaient à offrir quand ils l'ont déplacé ? suggéra Kennedy en les rejoignant.

— Ça pourrait être ça, je suppose, répondit Turpin. Peut-être qu'il était le candidat idéal pour le poste et il a été démarché, ou l'équivalent ecclésiastique ?

Kennedy renifla dédaigneusement.

— Personne n'est parfait. Et vous, Jan ? Vous avez glané quelque chose d'utile lors de ta conversation avec le bureau de l'évêque ?

— Personne n'a dit de mal de lui, chef. Et rien n'indique qu'il y avait des problèmes dans son travail jusqu'à présent.

— Ok. Contactez nos collègues près de Bristol et demandez-leur de faire un suivi avec l'ancienne église de Carter. Si notre prêtre était si apprécié ici, voyons si quelqu'un là-bas pourrait lui en vouloir. Il y avait beaucoup de haine dans ce meurtre, alors découvrez qui il aurait pu mettre en colère dans son passé.

— Je m'en occupe.

— Vous avez découvert quelque chose de plus sur la fleuriste et son assistante, Penny et Candice ?

— Permis de conduire sans infractions, rien de suspect dans le système, répondit Jan. Caroline a recoupé les dépositions des témoins dans HOLMES2. Helen Wilson les connaît par l'intermédiaire de l'église, bien sûr.

— Qu'est-ce que Helen a dit à leur sujet ?

— Les agents en uniforme ont fait un suivi avec elle hier, dit Turpin. Elle a dit qu'elle sortait occasionnellement avec Penny, moins avec Candice. Ce n'est pas surprenant, pour être honnête. J'imagine que Candice est trop envahissante, c'était déjà assez pénible de l'interroger.

— Je suis d'accord, ajouta Jan. Penny était beaucoup plus réservée, même en tenant compte du choc du meurtre de Seamus, je pense qu'elle est la plus discrète des deux.

— Pourquoi est-ce qu'elle avait un jeu de clés de l'église ? demanda Kennedy. Je croyais que les agents en uniforme les avaient toutes répertoriées ?

— Un oubli qui a été rectifié maintenant, répondit Turpin. J'ai appelé l'épicerie du village ce matin, la propriétaire n'était pas là, mais son assistant, Jim Aster, y était. Il confirme qu'aucun jeu de clés supplémentaire n'a été fait par lui au cours des six derniers mois.

— Ça ne veut pas dire que notre tueur n'aurait pas pu obtenir une copie ailleurs, remarqua Kennedy.

Il passa une main sur sa mâchoire tandis que son regard parcourait le tableau blanc.

— Demandez à Alex d'appeler tous les serruriers et autres dans un rayon de dix kilomètres autour d'Upper Benham.

— Oui, chef.

— Est-ce que d'autres responsables religieux de la région ont été contactés ?

— Nous avons une équipe qui passe des appels depuis lundi, répondit Turpin. Tout le monde a été pris en compte.

Nous sommes partis du principe que le meurtre n'est pas motivé par une croyance religieuse particulière, mais plutôt par une attaque personnelle, et nous avons recommandé aux gens de garder leurs portes verrouillées quand ils sont seuls.

Il se tut, et Jan remarqua que ses épaules s'affaissaient légèrement.

Elle ressentait sa frustration – les conseils qu'ils donnaient semblaient dérisoires, mais c'était tout ce qu'ils pouvaient faire. À moins d'établir un mobile, ils seraient incapables d'en faire plus.

— Très bien, dit Kennedy. Alors on continue. Quelque part dans ce fouillis se trouve un indice, et nous devons le trouver rapidement.

CHAPITRE 16

Mark jura lorsque son pouce s'accrocha à une agrafe qui dépassait du dossier, et il lança un regard furieux à ce bout de métal offensant.

Un filet de sang commença à perler de la coupure, et il prit un mouchoir en papier dans une boîte à côté du bureau de Jan avant de s'affaler dans son fauteuil.

Il parcourut une nouvelle fois les pages du regard et il résista à l'envie de soupirer.

Un silence imprégnait la salle des opérations et, à l'exception de l'inspecteur principal Kennedy dont la lumière du bureau brillait à travers les fentes des stores qui lui offraient de l'intimité pendant qu'il travaillait, le reste de l'équipe s'était dispersé pour la nuit, épuisé par les événements de la semaine et frustré par l'absence de piste après vingt-quatre heures supplémentaires sans grande avancée.

Kennedy avait organisé un briefing vers la fin de l'après-midi, pour diviser l'équipe de manière à maintenir une présence constante sur l'enquête pendant le week-end.

Mark avait choisi de prendre son dimanche et il prévoyait de trier le reste de ses affaires qui avaient été livrées dans une unité de stockage dans une zone commerciale voisine et de commencer à organiser sa nouvelle vie.

Il se pencha en arrière dans son siège, son regard tombant sur les teintes du début de soirée qui illuminaient le ciel au-delà des fenêtres de la salle des opérations, et il se demanda s'il devait s'aventurer à prendre une bière en rentrant au bateau.

Il rejeta cette idée presque immédiatement.

Le vendredi soir dans une ville souvent assiégée par les buveurs des casernes voisines n'était pas sa définition du plaisir, et il y avait de fortes chances qu'il finisse dans un pub miteux tout seul quelque part à regarder une mauvaise émission de télévision en essayant d'éviter les ennuis.

Il consulta sa montre.

Il resterait encore une trentaine de minutes environ puis il partirait. Tout pour se donner une longueur d'avance le matin – et un bureau bien rangé.

— Tu essaies d'impressionner le nouveau patron ?

Il se retourna au son de la voix, son ton tranchant l'atmosphère calme dont il profitait.

— Gillian ? Qu'est-ce que tu fais ici ?

La médecin légiste poussa la chaise de Caroline, ses roues s'accrochèrent sur le revêtement plastique du tapis que l'enquêteuse gardait sous son bureau et s'arrêtèrent en tremblant. Elle l'ignora et s'avança plutôt vers lui, sa démarche ininterrompue.

— Il ne se laissera pas avoir, tu sais.

— Pardon, quoi ?

— Tout ça. Rester tard. Essayer de t'intégrer. Ça ne marchera pas.

Il laissa tomber son stylo, la pointe frappant d'abord le clavier avant de rebondir et de s'arrêter à côté de la boîte de mouchoirs.

— Tu n'as pas de limites, n'est-ce pas ?

— C'est l'hôpital qui se moque de la charité.

— Comment est-ce que tu es entrée, d'ailleurs ?

— Tom Wilcox à l'accueil m'a donné un badge visiteur et m'a montré le chemin jusqu'ici.

Sa lèvre supérieure se retroussa.

— Ils ne savent pas, n'est-ce pas ?

— Ils ne savent pas quoi ?

— À propos de toi. Pourquoi tu as demandé ton transfert.

— Franchement, Gillian, ça ne les regarde pas, et toi non plus.

Elle laissa tomber son sac et le dossier sur le bureau, puis s'appuya contre celui-ci en croisant les bras.

Mark recula sa chaise jusqu'à pouvoir lever les yeux vers elle sans attraper un torticolis.

— Qu'est-ce que tu veux ?

— Je veux que tu t'en ailles.

— Quoi ?

— Tu m'as bien entendue.

— Je viens juste d'arriver.

— Alors, demande un nouveau transfert. Retourne à Swindon. Sauve ton mariage avant qu'il ne soit trop tard.

— Gillian, je te l'ai dit, ça ne te regarde pas. Je sais que tu t'inquiètes pour Debbie, mais elle va bien. D'ailleurs, c'est mieux pour les filles en ce moment. Honnêtement.

Elle rejeta ses cheveux par-dessus son épaule.

— Quand est-ce que tu lui as parlé pour la dernière fois ?

— Je ne vais pas discuter de ma vie privée avec toi.

— Je réfléchirais bien à ce transfert si j'étais toi, Mark.

C'est pour ton bien. Tu es un danger pour tes collègues, après tout.

Il se leva et pointa son index vers elle.

— Ne t'avise pas de me menacer.

Un léger bruit provint du bureau de Kennedy.

Mark baissa la main et regarda par-dessus son épaule tandis qu'une ombre se déplaçait vers la porte.

— Mark ? Un petit avertissement. Si tu comptes rester, ne bousille pas ma vie comme tu l'as fait avec celle de ma sœur.

Sur ces mots, Gillian se détacha du bureau et se redressa, un sourire se formant sur son visage à mesure que la porte du bureau de Kennedy s'ouvrait.

— Ewan. Je suis contente de te trouver ici. J'ai mon rapport complet concernant Seamus Carter.

— C'était rapide. Ton nouveau stagiaire doit être efficace.

Elle fit un geste dédaigneux de la main.

— Ça n'a pas pris autant de temps que je le pensais. Assez simple, en fait.

— Tu rentres chez toi ?

— Oui. Je pensais déposer ceci, au cas où mon équipe n'aurait pas encore eu l'occasion de te l'envoyer par mail.

— Eh bien, c'est très gentil de ta part. Viens dans mon bureau. Tu es encore là, Mark ?

— Je m'apprêtais à partir, chef.

— Très bien. À demain matin.

Mark attendit que la porte se referme derrière la médecin légiste avant de relâcher la respiration qu'il retenait.

Il serra les poings, luttant contre la frustration qui menaçait de l'envahir, puis il saisit sa veste du dossier de sa chaise et sortit de la pièce à grands pas.

CHAPITRE 17

Mark renversa la bouteille et laissa la première gorgée rafraîchissante de bière emporter une partie de son stress.

Il posa la bouteille sur le toit de la péniche, gratta Hamish derrière les oreilles, et inclina la tête jusqu'à apercevoir les étoiles qui perçaient à travers les derniers nuages.

L'été était dans l'air. Il pouvait enfin le sentir.

Une sirène retentit en provenance de la ville, et il se crispa, dans l'attente.

Son téléphone portable resta pourtant silencieux et, tandis que le bruit s'estompait au loin, ses épaules commencèrent à se détendre.

Il ne l'avouerait à personne, mais les événements des derniers jours l'avaient épuisé.

Cette sensation était une de celles qu'il détestait. Avant l'incident à Swindon, avant le congé sabbatique imposé, il avait toujours été fier de sa forme physique. Auparavant, il n'avait pris des congés que lors de la naissance de ses filles. Cette dévotion au travail avait fini par mettre un terme à son mariage, comme pour tant d'autres.

— Un penny pour tes pensées ?

Il sursauta en entendant cette voix et son cœur fit un bond.

— C'est juste moi. Permission de monter à bord ?

Lucy se tenait au plat-bord, les bras croisés sur sa poitrine tandis que la brise jouait avec ses boucles blond foncé. Elle repoussa ses cheveux de son visage et lui sourit.

— Permission accordée. Je croyais que tu partais ce soir pour être à Brighton pour ton exposition demain matin ?

— C'est reporté. La galerie d'art a été cambriolée hier soir et des vandales l'ont saccagée.

— Les salauds. Ils ont attrapé quelqu'un ?

— Oui. Des adolescents. Ils ont probablement fait un pari.

— Il y a de la bière dans le frigo.

— Merci.

Elle disparut de son champ de vision, et quelques instants plus tard, il entendit le tintement du verre. Dans le calme de la berge, le léger sifflement lorsqu'elle ouvrit deux bouteilles parvint à ses oreilles et, souriant, il vida les dernières gouttes de la bouteille qu'il tenait.

Lucy réapparut, et il prit l'une des bouteilles qu'elle lui passait, puis il tendit le bras pour l'aider à monter sur le toit de la péniche.

— Santé, dit-elle en faisant tinter sa bouteille contre la sienne.

Ils restèrent assis dans un silence complice, le passage occasionnel d'une voiture sur la route principale vers la ville se faisant entendre dans l'air nocturne.

Au bout d'un moment, Lucy posa sa bouteille de bière sur le toit et s'appuya sur ses coudes.

— Comment tu t'adaptes ?

Il haussa les épaules.

— Pas mal, je suppose. Pour être honnête, j'aurais pu utiliser une semaine de plus pour prendre mes marques, mais ça ne se passe pas toujours comme prévu.

— Tu parles du meurtre du prêtre ?

— Ouais.

Hamish se leva de sa position à côté de Mark et trottina jusqu'à l'extrémité du toit pour observer un couple de cygnes sur la rive opposée, les oreilles aux aguets.

Lucy pouffa.

— Le chien de garde du quartier prend son poste pour la soirée.

— Qu'est-ce que tu sais sur lui ? Est-ce que quelqu'un connaît son propriétaire ?

— Je ne crois pas. Il est apparu un matin, même si je soupçonne que certains des propriétaires de bateaux plus âgés le connaissent. Il n'est certainement pas affamé et il semble content de se promener le long du chemin de halage et de socialiser.

Elle sourit.

— Mais c'est à ton tour maintenant.

— Je pense qu'il reconnaît une cible facile quand il en voit une.

— Ouais, eh bien, tu vas être populaire. Je ne pense pas que tout le monde ici veuille prendre la responsabilité de veiller sur lui.

— Ça ne me dérange pas. J'aimais bien promener les chiens de mes voisins pour gagner de l'argent de poche quand j'étais gamin. On ne m'a jamais permis d'avoir mon propre chien parce qu'on n'en avait pas les moyens.

— Comment est-ce que tu as atterri ici, d'ailleurs ?

Des fossettes creusèrent ses joues.

— Enfin, si je ne suis pas trop curieuse ? Tu n'as jamais vraiment expliqué.

Il replia ses genoux contre sa poitrine, tenant la bouteille de bière froide entre ses mains, puis il frotta son pouce sur les bulles de condensation qui s'accrochaient au verre.

— Tu ne crois pas à l'histoire que je cherchais un changement de décor après ma séparation ?

— Pas vraiment.

Elle sourit, ses yeux s'adoucissant dans la lueur des lumières de son bateau.

— Mais tu n'es pas obligé de me raconter si tu ne veux pas.

Il passa une main sur sa nuque, puis soupira.

— Des circonstances indépendantes de ma volonté, dit-il finalement. Ma femme et moi nous sommes séparés il y a huit mois. Ce n'était la faute de personne, nous nous étions éloignés l'un de l'autre, et je suppose que les horaires que j'avais avec ce boulot n'ont pas aidé. Au final, elle a rencontré un nouveau mec le mois dernier—

— C'était rapide.

— Je sais. Un peu un choc, pour être honnête.

— Et tu ne supportes pas de la voir avec quelqu'un d'autre.

— Exactement.

Il but une gorgée de la bouteille.

— Tu as deux filles, c'est ça ? J'ai entendu de l'un des voisins du chemin de halage que tu as eu des visiteuses l'autre week-end pendant que j'étais absente.

— Oui. Anna et Louise.

— Tu as une photo ?

Mark posa la bouteille de bière et sortit son portefeuille, son pouce caressant les filles sur l'image avant de la tendre.

— Elles sont jolies, dit Lucy. Grandes, aussi, apparemment.

— La chose dont je suis le plus fier dans mes trente-huit ans d'existence.

Elle sourit en lui rendant la photo.

— Elles sont restées ici avec toi ?

— C'était juste une visite rapide. Elles sont censées passer du temps avec moi tous les quinze jours, même si j'ai dû reporter les visites jusqu'à ce que cette enquête soit résolue.

Il prit une autre gorgée et fronça les sourcils.

— Kennedy va nous faire travailler jour et nuit.

Lucy renifla et se redressa, puis elle se tourna pour lui faire face.

— Mais je devine que la rupture de ton mariage n'était pas la seule raison pour laquelle tu as été muté dans l'Oxfordshire, n'est-ce pas ?

Il plissa les yeux.

— Tu es médium ou quoi ?

Elle rit, un joli son qui dissipa son humeur sombre naissante.

— Non, je ne le suis pas, mais c'est assez évident que tu retiens des informations. Tu es sur la défensive.

— Tu aurais dû être détective.

Elle plissa le nez.

— J'ai vu les informations cette semaine. Je ne pourrais pas supporter ce que tu dois affronter au quotidien, alors non merci.

Il posa la bouteille sur le toit, encore remplie aux trois quarts. Il n'avait pas l'habitude de parler de ce qui s'était passé, pas depuis qu'il avait quitté l'hôpital et que les psychiatres mandatés par la police l'avaient déclaré apte à reprendre le travail.

— Je suis désolée, dit Lucy.

Elle agita la main devant son visage comme pour chasser une mouche.

— J'ai cette fâcheuse habitude de poser trop de questions et de mettre les gens mal à l'aise.

— Non, ce n'est rien. Tout le monde évite le sujet au travail, et j'attends que quelqu'un l'aborde là-bas... Je suis sûr que les rumeurs vont bon train.

Elle sourit, resserra son gilet autour de ses épaules, puis lui donna un petit coup de coude.

— Allez, vas-y... Je ne colporte pas de ragots, alors vide ton sac.

— Il y a deux ans, j'ai été appelé sur une affaire au nord de Swindon. Il y avait eu une bagarre dans un pub, le genre d'endroit qui a la réputation d'accueillir ce genre d'incidents, et ils voulaient qu'un détective intervienne parce que la personne poignardée était l'un de nos informateurs. Il nous aidait dans une enquête sur un trafic de drogue en réseau, et les agents en uniforme n'étaient pas convaincus qu'il passerait la nuit. En fin de compte, ils avaient raison.

— En réseau ?

— Des dealers qui utilisent des enfants vulnérables pour transporter la drogue entre différentes régions. Ils se disent que les enfants ont moins de chances d'être arrêtés par la police.

— C'est horrible. Qu'est-ce qui s'est passé ?

— Pendant que l'équipe d'investigation récoltait des preuves, j'ai travaillé avec les agents en uniforme pour interroger les témoins afin que, si nous obtenions des informations, je puisse les transmettre directement à la cellule d'enquête le lendemain matin.

— Que s'est-il passé ?

— Avec le recul, c'était une erreur stupide.

— Foutu recul.

Elle leva une main.

— Désolée.

Il reconnut le commentaire avec un haussement d'épaules.

— Je sais. J'ai fini par obtenir les informations dont j'avais besoin, j'ai coordonné avec les agents en uniforme pour que les dépositions soient enregistrées dans le système dès le lendemain matin, puis j'ai quitté les lieux. Je retournais à ma voiture quand j'ai été attaqué.

— Par qui ?

— Le suspect qui avait poignardé notre informateur. Ma voiture était garée au troisième étage d'un parking à plusieurs niveaux. Je suis entré dans l'ascenseur, et il m'a attrapé au moment où les portes se fermaient. Je ne portais pas de gilet pare-balles... nous avions commis l'erreur de supposer qu'il avait fui les lieux. Il avait toujours le couteau, comme je l'ai découvert quand il m'a poignardé.

Il déglutit et tordit la peau de son doigt où se trouvait autrefois son alliance.

— Heureusement pour moi, ça ne m'a pas achevé, alors quand je me suis effondré sur le sol, il a essayé de m'étrangler.

— Ta voix... ? Je pensais que c'était parce que tu fumais.

— Non, larynx endommagé. Ils pensaient que ça pourrait guérir complètement avec le temps, mais je n'y crois pas vraiment, pour être honnête. Je pense que ça ne changera plus maintenant. Dieu merci, deux autres détectives ont entendu mon cri quand les portes se fermaient et ils sont venus en courant. Ils ont arraché le type de sur moi quand les portes se sont ouvertes à l'étage suivant. Je commençais à perdre connaissance à ce moment-là.

Lucy siffla entre ses dents et détourna son regard de lui, visiblement choquée.

— Évidemment, j'ai survécu, mais tout espoir de me remettre avec Debbie s'est envolé. Je pense que ça l'a effrayée que les filles aient failli perdre leur père. On a commencé à s'éloigner l'un de l'autre avant même que je ne quitte l'hôpital.

— Pourquoi l'année sabbatique ?

— J'avais des crises d'angoisse continuelles, surtout dans les espaces clos. Les ascenseurs, évidemment, les petites pièces, ce genre de chose.

— Mais ici, ça va ?

— Oui. Les fenêtres aident, tu vois, et je pense qu'être près de l'eau aussi. J'ai remarqué que tant que je suis dans un endroit bien éclairé, ça va.

— Ils t'ont obligé à prendre un congé ?

Il soupira.

— Oui, pour le stress, apparemment. Ça arrive, je suppose. J'ai fait l'erreur de croire que je pouvais gérer.

— Et tu as tout gardé pour toi en espérant que ça disparaîtrait...

Elle s'interrompit quand son téléphone portable commença à sonner.

Il jeta un coup d'œil au numéro et sa bouche se tordit.

— Désolé. Le travail.

— Pas de problème. J'allais partir de toute façon. Merci pour la bière.

Elle s'arrêta en atteignant le plat-bord.

— Mark ? Assure-toi de venir me voir si tu as besoin de parler, d'accord ? Ne garde pas tout pour toi.

— Merci, je le ferai. Bonne nuit.

Il attendit qu'elle ait atteint le chemin de halage, puis appuya sur le bouton « répondre ».

— Mark Turpin.

— C'est Jan. Il y en a eu un autre.

CHAPITRE 18

Jan souffla sur ses doigts et maudit la fraîcheur qui s'accrochait à l'air nocturne, puis elle jeta un coup d'œil par-dessus son épaule au bruit d'une porte qui se fermait, juste à temps pour voir Turpin qui marchait vers elle alors qu'une voiture de patrouille accélérait depuis le trottoir.

— J'avais oublié que vous n'aviez pas encore de moyen de transport.

— Ne vous inquiétez pas. Désolé d'avoir mis si longtemps à arriver. Je n'ai pas l'habitude de demander aux agents en uniforme de faire les chauffeurs, mais ils passaient par là.

— Je n'aurais jamais suggéré le contraire.

Il lui tendit un mug de voyage en aluminium.

— Je vous ai préparé un café pendant que je les attendais.

— Vous êtes génial, merci.

Elle tourna le couvercle et prit une gorgée tandis que ses yeux à lui scrutaient le cottage en terrasse.

— Pas une église cette fois, alors ?

— Sa maison. Le voisin a entendu un vacarme et il a

essayé de réveiller le prêtre en frappant à la porte d'entrée. Il s'est inquiété quand il n'a pas eu de réponse et il a appelé le numéro d'urgence.

— Qu'est-ce qui s'est passé ?

Jan pointa sa tasse de café vers la porte d'entrée.

— Quand les agents sont arrivés, ils n'ont pas pu obtenir de réponse. Puis ils ont découvert que la porte arrière avait été forcée, et ils l'ont trouvé dans le salon.

Elle s'arrêta, fit tourner la boisson dans ses mains et exhala.

— C'est si grave ?

Elle releva le menton, la bouche droite.

— Apparemment, on lui a arraché les yeux, chef.

Elle le vit déglutir, sa pomme d'Adam montant et descendant dans sa gorge, puis il redressa les épaules et fit un mouvement de tête vers la maison.

— Gillian est là ?

— Arrivée il y a vingt minutes.

— Une trace de ses—

— De ses yeux ? Non. Pas encore.

Jan se détourna et remarqua la foule de spectateurs rassemblés au périmètre de la scène de crime.

Les premiers intervenants avaient agi rapidement et avaient délimité une zone bien à l'écart de la propriété pour éviter que quiconque puisse prendre des photos avec son smartphone. La dernière chose dont ils avaient besoin, c'était que ce dernier meurtre soit diffusé sur les réseaux sociaux avant qu'ils n'aient eu le temps de se coordonner avec les chaînes d'information locales.

Le cordon intérieur où se tenaient Jan et Turpin bourdonnait d'activité – des instructions étaient données aux enquêteurs de la brigade criminelle sur un ton feutré, tandis que des agents en uniforme prenaient la déposition du voisin qui avait donné l'alerte, son visage d'un gris marbré.

Il semblait être en état de choc, et Jan se demandait s'il resterait longtemps dans le quartier une fois que la réalité de la situation aurait fait son chemin. Elle ne serait pas surprise si sa maison était mise en vente dans les semaines à venir, et elle se demandait si elle trouverait preneur.

Alors qu'elle faisait de nouveau face à la maison du prêtre, elle observa les éclats bleus qui balayaient la façade en briques, produits par les gyrophares des véhicules d'urgence garés le long du trottoir près d'où ils se tenaient. À travers une fenêtre à gauche de la porte d'entrée, partiellement masquée par l'épais tissu des rideaux, le flash d'un appareil photo explosa dans un éclat de lumière blanche.

Un parfum puissant flottait dans l'air, et elle fronça les sourcils en essayant d'en localiser l'origine avant de repérer la bordure de fleurs qui débordait de jacinthes et de frésias. En parcourant du regard le jardin paysager à l'avant, elle fut saisie par la mélancolie à l'idée que cet endroit puisse tomber en ruine.

Un mouvement du coin de l'œil attira son attention, et elle remarqua le voisin raccompagné chez lui par l'un des agents en uniforme qui lui avait parlé.

La porte d'entrée fut refermée, et Jan félicita mentalement le jeune policier pour sa prévoyance d'assurer l'intimité du témoin, tant vis-à-vis des enquêteurs en train de travailler sur la scène que des autres résidents qui tendaient le cou pour tenter de mieux voir par-dessus le cordon établi.

Un instant plus tard, l'un des collègues de Gillian Appleworth passa la tête par la porte d'entrée de la maison du prêtre et lui fit signe d'approcher.

— Chef, on nous demande.

Jan remercia l'agent qui souleva la bande pour elle tandis qu'elle se baissait pour passer en dessous. Elle griffonna ensuite sa signature sur la page d'un bloc-notes que la femme lui mit sous le nez, puis elle prit une combinaison de protection d'un jeune membre de l'équipe de la police scientifique et l'enfila par-dessus son tailleur-pantalon. Vinrent ensuite les surchaussures et les masques, et une fois qu'elle et Turpin furent correctement équipés, il ouvrit la marche sur le chemin qui traversait le jardin tragiquement bien entretenu.

En le suivant au-delà du seuil, elle commença à se préparer mentalement à ce qu'elle prévoyait être une scène de crime difficile. Un seul regard au visage du plus jeune des premiers intervenants lui en dit long sur l'état des lieux à l'intérieur de la maison.

— Jan, Mark.

Gillian se tenait près d'une porte qui donnait sur la gauche du couloir, son masque abaissé sur sa gorge et les coins de sa bouche tombants.

Jan croisa le regard de la femme et un sentiment de malaise lui glaça l'échine.

— Ça va ?

La médecin légiste se redressa en remettant son masque et les conduisit dans la pièce.

— Suivez-moi.

Jan fut immédiatement frappée par la destruction totale.

Chaque tableau avait été arraché du mur, et tandis que leurs surchaussures crissaient sur les éclats de verre éparpillés sur la moquette, Jan examina les illustrations.

— Il peignait ?

— On dirait bien. Et plutôt bien en plus.

Ils se frayèrent un chemin entre trois agents de la police

scientifique qui finalisaient leur travail, après avoir décortiqué la pièce élément par élément.

Jan prit soin de rester sur le chemin désigné qu'ils avaient dégagé pour faciliter la circulation.

Le corps du prêtre gisait affalé dans un fauteuil rembourré, une corde autour du cou et un bâillon enfoncé dans la bouche. Un amas sanguinolent s'était figé là où se trouvaient autrefois ses yeux, et Jan frissonna en suivant Gillian autour d'une petite table placée devant le fauteuil.

Son regard s'attarda sur les mains du prêtre, ses doigts écartés comme s'il avait griffé les accoudoirs du fauteuil en tentant de se libérer.

— Mon Dieu, murmura-t-elle.

— Cette fois, le tueur a laissé la corde, dit Turpin. Pourquoi ?

Gillian le regarda par-dessus son masque.

— Parce qu'elle est si profondément enfoncée dans la peau que je doute qu'on aurait pu la retirer rapidement.

— Des empreintes ?

Turpin tourna son attention vers l'enquêteur de la police criminelle accroupi à côté du corps.

— Peut-être, répondit une voix étouffée. Partielles, au moins. Comme pour le dernier meurtre, il semble que notre tueur portait des gants fins. Pas suffisamment pour dissimuler complètement ses empreintes, mais assez pour s'assurer qu'on ne puisse pas obtenir un bon échantillon.

Turpin se retourna vers la pièce vandalisée.

— Il y a plus de rage dans ce meurtre que dans celui de Seamus, n'est-ce pas ? Je veux dire, la dernière fois, le tueur ne s'est pas attardé. Celui-ci—

— C'est presque comme s'il n'était pas en contrôle, l'interrompit Jan.

Elle se tourna vers Jasper Smith, qui supervisait l'équipe de la police scientifique.

— Tu penses qu'il a d'abord tué le prêtre, puis saccagé la pièce ?

—Nous le saurons avec certitude une fois notre rapport terminé, répondit-il, mais il y a des éclats de verre sur le côté du corps du prêtre, ce qui suggère que les cadres ont été détruits après et que le verre est tombé sur lui.

— Ok, merci. On va vous laisser travailler, dit Turpin en se tournant pour partir.

Jan allait le suivre, puis elle s'arrêta quand Gillian leva la main.

— Son nom était Philip, au fait. Philip Baxter. Nous avons trouvé son portefeuille sur la table d'appoint là-bas.

— Merci.

— C'est toujours plus personnel quand on connaît leur nom, n'est-ce pas ?

— C'est vrai, répondit Jan. Et il y a quelque chose de très personnel dans ces meurtres.

CHAPITRE 19

Mark passa la main sur ses yeux et remercia silencieusement le fait qu'il n'avait pas terminé sa seconde bière.

La fatigue commençait à se faire sentir, signe évident que son corps ne s'était toujours pas adapté.

Il attendit pendant que Jan frappait à la porte du voisin, puis il la suivit une fois que le jeune agent les eut fait entrer, et il promena son regard sur les photographies accrochées aux murs du couloir.

Le couple qui vivait là était visiblement à la retraite et adorait ses petits-enfants. Chaque photographie représentait une réunion de famille au fil des années, montrant les enfants qui grandissaient, rassemblés dans des portraits qui marquaient le passage du temps.

L'agent John Newton se présenta et les mit au courant de la déposition qu'il avait recueillie.

— Sa femme est sortie en ce moment, dit-il. Elle devrait rentrer d'une minute à l'autre, d'après lui.

Mark parcourut rapidement les notes de l'agent Newton, puis il les rendit au jeune officier.

— Merci. Elles sont très complètes.

— Merci. Vous voulez lui parler ?

— Oui, j'aimerais bien. Il est par là ?

— Dans la cuisine. Ne prenez pas de thé s'il vous en propose, par contre.

Mark fronça les sourcils.

— Les tasses sont sales ?

— Non, il est tellement léger qu'on dirait de l'eau.

Mark entendit Jan pouffer, puis il ouvrit la marche en franchissant le seuil et en longeant le couloir jusqu'à la cuisine.

Il plissa le nez en voyant la trace d'humidité qui traversait le plafond du couloir, puis il baissa les yeux lorsque Jan lui tapota l'épaule pour lui indiquer de la suivre.

Un brouillard bleuâtre l'accueillit quand il entra dans la cuisine, et il lui fallut tout son sang-froid pour ne pas se mettre à tousser dès qu'on lui présenta John Keswick.

Il avait remarqué l'odeur de cigarette en entrant dans la maison et en parlant avec l'agent Newton, mais ici, c'était presque insupportable. Il cligna des yeux pour essayer d'empêcher leur picotement et il résista à l'envie de battre en retraite.

Au lieu de cela, il remarqua la teinte jaunâtre des ongles de l'homme lorsqu'ils se serrèrent la main, et il se demanda s'il serait impoli de lui demander un verre d'eau. Il abandonna immédiatement cette idée et fit plutôt signe à Jan de mener l'entretien.

— Monsieur Keswick, nous savons que vous avez déjà parlé avec nos collègues concernant les événements de ce soir, commença-t-elle, mais nous aimerions vous poser quelques questions supplémentaires.

L'homme grogna en réponse et leur fit signe de

s'approcher d'une table sur le côté de la cuisine, un journal ouvert à la section des sports locaux et un cendrier tout près.

— Asseyez-vous.

— Ça va, nous préférons rester debout, merci.

Elle jeta un coup d'œil à Mark, qui leva la main en réponse.

Le sentiment d'étouffement s'était dissipé.

— Monsieur Keswick, connaissez-vous quelqu'un qui voudrait faire du mal au Père Baxter ? demanda-t-il.

— Non.

L'homme secoua la tête et enfonça ses mains dans les poches de son pantalon, mais pas avant que Mark n'ait remarqué qu'elles tremblaient.

— Et concernant des visiteurs récemment ? Vous avez remarqué quelqu'un ?

Il reçut un haussement d'épaules en guise de réponse.

— Personne du tout ?

— Pas vraiment, non. Je passe la plupart de mon temps ici, vous voyez. Wendy n'aime pas que je fume dans le salon.

— C'est votre femme, c'est bien ça ?

— Oui.

— Et où se trouve-t-elle en ce moment ?

— Au club de lecture. À la bibliothèque.

— À quelle heure est-elle partie ?

Keswick siffla doucement tout en contemplant le plafond.

— Oh, je ne sais pas. Vers sept heures moins le quart, je suppose. Ça prend environ vingt minutes d'ici, mais elle aime y arriver tôt pour installer les chaises.

— Et elle doit rentrer... ?

— D'un moment à l'autre. Elle devait s'arrêter au supermarché en rentrant. Ils sont ouverts tard ce soir.

— Elle a pris la voiture ?

— Non, elle n'aime plus conduire ces temps-ci. Une de ses amies du club vient la chercher, puis la dépose après qu'elles ont fait les courses.

— Ok, et vous lui faites un signe quand elle part, ou quelque chose comme ça ?

— Non, pourquoi est-ce que je ferais ça ?

— Vous n'avez vu personne rôder dans la rue ce soir ?

— Comme je l'ai dit, je suis resté ici toute la soirée, jusqu'à ce que j'entende les cris.

— Et c'était quand ?

— Environ une heure et demie après son départ. J'allais passer dans l'autre pièce pour allumer la télé, il y a une émission que j'aime regarder sur une des chaînes d'histoire. Des bateaux et ce genre de choses. C'est là que je l'ai entendu, une sorte de tumulte.

— Qu'est-ce que vous avez entendu exactement ?

— Un fracas, comme si une porte avait été forcée, ou que quelque chose était tombé. Quelque chose de lourd, parce que ça a fait trembler les murs. Puis des cris.

Il poussa un soupir tremblant.

— Ensuite, tout est devenu silencieux, et c'est là que je me suis inquiété. Je veux dire, il vit seul, n'est-ce pas ? Et je n'avais pas entendu de voiture s'arrêter dehors avant ça, alors je ne comprenais pas ce qui se passait.

— C'est à ce moment-là que vous avez composé le numéro d'urgence ?

— Oui. Mais ensuite, j'ai eu peur qu'ils n'arrivent pas à temps si c'était urgent. J'ai lu des articles sur les restrictions budgétaires.

Mark grimaça.

— Vous auriez dû rester chez vous, monsieur Keswick. Ça aurait pu être extrêmement dangereux pour vous.

— Je m'en rends compte maintenant après avoir vu... après...

Mark lui laissa un moment, puis poursuivit :

— Baxter semblait-il troublé par quoi que ce soit ces derniers temps ?

Keswick passa une main sur sa mâchoire.

— Maintenant que j'y pense, oui. Nous avions l'habitude d'échanger quelques mots quand on se croisait dans le jardin, vous voyez ?

— Vous pouvez préciser ?

Il haussa les épaules.

— Ce n'était peut-être rien, je suppose, mais la semaine dernière, nous discutions par-dessus la clôture quand son téléphone portable a sonné. C'est tellement calme par ici qu'on pouvait l'entendre depuis l'extérieur. Ça m'a toujours fait rire parce que c'est le thème de *Mission Impossible*.

Son sourire s'effaça aussi vite qu'il était apparu.

— Le truc, c'est qu'il a vraiment sursauté. Il avait l'air terrifié, et quand je lui ai demandé s'il devait répondre, il a dit que non. Qu'il valait mieux que ça bascule sur la messagerie. Je n'ai pas compris ça, comme il est prêtre et tout. Je veux dire, et si c'était urgent et que quelqu'un avait besoin de l'extrême-onction ?

— Vous lui avez demandé si quelque chose le préoccupait ?

— Oui, mais il n'a rien voulu me dire. Je me suis demandé si quelqu'un lui avait peut-être confié quelque chose qui l'inquiétait. Wendy m'a appelé à l'intérieur juste après, notre déjeuner était prêt. Quand j'ai demandé au Père Baxter si tout allait bien, il a dit que ça allait. Je n'étais pas convaincu, alors j'ai proposé de passer plus tard dans l'après-midi, mais il m'a dit de ne pas me déranger parce qu'il ne pourrait pas me le dire de toute façon.

— Qu'est-ce que vous voulez dire ?

Keswick haussa les épaules.

— Eh bien, il est catholique, n'est-ce pas ?

— Quel rapport ?

— Eh bien, je suppose que si quelqu'un lui confie quelque chose en confession, il ne peut pas aller raconter cette information à quelqu'un d'autre, n'est-ce pas ?

CHAPITRE 20

Mark se réveilla tôt, tiré de son sommeil par le son des cloches de l'église Saint-Nicolas.

Il ne se souvenait pas du cauchemar – il ne s'en souvenait jamais – mais celui-ci lui laissait un sentiment de malaise qu'il savait ne pouvoir dissiper que par le travail physique.

Il décida de nettoyer la péniche de la proue à la poupe, et il s'absorba dans le lavage des plats-bords, le récurage des moisissures sur les rebords extérieurs des fenêtres et le polissage de toutes les fixations et ornements en laiton à portée de vue.

La sueur perlait sur son front tandis qu'il s'affairait autour du bateau, ses muscles endoloris lui rappelant constamment ce que son corps avait enduré. Il ignora la tension entre ses épaules et repoussa les souvenirs qui menaçaient de remonter à la surface.

Hamish, assis sur le chemin de halage avec un air d'amusement face aux efforts de Mark, s'élança soudain en aboyant joyeusement après un groupe de promeneurs plus loin dans la prairie. Une fois qu'ils eurent disparu en direction de la ville, il s'ennuya et revint se pelotonner sur le pont qui se réchauffait au soleil.

Satisfait de voir le bateau plus propre que lorsqu'il y avait emménagé, Mark examina les cartons posés sur les sièges de la cabine.

L'idée de fouiller dans le contenu de sa vie lui laissait un goût amer dans la bouche et, malgré la nouveauté de vivre sur un bateau, il comptait retourner vivre sur la terre ferme avant l'arrivée de l'hiver.

Il s'occuperait des cartons à ce moment-là, pas avant.

Finalement, lorsque sa montre indiqua six heures trente, Mark avait pris sa douche, rempli un bol d'eau fraîche pour Hamish et il était parti travailler, l'esprit plus tranquille.

Une heure plus tard, il leva les yeux tandis qu'une assiette était glissée sous son nez, avec en son centre un croque-monsieur au jambon et au fromage qui mit tous ses sens en éveil.

— Mangez, dit Jan en souriant. Je jure que c'est comme avoir un troisième enfant à surveiller.

— Merci. Je n'avais pas réalisé l'heure qu'il était.

— Vous êtes arrivé à quelle heure ce matin ? J'ai vu que vous étiez déjà là quand je suis arrivée.

— Vers sept heures. Je voulais prendre de l'avance.

— Est-ce que vous dormez parfois ?

C'était à son tour de sourire.

— Occasionnellement, répondit-il avant de mordre dans le coin du sandwich.

— Que s'est-il passé hier soir ?

— Qu'est-ce que vous voulez dire ?

En réponse, Jan montra sa gorge.

— Quand nous étions chez Keswick. Vous aviez l'air de ne plus pouvoir respirer. Vu que votre voix paraît abîmée, je me demandais pourquoi. De toute évidence, l'atmosphère enfumée vous a affecté à ce moment-là.

Mark reposa son sandwich dans l'assiette, son appétit évanoui. Il ne voyait aucun intérêt à cacher la vérité à Jan – après tout, ils allaient travailler ensemble dans un avenir prévisible.

— À Swindon, un suspect m'a étranglé. Après m'avoir poignardé.

Ses yeux s'écarquillèrent.

— Oh. Donc la fumée a aggravé les dommages à votre gorge ?

— Ouais. Ce genre de choses peut me donner l'impression de manquer d'air.

— Désolée.

Il s'efforça de sourire.

— Ce n'est pas votre faute.

— Non, mais j'y ferai attention à l'avenir. Si j'avais su, j'aurais proposé de lui parler seule.

Elle jeta un coup d'œil par-dessus son épaule lorsque l'inspecteur principal Kennedy entra dans la salle des opérations, puis elle pointa du doigt le sandwich qu'il avait abandonné.

— Finissez-le. On ne peut pas se permettre que vous vous évanouissiez en service.

Elle lui fit un clin d'œil avant de rejoindre son bureau, et il examina la nourriture avant de s'en emparer et de la dévorer en quatre bouchées.

Elle avait raison – il mourait de faim.

Il épousseta les miettes de son pantalon et rejoignit Kennedy qui se frayait un chemin entre les bureaux serrés jusqu'au tableau blanc au fond de la pièce.

Malgré la gravité de l'affaire, l'inspecteur principal

n'avait réussi à obtenir du commissaire qu'une légère augmentation de son budget pour garantir les heures supplémentaires d'une équipe réduite pendant le week-end, et donc un nombre limité d'officiers s'était rassemblé pour le briefing.

— Merci à tous d'avoir sacrifié votre samedi matin. Quelles sont les dernières nouvelles de la brigade criminelle ? demanda Kennedy tandis qu'un agent en uniforme lui tendait une tasse de café. Merci, Simon.

— Jasper Smith confirme que le tueur est entré par effraction, chef, répondit Jan. Celui qui a attaqué Philip Baxter n'a pas été découragé par les nouvelles serrures sur les portes. Jasper pense qu'il a utilisé un pied-de-biche ou quelque chose comme ça.

— Pourtant, quand Seamus a été tué, son agresseur a attendu qu'il soit incapable de l'entendre approcher, dit Mark. Notre tueur devient plus audacieux.

— Vous pensez que c'est le même tueur ?

Il haussa les épaules en réponse.

— C'est ce que nous pensons tous, non ?

Un brouhaha d'approbation parcourut le groupe.

— Est-ce que quelqu'un a pensé à vérifier où se trouvait Terry Benedict hier soir ? demanda Kennedy pour ramener l'attention de tous à l'ordre du jour.

— Oui, chef. Il dit qu'il travaillait entre dix-huit heures et vingt-et-une heures hier soir, répondit Alex. Son alibi tient la route, il servait au bar. Soirée chargée à Upper Benham, apparemment. Il dit que la plupart des conversations au pub hier soir tournaient autour de la mort de Seamus. Il n'a quitté le bar qu'une seule fois pour aider en cuisine. Les deux serveuses du bar et le personnel de cuisine confirment sa déclaration.

— D'accord, merci.

Kennedy dessina un point d'interrogation à côté de la photographie de Benedict sur le tableau blanc.

— Dans ce cas, si nous sommes *bien* à la recherche d'un seul tueur, cela pourrait dissiper les soupçons qui pèsent sur lui pour le meurtre de Seamus. On ne laisse rien au hasard, cependant, au cas où un complice serait impliqué.

Un murmure parcourut le groupe.

— Ensuite, nous avons une conférence de presse prévue pour quinze heures cet après-midi. Nous n'établirons pas de parallèle entre les deux meurtres tant que toutes les preuves n'auront pas été enregistrées sur la scène d'hier soir et que nous n'aurons pas le rapport d'autopsie de Gillian, mais vous pouvez être sûrs que les rumeurs vont commencer à circuler une fois que cette information sera rendue publique. Nous maintenons un embargo sur les informations spécifiques relatives aux deux meurtres, à savoir l'énucléation des yeux et l'ablation de la langue de Seamus. Pour l'instant, nous devons établir s'il existe un lien entre Seamus et Baxter, donc Jan, travaillez avec Alex et contactez le diocèse à nouveau.

— Oui, chef.

— Mark, j'aimerais que vous soyez présent à la conférence de presse plus tard aujourd'hui. Ne vous inquiétez pas, je ferai toute la conversation. Je veux montrer notre force, cependant. La dernière chose que nous voulons, c'est donner l'impression au public que nous ne faisons pas tout notre possible avec les effectifs dont nous disposons.

— Compris.

— Très bien. C'est tout pour l'instant. Si quelque chose change ou si vous recevez des informations cruciales au cours de la journée, faites-le-moi savoir. Sinon, nous ferons un autre briefing une fois que tout le monde sera là lundi matin.

Mark tendit la main alors que Jan passait et l'arrêta net.

— Qu'est-ce qu'il y a ? demanda-t-elle.

— Je pense qu'on devrait avoir une autre conversation avec Terry Benedict.

— Pourquoi ?

— Je pensais à Seamus, et au fait que Benedict a dit qu'il était abordé de temps en temps pendant qu'il buvait un verre au pub. Je me demande s'il aurait rencontré quelqu'un là-bas plutôt que chez lui ou à l'église, quelqu'un qui pourrait nous éclairer sur les meurtres.

— On travaille définitivement sur l'hypothèse qu'ils sont liés d'une manière ou d'une autre, alors ?

— Je pense que oui, pas vous ? Je crois qu'on devrait au moins demander à Benedict si Seamus parlait parfois à quelqu'un là-bas, que ce soit quelqu'un du coin ou un étranger qu'il aurait pu remarquer.

Elle avala une gorgée de café, puis hocha la tête.

— D'accord. Lundi, alors ?

— Ouais. Après le briefing du matin. Peut-être que d'ici là, on aura plus d'informations de la part de Gillian qui pourront nous aider.

CHAPITRE 21

Jan détourna son attention de son écran d'ordinateur lorsqu'Alex s'approcha de son bureau, une mince pile de documents à la main et une expression abattue sur le visage.

— J'ai imprimé tout ce que nous avons reçu jusqu'à présent du bureau du diocèse, dit-il, mais ne te fais pas trop d'illusions.

— C'est comme ça, hein ? Dix pour cent d'utile, et le reste, c'est du baratin ?

Il parvint à sourire.

— À peu près.

— Ok, donne-moi tout ça et approche une chaise. Voyons ce que tu as.

Elle feuilleta les documents pendant qu'Alex roulait une chaise sur la moquette fine, puis elle poussa son clavier et étala les pages.

Le jeune enquêteur avait terminé sa période probatoire six mois auparavant, mais elle sentait qu'il manquait encore de confiance en ses propres capacités.

Elle ne pouvait s'en empêcher – avec deux jeunes garçons

à la maison, elle se retrouvait à essayer de faire sortir le jeune homme de la carapace qu'il s'était créée pour survivre à la culture parfois brutale qui pouvait régner dans la salle des opérations.

— Tu veux me donner tes premières impressions ? suggéra-t-elle.

— Eh bien, j'ai parcouru les deux emails qu'ils ont envoyés cet après-midi. L'un d'eux concernait la demande que tu as transmise pour clarifier pourquoi Seamus Carter a été transféré de Bristol jusqu'ici. Ils disent que le prêtre qui était à Upper Benham à l'époque, Magnus Taylor, était en mauvaise santé, et ils voulaient installer quelqu'un de nouveau dans la communauté avant sa retraite pour que les gens aient le temps de s'habituer à Carter pendant qu'il travaillait à ses côtés.

— Est-ce que l'ancien prêtre est toujours dans le coin ?

— Non, il est mort il y a quelques années. J'ai parlé avec sa sœur, mais elle a dit qu'il n'avait pas laissé beaucoup d'effets personnels ou de documentation sur son séjour au village. Malheureusement, elle n'a rien conservé.

Jan fronça les sourcils et parcourut la page du doigt.

— Et les vérifications d'antécédents et l'historique d'emploi que Kennedy t'a demandé de récupérer ?

— Ils sont arrivés tard hier, voilà.

Il fit une pause pendant que Jan commençait à lire.

— Il n'y a rien là-dedans qui suggère qu'il avait des problèmes ou quoi que ce soit.

Elle ricana et mit les pages agrafées de côté.

— Beaucoup d'éloges et pas grand-chose d'autre, comme tu dis. Et les agendas et le carnet d'adresses que l'équipe de Jasper a récupérés chez Seamus ? Quelque chose d'intéressant ?

Alex secoua la tête.

— J'ai examiné le carnet d'adresses avec Caroline, et nous avons identifié toutes les personnes qui y figurent. Il s'agissait surtout de gens du coin, des contacts qu'il avait au diocèse, et ce genre de choses.

— Quelque chose qui date de son temps dans la paroisse près de Bristol ?

— Non, mais le carnet d'adresses ne semblait pas très ancien. Je suppose que s'il en a acheté un nouveau, il n'aurait pas pris la peine de retranscrire les coordonnées de personnes avec qui il n'était plus en contact. C'est comme ma mamie avec le sien.

Il eut un sourire triste.

— Elle dit toujours qu'elle passe plus de temps à rayer les noms de personnes décédées qu'à en ajouter de nouveaux ces jours-ci.

— Que Dieu la bénisse.

Jan plaça le carnet d'adresses sur la pile grandissante de documents qu'ils avaient écartés.

— Et les agendas ?

— Juste des trucs d'église, tu sais, des mariages, des activités de collecte de fonds, ce genre de choses.

— Ok, soupira Jan en désignant les autres documents. Est-ce qu'il y a quelque chose dans ce que le diocèse nous a envoyé qui concerne le fait que Seamus connaissait Philip Baxter ?

— Rien que j'aie pu trouver. Je veux dire, Baxter aurait pu être dans une paroisse différente, je suppose, mais il n'était certainement pas dans la même que Carter.

Elle gémit.

— Bon sang, c'est à s'en arracher les dents. Je leur ai dit que je voulais une liste de noms pour l'ensemble du diocèse, pas seulement pour la paroisse où Seamus était basé avant de venir ici. Qu'est-ce qui peut bien être si compliqué ?

— Tu veux que je les relance demain matin ?

— S'il te plaît. Mark veut retourner au pub pour parler à Terry Benedict, et j'aimerais rester au fait de tout ça.

— Il est comment en tant que collègue ?

— Qui ? Mark ?

— Oui. Caroline a dit qu'il était impliqué dans une grosse affaire à Swindon avant de venir ici.

— J'imagine qu'il a travaillé sur beaucoup de grosses affaires, Alex. Il doit avoir dix ans de plus que toi. Donne-toi encore quelques années, et tu en accumuleras aussi. Malheureusement.

La bouche du jeune détective se tordit tandis qu'il se levait et commençait à rassembler les documents.

— Il n'y a pas le choix, n'est-ce pas ? Je veux dire, je veux apprendre davantage et acquérir plus d'expérience, mais d'une manière horrible, ça signifie que quelque chose de mal doit arriver à quelqu'un pour que je puisse y parvenir.

— C'est comme ça que ça marche, répondit-elle. Mais c'est pour ça qu'on fait ce métier, non ?

— Je suppose.

Son regard dériva vers le bureau abandonné de Turpin, l'inspecteur étant parti une demi-heure plus tôt pour préparer la conférence de presse.

— Il est sûr de lui, n'est-ce pas ?

— C'est juste l'expérience. Plus tu fais ce métier, plus tu as de ressources à ta disposition la prochaine fois que quelque chose de similaire se présente.

Elle fit un geste vers le tableau blanc au bout de la salle des opérations.

— Et crois-moi, cette affaire nous donne à tous du fil à retordre.

Il se retourna vers elle.

— Alors, il est comment en tant que collègue ?

— Pas mal. Plus ordonné que toi, déjà.

Elle lui fit un clin d'œil.

— Je suis sûre que tu auras l'occasion de travailler avec lui à un moment donné, étant donné qu'il semble être ici de façon permanente.

Les yeux d'Alex s'illuminèrent.

— Vraiment ? Ce serait génial.

Jan éclata de rire.

— C'est un inspecteur, pas une rock star.

CHAPITRE 22

Mark leva la main et grimaça lorsque deux autres photographes de presse pointèrent leurs appareils vers lui, les flashs éblouissants brûlant sa rétine avant qu'il ne puisse protéger ses yeux.

La grande salle était si bondée que toutes les chaises avaient été prises dans les dix premières minutes suivant l'ouverture des portes, et deux membres du personnel administratif se débattaient avec une cloison coulissante pour permettre à davantage d'opérateurs de caméras de télévision de s'installer le long de l'assemblée.

Le brouhaha des conversations s'intensifiait, et Mark tendit la main vers le verre d'eau posé sur la table devant lui tout en essayant de se concentrer sur sa respiration.

Le plafond bas semblait empiéter sur l'espace, et il résista à l'envie d'appuyer le verre frais contre son front.

Au lieu de cela, il força un sourire en entendant son nom au-dessus du vacarme et il se tourna vers sa gauche, où l'inspecteur principal Kennedy discutait à voix basse avec

Sarah du bureau des relations médias, passant en revue les dernières modifications à apporter au communiqué préparé.

— Je disais justement que nous devrions peut-être vous laisser répondre à certaines questions, dit Kennedy, inconscient du malaise de Mark. J'ai dit que je voulais une démonstration de force, et Sarah pense que ce serait une bonne occasion de montrer le genre d'expérience dont nous disposons pour cette enquête. Cela vous convient ?

— Bien sûr, répondit Mark.

Comme si j'avais le choix.

Il se retourna pour faire face aux journalistes.

Il balaya du regard les différents logos de chaînes d'information qu'il pouvait voir fixés aux microphones et sur les côtés des caméras de télévision, et il se demanda si des journalistes de Swindon avaient traversé la frontière régionale pour couvrir l'histoire.

Jusqu'à cet après-midi, il avait espéré maintenir le profil bas qu'il avait gardé depuis sa convalescence.

Tout ce qu'il voulait, c'était qu'on le laisse tranquille pour faire son travail. Découvrir qui avait assassiné deux prêtres, et pourquoi.

Pas ça.

Il retint un soupir exaspéré tandis que Sarah s'éloignait de Kennedy et prenait position près d'une porte de secours à l'arrière de la salle, et il lutta contre l'impulsion de s'y précipiter.

L'inspecteur principal avait raison – ils devaient démontrer qu'ils faisaient tout leur possible pour résoudre cette affaire.

Il redressa les épaules pendant que Sarah annonçait un compte à rebours de dix secondes à la foule en attente, puis il s'éclaircit la gorge et écouta Kennedy lire le communiqué.

— Nous pouvons confirmer que hier soir, entre sept et huit heures, le Père Philip Baxter a été assassiné à son domicile à St Martin's Meadow. À l'heure actuelle, nous ne pouvons confirmer aucun lien entre sa mort et celle de Seamus Carter le week-end dernier. Notre enquête est en cours, et nous demandons à tous les membres du public de nous contacter avec toute information susceptible d'aider à l'investigation.

Mark fit abstraction des paroles de l'inspecteur principal tandis que son regard parcourait les journalistes assemblés, et il se demandait si l'un d'eux croyait à l'insistance de Kennedy selon laquelle les deux meurtres n'étaient pas liés d'une manière ou d'une autre.

Il pouvait déjà imaginer les gros titres du lendemain.

Un silence régnait, perturbé par la vibration occasionnelle d'un téléphone portable, et tous les yeux étaient fixés sur l'homme à côté de lui.

Il se demanda si le meurtrier des prêtres regardait la diffusion en direct.

Se féliciterait-il de leur manque de progrès ?

Prévoyait-il déjà de tuer à nouveau ?

Et pourquoi ?

Mark cligna des yeux pour chasser cette pensée tandis que Kennedy se tut un instant après avoir terminé sa déclaration, puis ce fut le chaos total lorsque l'inspecteur principal invita les journalistes impatients à poser leurs questions.

Une forêt de mains levées et d'appels criés pour attirer l'attention emplit l'air, jusqu'à ce que Kennedy désigne une femme d'un certain âge au premier rang de la salle.

— Diane ?

— Vous dites que vous ne pouvez pas confirmer de lien

entre les deux meurtres pour le moment, mais est-ce que vous recherchez *vraiment* un seul tueur ?

— Nous ne pouvons pas le confirmer à l'heure actuelle, répondit Kennedy. Quand nous aurons plus d'informations en main, nous vous tiendrons au courant à ce sujet.

Les mains se levèrent à nouveau.

Kennedy fit un geste vers un journaliste au fond de la salle.

L'homme se leva, carnet à la main, et utilisa son stylo pour pointer dans la direction de Mark.

— Inspecteur Turpin, vous étiez auparavant basé à Swindon et vous venez tout juste de reprendre le travail après une absence prolongée. Êtes-vous suffisamment en forme pour participer à une enquête sur un double meurtre ?

Le cœur de Mark fit un bond une fraction de seconde avant qu'il n'entende le sang battre dans ses oreilles. Il se pencha en avant pour ajuster le microphone et s'éclaircit la gorge.

— L'inspecteur principal Kennedy a spécifiquement demandé ma présence dans cette équipe d'enquête en raison de l'expérience que j'apporte au poste, dit-il d'une voix à peine plus forte qu'un grognement.

— Mais le pouvez-vous vraiment ?

Le journaliste afficha un sourire prédateur.

— Après tout, votre dernière affaire a failli se terminer en tragédie personnelle, et—

Kennedy se pencha en avant.

— Je vous rappelle à tous de garder vos questions en relation avec l'enquête en cours.

Il désigna un homme debout à côté d'une des caméras de télévision, son téléphone portable tendu alors qu'il enregistrait la conférence.

— Oui ?

— Deux prêtres morts en l'espace d'une semaine, dit le journaliste, incapable de dissimuler l'empressement dans sa voix. Y en aura-t-il d'autres ?

— Vraiment, je pense que c'est le genre de sensationnalisme qui ne devrait pas être rapporté, répondit Kennedy, la mâchoire crispée. Nous parlons de deux hommes dont la vie a été brutalement écourtée dans des circonstances horribles.

— Mais qu'en est-il des autres prêtres de la région ? cria une femme du fond de la salle. Est-ce qu'ils sont en sécurité ?

— Nous avons demandé à toutes les organisations religieuses de conseiller à leurs membres de prendre des précautions supplémentaires lorsqu'ils sont seuls, expliqua Kennedy. Elles nous ont assuré qu'elles travailleront avec leurs communautés pour s'assurer que ce message soit respecté.

Mark serra les dents tandis que l'inspecteur principal répondait aux questions pendant encore cinq minutes, puis il mit fin à la conférence de presse.

— Merci à tous pour votre temps, annonça Kennedy.

Il repoussa sa chaise et les deux hommes suivirent Sarah par la porte et dans un couloir au-delà.

Mark trébucha lorsque la responsable des relations médias ferma la porte, et il s'appuya contre le mur, en passant sa paume sur son front.

— Vous pensez que tout cela va aider ? demanda-t-il.

Les lèvres de Kennedy s'amincirent.

— Je l'espère bien, nom de Dieu. Nous n'avons pas grand-chose d'autre, n'est-ce pas ?

CHAPITRE 23

Le lendemain matin, Mark laissa Hamish rôder sur le chemin de halage à côté de son bateau, puis il se dirigea vers le centre-ville.

Lorsqu'il atteignit la route principale à Bridge Street, une brise soutenue soufflait et il était content d'avoir jeté une veste sur ses épaules avant de quitter le bateau.

Il jeta un coup d'œil à l'église sur sa droite alors qu'il flânait le long de Market Place, mais ce n'était pas celle qu'il cherchait.

Il consulta sa montre, puis accéléra le pas. En arrivant au bateau la nuit dernière, il avait allumé son ordinateur portable pour trouver le site web et vérifier les horaires.

Une partie de lui était surprise que la messe soit célébrée en milieu de matinée, alors qu'il s'attendait pleinement à un départ matinal. Au lieu de cela, il avait pris un petit déjeuner tranquille et il avait tenté de trier deux des cartons dans la cabine avant de partir.

La marche rapide lui ferait du bien, il le savait. Il avait

passé une grande partie de son congé à se concentrer sur les exercices que le kinésithérapeute lui avait donnés, et il était retourné à la salle de sport dès que possible. Avec le déménagement du Wiltshire, cependant, sa routine risquait d'être mise de côté et il se promit d'explorer davantage le chemin de halage avec Hamish une fois l'enquête en cours terminée.

Au bout de la rue, il tourna à droite et suivit la route animée vers un rond-point au loin. Il aperçut la flèche de l'église qui s'élevait dans le ciel au-dessus.

Il était toujours frappé par l'aspect moderne des églises catholiques par rapport aux bâtiments de l'Église anglicane. La Réforme avait détruit la plupart d'entre elles, et d'après les brèves recherches qu'il avait menées la veille au soir autour d'un verre de vin, il avait appris que l'église avait été achevée au XIXe siècle.

Un sentier partait de la route principale à travers l'herbe luxuriante et contournait le côté du bâtiment jusqu'aux portes d'entrée.

La musique d'orgue jouait, accueillant les fidèles qui entraient pour la messe du matin.

Il s'arrêtant sous l'arche qui formait un porche pour regarder à travers les doubles portes ouvertes. Il ne voyait personne, mais des voix étouffées lui parvenaient de l'intérieur.

Il se retourna au bruit de pas pour voir un homme âgé qui approchait, et il se mit de côté.

— Bonjour, dit l'homme. C'est votre première visite ici ?

— Cela se voit tant que ça ?

L'homme sourit.

— C'est une petite congrégation, mais sympathique. J'ai

tendance à reconnaître les visages familiers, à défaut des noms.

Mark se détendit un peu.

— Je passais par là.

— Eh bien, vous êtes le bienvenu à l'intérieur.

— Je ne suis pas croyant. Je veux dire, excusez-moi. J'étais simplement curieux.

— Comme la plupart d'entre nous. Il n'y a pas de quoi s'inquiéter. Si vous voulez vous asseoir au fond et observer, personne n'y verra d'inconvénient.

— Merci, c'est ce que je vais faire.

Il suivit l'homme au-delà du seuil et s'arrêta un moment pour admirer les plafonds voûtés et la lumière tachetée à travers les vitraux ornés. Une odeur familière de renfermé lui parvint, le même parfum de vieux livres et d'histoire qu'il avait remarqué dans l'église d'Upper Benham, malgré la modernité de son environnement.

Un mouvement à sa gauche attira son attention et il remarqua un prêtre qui sortait d'une pièce à l'arrière et se dirigeait vers l'autel. Mark se glissa sur un banc au fond de la congrégation.

Alors que la messe commençait, il se demanda comment les paroissiens savaient quand répondre aux incantations du prêtre, puis il remarqua une fine carte qui avait été placée sur l'étagère du banc devant lui.

Il tendit la main pour la saisir et parcourut le texte des yeux, réalisant qu'il s'agissait d'un ordre de service que les paroissiens non familiers avec la messe pouvaient suivre.

Il voulut la replacer, mais le document glissa de sa main et tomba au sol. Le visage rouge, il renonça à le récupérer et préféra tendre le cou pour voir par-dessus les personnes assises quelques rangées devant lui afin de comprendre ce qui se passait.

À sa surprise, le prêtre termina et prit place derrière l'autel.

Aussitôt, un homme se leva d'un banc au premier rang et commença à parler.

Tandis que Mark laissait les paroles le submerger, il réalisa qu'il reconnaissait le passage de la Bible, la lecture étant entrecoupée par l'assemblée qui disait « Amen » à intervalles réguliers.

Lorsque l'orateur eut terminé, le prêtre se déplaça jusqu'à se tenir de nouveau derrière l'autel et il annonça qu'il allait lire l'évangile selon saint Jean.

Finalement, il porta son attention sur un calice en étain, souleva une fine hostie d'une assiette, la tint en l'air, puis éleva le calice et but une gorgée. Quand il eut fini, un flot régulier de paroissiens afflua vers l'avant de l'église pour recevoir leur hostie des mains du prêtre.

Mark se glissa hors de son banc et fila vers les portes ouvertes, ne s'arrêtant qu'une fois arrivé à l'extrémité du chemin près de la route principale.

Le soleil atteignait maintenant son zénith, et il retira sa veste de ses épaules, la drapa sur un bras et traversa la pelouse jusqu'à un banc en bois qui avait été placé sous un groupe d'arbres à quelque distance du chemin.

Il observa la maigre assemblée quitter l'église, chacun serrant la main du prêtre avant d'échanger quelques mots.

Certains partaient par deux, d'autres seuls, et il aperçut le vieil homme qui l'avait invité à entrer et le salua d'un signe de tête au passage.

— Bon dimanche à vous.

— Merci. À vous aussi.

Mark observa jusqu'à ce que la foule se disperse, puis il se pencha en avant et posa ses coudes sur ses genoux, résistant à l'envie de prendre sa tête entre ses mains.

Comment vous sentez-vous ? aurait demandé la psychiatre qui lui avait été assignée si elle avait été à côté de lui.

Mal à l'aise, pensa-t-il. *Confus, et mal à l'aise.*

Pourquoi quelqu'un voudrait-il tuer deux prêtres ?

CHAPITRE 24

Lorsque Mark atteignit le haut de l'escalier menant à la salle des opérations le lendemain matin, la première chose qui le frappa fut le bruit qui émanait de la porte entrouverte.

Il vérifia sa montre, craignant d'avoir fait la grasse matinée, mais il était bien sept heures et demie.

Il s'avança rapidement et poussa la porte pour apercevoir Alex McClellan debout à l'autre bout de la pièce, une pile d'assiettes en carton à la main.

Alex lui fit signe d'approcher et lui tendit l'une des assiettes.

— Merci. Qu'est-ce qui se passe ?

Jan jeta un coup d'œil par-dessus son épaule depuis l'endroit où elle était penchée sur un bureau et sourit. Elle désigna l'assortiment de pâtisseries et de parts de gâteau qui occupaient la majeure partie de sa surface.

— C'est mon anniversaire. Vous avez une assiette ? Bien, donnez-la-moi. Si vous ne vous dépêchez pas, vous n'aurez plus rien.

— C'est votre anniversaire ? Pourquoi vous n'avez rien dit ? Je ne vous ai rien acheté.

— Ce n'est pas grave. Pas de quoi en faire toute une histoire. On se contente toujours de gâteaux, de toute façon.

— Mais on est en mai.

Elle fronça les sourcils.

— Je sais.

— Mais vous vous appelez January.

— Seulement pour ma mère. Et plus depuis mes treize ans. Sauf quand Jasper essaie de m'énerver.

— Ironique. Bon anniversaire.

Il fit un geste vers le tableau blanc.

— Kennedy est là ?

— Arrivé il y a dix minutes. Je crois qu'il est sur le point de commencer le briefing.

Mark porta son assiette à son bureau, retira sa veste et la plia sur le dossier de sa chaise, puis il s'assit et alluma son ordinateur tout en mordant dans un pain danois.

Il balaya les miettes du bureau, tapa son mot de passe et parcourut du regard les emails qui s'étaient accumulés depuis samedi.

Toute une série provenait de l'équipe des ressources humaines, lui demandant de signer des documents, de lire les politiques et procédures relatives au commissariat, et de se présenter à l'équipe informatique pour récupérer une carte de sécurité permanente. Il pâlit à la vue d'une convocation à un atelier d'intégration, estimant que, puisqu'il était déjà au commissariat depuis une semaine, il pourrait probablement l'animer lui-même, puis il releva les yeux de l'écran lorsque l'inspecteur principal Kennedy apparut.

— Bon anniversaire, Jan, dit-il en se dirigeant vers le tableau blanc.

— Merci, chef.

— Bien, réglons ça.

Kennedy brandit un document.

— Gillian a envoyé son rapport, alors je vais vous exposer les points essentiels, et ensuite vous pourrez retourner au travail.

Mark repoussa sa chaise et rejoignit la foule à l'autre bout de la pièce, s'essuyant les doigts sur une serviette tandis que les premiers effets du rush de sucre se faisaient sentir dans son organisme.

— Bien, pour ceux qui n'étaient pas là ce week-end, je vais vous faire un résumé rapide de notre seconde victime, dit Kennedy en remontant ses lunettes de lecture sur son nez. Philip Baxter. Soixante-quatre ans. Il a déménagé plusieurs fois au fil des ans, mais c'était le prêtre de la paroisse de St Martin's Meadow depuis dix ans. Les témoignages recueillis vendredi soir et pendant le week-end auprès des voisins et des paroissiens donnent l'impression qu'il était respecté dans la communauté.

Il fit une pause pendant qu'il manipulait les documents dans ses mains et il tourna à la dernière page du rapport d'autopsie de Gillian.

— Manifestement, notre médecin légiste a jugé notre affaire assez importante pour effectuer son examen pendant le week-end, alors voici ce que vous devez savoir. Comme pour Seamus Carter, Baxter a été immobilisé par une corde passée au-dessus de sa tête et autour de son cou, qui a limité le flux d'air. Selon Gillian, Baxter s'est débattu. Il y a des traces de son sang dans les fibres de la corde, qui correspondent à celui retrouvé sous ses ongles. Elle a parlé au chef de la police scientifique, qui confirme que les extrémités de la corde ont été laissées drapées sur le dossier du fauteuil, donc le tueur a marché dessus pour maintenir la corde tendue pendant qu'il arrachait les yeux de Baxter.

Un murmure parcourut la salle, et l'inspecteur principal s'éclaircit la gorge.

— Je n'ai pas dit que c'était agréable à lire, n'est-ce pas ? Nous aurons le rapport complet et les recommandations de la police scientifique demain au plus tard. Caroline, vous pourriez vous assurer que toutes les preuves rassemblées vendredi soir soient enregistrées ?

— Oui, chef.

— Si ce n'est pas fait, prenez quelqu'un en uniforme pour vous aider, je veux que cette base de données soit à jour avant midi.

— Je m'en occupe.

— Ensuite, le mobile. Il ne semble pas que quoi que ce soit ait été volé dans la propriété, donc il semblerait qu'il ait été ciblé.

— Est-ce que nous travaillons sur la présomption qu'il s'agit du même tueur ? demanda un agent en uniforme vers le fond du groupe.

— En effet, étant donné que, une fois de plus, il manque des parties du corps à notre victime, et qu'il s'agit également d'un prêtre. Comme vous l'aurez vu dans la déclaration télévisée de samedi, nous ne diffusons pas cette information à la presse, c'est bien compris ?

Kennedy faisait passer le marqueur entre ses doigts.

— Je pense qu'il est assez clair pour nous tous qu'il y a une énorme quantité de rage dans ces deux meurtres. Alors, qu'ont fait nos prêtres ? Pourquoi ont-ils été ciblés ? Pourquoi maintenant ?

— Est-ce qu'il pourrait-il s'agir d'abus ? suggéra Alex. La vengeance pour quelque chose comme ça pourrait être un mobile si le tueur a été abusé dans le passé par les victimes de ces meurtres. Peut-être qu'il est frustré par le système judiciaire et qu'il a pris les choses en main.

Kennedy inscrivit la suggestion sur le tableau blanc.

— Pourquoi prendre la langue de Seamus et les yeux de Baxter ? Quel est l'intérêt de faire ça ?

Il continua, sans attendre de réponse.

— Enfin, personne n'a vu le meurtrier de Baxter quitter la maison. Le voisin, John Keswick, a signalé avoir entendu un bruit, alors il a appelé le numéro d'urgence. La curiosité l'a emporté avant l'arrivée des agents, et il avait une clé de la maison du prêtre. Apparemment, il arrosait le jardin quand Baxter s'absentait pour une période prolongée.

Kennedy déposa le rapport de Gillian sur le bureau à côté de lui et croisa les bras.

— Sans doute qu'à présent, il se rend compte de la chance qu'il a eue que notre meurtrier ait pris la fuite plutôt que de l'affronter. J'ai le sentiment que nous aurions eu une autre victime dans le cas contraire. En l'occurrence, Keswick a signalé que la porte arrière était ouverte quand il est entré dans le couloir par la porte d'entrée. Il y a un champ qui borde les propriétés sur Marsh Lane, et il semble que ce soit le moyen d'évasion de notre tueur. La police scientifique a examiné la zone, mais à part une empreinte de pas partielle, ils n'ont rien trouvé d'autre pour nous aider.

Il tourna son attention vers le tableau blanc, mit à jour les points sous chaque photographie de victime, puis reboucha le marqueur et appela par-dessus son épaule.

— Jan, vous avez mentionné que Mark et vous vouliez parler à nouveau au propriétaire du White Horse à Upper Benham. Quelle est votre réflexion à ce sujet ?

Mark s'avança tandis que Jan se tournait vers lui.

— Nous voulons savoir si Seamus a été approché par quelqu'un au moment où il était au pub en train de boire un verre. Un étranger, ou quelqu'un qu'on ne voit pas habituellement à l'église. Nous allons aussi emporter une photographie de Philip Baxter, au cas où Terry Benedict le reconnaîtrait. C'est une chance infime, je sais—

— Mais qui vaut la peine d'être vérifiée, comme vous le dites. Ok, bien.

Mark s'appuya contre le bureau d'un collègue tandis que l'inspecteur principal faisait le tour de l'équipe en cercle pour donner des instructions et écouter les retours de l'enquête à ce jour, puis il les libéra et retourna dans son bureau.

Alors que l'équipe se dispersait, il rejoignit Jan à son bureau pendant qu'elle rassemblait son sac et ses clés de voiture avant qu'ils ne se dirigent vers la porte.

Elle fronça les sourcils lorsqu'il lui tint la porte.

— Et si notre meurtrier n'avait pas fini ? Et s'il prévoyait de tuer à nouveau ?

— On ne peut rien écarter pour le moment, Jan. Espérons qu'on l'attrape avant qu'il ne recommence.

CHAPITRE 25

Une pluie régulière s'était installée au moment où Mark suivait Jan jusqu'au parking.

Elle se précipita vers la voiture de service, jeta son parapluie sur la banquette arrière et démarra le moteur pendant qu'il ouvrait la portière, les bouches d'aération devant le pare-brise soufflant à plein régime tandis qu'elle essayait de dissiper la buée.

— Pourquoi est-ce qu'il faut toujours qu'il pleuve quand les garçons ont cours de sport ? demanda-t-elle. J'espérais pouvoir me passer de lessive ce soir après le travail.

Il sourit, se rappelant l'époque où il allait chercher ses filles à l'école avec des vêtements humides fourrés dans des cartables qui garderaient cette odeur pendant des jours, mais il ne dit rien.

Au lieu de cela, il s'installa confortablement pour le trajet tandis que Jan dirigeait la voiture vers Upper Benham, la circulation plus fluide maintenant que la cohue des travailleurs du matin était passée, et il passa le voyage à consulter ses notes du briefing matinal.

Le parking du White Horse s'était transformé en bourbier au moment où elle freina près de l'entrée latérale du pub, et Mark jeta un coup d'œil vers la limite dans le muret qui menait à l'église.

Toute preuve restante aurait été emportée par la pluie maintenant, mais il avait le sentiment que l'équipe des techniciens n'aurait rien découvert de plus.

Leur tueur avait été trop bien préparé.

Il tint la porte ouverte pour Jan, puis la suivit à travers le labyrinthe de tables et de chaises jusqu'au bar où Terry Benedict se tenait en train de discuter avec un homme plus âgé perché sur un tabouret.

Un lévrier moucheté se mit sur ses pattes à leur approche, et Mark tendit sa main pour que le vieux chien puisse la renifler.

— Elle est amicale, dit l'homme.

Mark sourit.

— La plupart des lévriers le sont, n'est-ce pas ?

— Que puis-je faire pour vous, inspecteurs ? demanda Benedict en saisissant un verre pour le polir avec un torchon qui était drapé sur son épaule.

— Ça vous dérange si on discute un peu ?

— Je suis en service en ce moment. Je suis seul ici jusqu'à dix-huit heures.

Mark haussa un sourcil.

— Ça ne prendra pas longtemps.

— Vas-y, Terry. Je vais surveiller le bar, dit l'homme plus âgé, et il prit une gorgée de sa pinte. Je t'appelle si quelqu'un entre.

Résigné, le patron indiqua une table un peu à l'écart du bar.

— Asseyez-vous, alors.

Mark attendit qu'ils se soient installés, puis il sortit la photographie de Philip Baxter tirée de son dossier personnel fourni par le diocèse, celle qui avait été choisie pour le communiqué de presse diffusé au cours du week-end.

— Vous reconnaissez cet homme ?

— Est-ce que c'est l'autre prêtre qui a été tué ?

— Oui. Vous l'avez déjà vu avec Seamus ?

— Non. Ni ici, ni à l'église. Remarquez, je n'étais pas un visiteur régulier là-bas. Pas catholique, voyez-vous ?

— Nous avons une liste de vos habitués qui étaient présents ce samedi soir, ainsi que d'autres personnes connues de vous et de votre personnel, mais y avait-il quelqu'un que vous n'aviez jamais vu auparavant et dont vous auriez pu obtenir le nom ?

Benedict baissa les yeux et fixa le sol. Après un moment, il leva son index.

— Seulement deux d'entre eux. Je crois qu'ils connaissaient le groupe, ou qu'ils aimaient leur musique, quelque chose comme ça. En tout cas, ils semblaient les suivre à différents concerts parce que chacun d'eux est monté sur la petite scène que nous installons dans le coin là-bas et leur a parlé à un moment ou un autre de la soirée. L'un était un type d'une cinquantaine d'années, Jerry, je crois avoir entendu le guitariste l'appeler comme ça. L'autre était une femme qui avait visiblement un faible pour le chanteur. Elle était trop ivre à la fin de la soirée, elle bafouillait et se jetait au cou de Tom Castle qui tient une menuiserie locale, mais il ne s'en plaignait pas, notez bien. Je crois qu'elle s'appelait Angela, mais je n'en suis pas sûr.

— Pas de noms de famille ?

— Non, désolé, j'ai de la chance si j'arrive à entendre

leurs prénoms parfois, avec la musique et les gens qui crient par-dessus la plupart du temps.

— Et le groupe ? D'où venaient-ils ?

— Oxford est leur repaire habituel, mais ils sont bons, donc ils décrochent des concerts partout dans le pays. J'ai de la chance si j'arrive à les faire venir une fois tous les six mois. J'aimerais pouvoir les avoir plus souvent, je suis toujours assuré d'une bonne recette quand ils sont là.

Mark se tourna sur son siège et examina le coin où Benedict avait dit avoir installé la scène, puis il fronça les sourcils.

— Comment diable faites-vous rentrer un groupe là-dedans ? demanda-t-il.

Il jeta un coup d'œil par-dessus son épaule pour voir le patron sourire.

— Quoi ?

— C'est un duo. Des bandes sonores préenregistrées, vous voyez ? Ça m'évite aussi de prendre une licence complète, mais je vous le dis, ils sont vraiment sacrément bons. Toby est le guitariste et claviériste. Dean est le chanteur. Il a le look aussi.

Il sourit.

— Toutes les filles du coin sont folles de lui.

— Pas de problèmes ce soir-là pendant qu'ils jouaient ?

— Aucun problème, point final. Je ne le tolérerais pas.

Benedict s'adossa dans son siège et croisa les bras.

— Ça vaut plus que mon commerce, voyez-vous ? Non, je fais attention aux groupes que je fais venir ici. Toby et Dean sont parmi les plus populaires.

— Que font-ils quand ils ne brisent pas des cœurs partout dans l'Oxfordshire ?

— Je ne sais pas. On n'en a jamais parlé, pour être

honnête. Je traite avec Toby quand je veux les faire venir, je pense qu'il est le plus avisé des deux en affaires. Dean a tendance à flotter dans les parages, même quand ils s'installent. J'ai l'impression qu'il est heureux de se pointer, de chanter, puis de partir avec sa part du gâteau. C'est légitime, je suppose. Si j'avais une voix comme la sienne, je ferais probablement pareil.

— Il a une formation professionnelle ?

Benedict éclata de rire.

— Pas vraiment. Selon Toby, Dean était chef de chœur dans une église près de Bristol avant de déménager dans l'Oxfordshire.

Mark ignora le regard que Jan lui lança et plissa les yeux.

— J'aimerais leur numéro de téléphone, s'il vous plaît.

— Je n'ai que le numéro de Toby. Comme je l'ai dit, je traite avec lui quand je veux les faire venir. En fait, si vous le voyez, vous pourriez lui donner ça de ma part ?

Il retourna au bar, fouilla dans la caisse enregistreuse et leur tendit deux médiators en plastique, un lion gravé d'un côté de chacun.

— La femme de ménage les a trouvés le matin après leur concert et je ne pense pas que ce soient des médiators bon marché.

— Super, dit Mark, entre ses dents. Maintenant je suis aussi un foutu livreur.

CHAPITRE 26

Mark faisait les cent pas sur le trottoir au bout d'une rue bordée de maisons mitoyennes près d'Abingdon Road et il termina son appel téléphonique.

Le briefing de l'après-midi devait commencer à dix-sept heures trente, et il était déterminé à suivre la piste que Terry Benedict leur avait donnée avant de retourner à la salle des opérations.

Le claquement de talons sur le béton parvint à ses oreilles, et il se retourna pour voir Jan qui se hâtait vers lui, fourrant les clés de voiture dans son sac à main alors qu'elle s'approchait.

— Foutu stationnement, dit-elle. J'ai fini par me garer dans la rue d'à côté, c'est un mur de voitures tout le long de cette rue.

Il attendit qu'elle reprenne son souffle, puis pointa du pouce par-dessus son épaule.

— La maison du guitariste est là-bas à gauche. Caroline vient de téléphoner pour confirmer que la voiture garée devant est enregistrée à son nom, donc je suppose qu'il est là.

— Ok.

Elle ajusta la bandoulière de son sac sur son épaule, puis lui emboîta le pas en restant légèrement derrière lui, le trottoir étant trop étroit pour qu'ils marchent côte à côte.

— Qu'a dit Toby quand vous l'avez appelé ?

— Qu'il était en route pour Birmingham pour un concert demain soir.

— Vous pensez qu'il dit la vérité ?

— On va vite le savoir.

— Pourquoi est-ce que vous ne lui avez pas simplement demandé le numéro de téléphone de Dean ?

— Je veux voir son visage quand je le ferai. Vous savez comment c'est, les gens peuvent révéler beaucoup par leurs expressions, et je veux avoir l'occasion de l'interroger correctement.

Une petite cour menait à la porte d'entrée, une zone pavée remplaçant toute pelouse ou jardin ornemental comme certaines propriétés voisines en exposaient.

— Locataire, alors.

— Vous croyez ?

— Ça a un air temporaire, non ? Regardez la peinture sur les rebords des fenêtres, elle est toute écaillée.

— Peut-être qu'il déteste bricoler. Scott a beaucoup de clients comme ça.

— Bien vu.

Il tendit la main et appuya sur la sonnette, remarquant la nouvelle serrure qui avait été installée récemment, puis il fit un pas en arrière lorsqu'une silhouette apparut derrière le panneau de verre dépoli.

Un homme d'une vingtaine d'années aux cheveux blonds mi-longs jeta un coup d'œil par l'entrebâillement de la porte, une chaîne en laiton l'empêchant de l'ouvrir davantage.

— Oui ?

— Toby Hopkins ?

— Oui. Vous êtes le flic à qui j'ai parlé, non ?

— C'est exact. Nous pouvons entrer ?

— Je peux voir votre carte ?

Mark présenta sa carte professionnelle et attendit pendant que Toby parcourait des yeux les inscriptions avant de reculer et de fermer la porte.

Le bruit de la chaîne qui cliquetait contre la surface en bois lui parvint, puis Toby ouvrit grand la porte.

— Désolé, on n'est jamais trop prudent dans le coin. L'assurance et tout ça. Beaucoup de matériel que j'ai ici coûte une fortune. Entrez. Fermez la porte derrière vous.

Mark fit signe à Jan de passer devant, puis il la suivit le long d'un couloir sombre vers l'arrière de la maison.

Divers équipements de scène avaient été empilés contre un mur, formant une haie d'honneur d'amplificateurs, d'enceintes et d'étuis à guitare.

Il fut surpris en entrant dans la cuisine.

Un espace lumineux et aéré, des plantes vertes disposées dans des pots le long du rebord de la fenêtre et la lumière du soleil qui brillait à travers une lucarne dans le plafond.

Rien à voir avec l'endroit terne et sale auquel il s'attendait à moitié.

Toby remarqua sa surprise et sourit.

— C'est ma copine qui a la main verte, pas moi. Vous voulez boire quelque chose ?

— Non, ça va, merci. Ça vous dérange si on vous pose quelques questions ?

— Allez-y. C'est à propos du vieux prêtre qui a été assassiné à Upper Benham ?

— C'est ça. Vous le connaissiez ?

Le guitariste secoua la tête.

— Jamais rencontré. C'est quand même un choc d'apprendre qu'il a été tué pendant qu'on jouait. C'est pour ça que personne ne l'a trouvé avant le matin ?

Mark réussit à sourire.

— Je ne pense pas que votre musique y soit pour quelque chose. D'après ce que nous comprenons, tous les services étaient terminés pour la soirée et il s'apprêtait à fermer.

Les épaules de Toby se détendirent un peu.

— Pourquoi est-ce que vous avez besoin de me parler, alors ?

— Enquête de routine. Est-ce que vous avez remarqué quelque chose d'inhabituel quand vous rangiez après votre concert ?

— Non, il était assez tard à ce moment-là, et j'étais pressé de rentrer. J'avais joué cinq concerts d'affilée, et Dean était déjà parti. Tout le matériel de sono m'appartient, alors une fois qu'il m'avait aidé à le transporter jusqu'au parking, il m'a laissé me débrouiller.

— Ça ne semble pas très sympa, commenta Jan.

Toby esquissa un sourire ironique.

— C'est Dean. Il se prend pour une rock star, et il me prend pour son assistant.

— Depuis combien de temps jouez-vous ? demanda Mark.

— Depuis mes quatorze ans. Mon père jouait dans un groupe de reprises quand j'étais gosse, alors je suppose que c'était inévitable. La moitié des guitares là-bas dans l'entrée étaient les siennes.

— Il ne joue plus ?

— Non. Il est mort d'un cancer il y a trois ans.

— Je suis désolé de l'apprendre.

Toby haussa les épaules.

— Maman lui disait toujours que les cigarettes finiraient par le tuer, cet imbécile.

— Vous avez appris à l'école ?

— Non, c'est Papa qui m'a appris, puis quand j'ai eu seize ans, j'ai commencé à gagner un peu d'argent de poche et j'ai pris des cours avec un type qui jouait dans un groupe de rock et de blues. C'était plus ce qui m'intéressait. Le groupe de reprises paie le loyer.

— C'est celui dans lequel vous êtes avec Dean ?

— Ouais.

— Depuis combien de temps le connaissez-vous ?

Toby expira et regarda le plafond.

— Ça doit faire dans les quatre ans maintenant. Oui. À peu près. Il est venu de Bristol, ou quelque part dans ce coin. Je ne me souviens plus du nom de l'endroit.

— Comme je l'ai dit, nous avons eu votre numéro de téléphone par Terry Benedict, mais nous aimerions aussi parler à Dean. Est-ce que vous savez où nous pourrions le trouver ?

— Il habite à Radley.

— Vous avez un numéro de téléphone ?

— Bien sûr. Attendez.

Ils patientèrent pendant qu'il sortait un téléphone portable de sa poche arrière et faisait défiler ses contacts.

— Voilà.

Jan nota le numéro de téléphone et une adresse.

— Est-ce qu'il est propriétaire ?

Toby éclata de rire.

— Ben voyons. On ne gagne pas autant. Il loue. Remarquez, la maison appartient à ses parents, donc ça ne lui coûte pas grand-chose de toute façon.

— Est-ce que vous vous fréquentez en dehors du travail ?

— Pas vraiment. Il me taperait sur les nerfs, pour être honnête.

— Ah bon ? Pourquoi ça ?

— C'est comme je l'ai dit, il se prend pour une star. Il pense que le groupe de reprises est en dessous de lui, mais comme moi, il a besoin de l'argent pour payer son loyer.

— Et vous ? Qu'est-ce que vous voulez faire avec votre musique ?

Il sourit.

— Je vis déjà mon rêve. Un producteur de Manchester m'a repéré il y a quatre mois, il travaille avec la « future grande star », dit-il en accentuant les mots avec ses doigts. Je vais partir en tournée avec elle à partir d'octobre. C'est pour ça que tout le matos est dans l'entrée. Je retourne là-bas ce week-end pour une session d'enregistrement après avoir fait un concert à Birmingham. La rumeur dit qu'elle a une chance d'être numéro un des ventes à Noël cette année.

Mark fronça les sourcils.

— Je ne pensais pas qu'il y avait beaucoup de demande pour les guitaristes de nos jours. Je croyais que c'était surtout de la musique électronique.

— Ah, vous seriez surpris. Je serai peut-être relégué au second plan dans le mix, mais c'est une couche qu'ils veulent ajouter à ses chansons, alors je ne me plains pas.

— On va avoir besoin de noter où vous séjournerez, au cas où nous aurions d'autres questions, dit Jan.

— Je m'en doutais. Vous avez un stylo à portée de main ?

Mark attendit que Toby donne une adresse à Jan pour qu'elle la note, puis il s'éclaircit la gorge.

— Une idée d'où Dean pourrait être aujourd'hui ?

— Probablement chez lui. On a fait un concert hier soir,

et il ne fait généralement pas grand-chose le lendemain. Il dit que c'est pour prendre soin de sa voix.

Il les raccompagna jusqu'à la porte d'entrée, et Mark attendit d'avoir franchi le seuil avant de se retourner vers Toby et de mettre la main dans sa poche.

— Terry Benedict m'a demandé de vous remettre ça. Apparemment, quelqu'un les a oubliés lors de votre concert au White Horse l'autre soir.

Toby tendit la main, puis éclata de rire.

— Ce ne sont pas les miens, ils sont à Dean.

— Comment est-ce que vous le savez ?

— Il ne joue qu'un peu de guitare, mais il insiste pour avoir ces médiators personnalisés. Vous voyez ce lion gravé au dos ? Ils coûtent une fortune.

— Vous ne les utilisez pas vous-même ?

Il sourit.

— Non, ils sont nuls. Il fait juste semblant de jouer de la guitare, donc ça ne fait pas une grande différence pour lui.

— J'ai entendu dire qu'il s'était formé dans une chorale quand il habitait près de Bristol. Vous savez pourquoi il est parti ?

Une ombre passa sur le visage du guitariste, et il secoua la tête.

— Non. Il ne parle jamais de cette période.

CHAPITRE 27

Le lendemain matin, Mark scruta à travers le pare-brise le coquet bungalow au bout de l'impasse et il vérifia l'adresse dans le carnet de Jan.

— C'est celui-là.

Elle s'arrêta le long du trottoir tandis qu'il examinait la pelouse bien entretenue et les parterres de fleurs derrière un petit muret de briques.

— Je n'avais pas l'impression que notre chanteur était un jardinier passionné, dit-il.

— Si l'endroit appartient à ses parents, je suis sûre qu'il ne l'est pas, répondit Jan. Peut-être qu'ils s'occupent de l'entretien.

Mark composa le numéro que Toby leur avait donné, mais il tomba une fois de plus sur la messagerie. Ayant déjà laissé à Dean un message resté sans réponse en quittant la maison du guitariste la veille, Mark raccrocha.

— Toujours pas de réponse. Voyons si quelqu'un est là.

Il prit les devants et passa par l'une des deux grilles métalliques qui séparaient une allée en béton du trottoir, et il remarqua que des voilages couvraient les fenêtres. Il frappa à la porte d'entrée avec ses phalanges et sonna à la porte, puis il se tourna vers Jan.

Elle se tenait au coin de la maison et regardait le long du bâtiment en direction d'un garage qu'ils avaient repéré depuis la rue. Elle croisa son regard et secoua la tête.

Mark s'accroupit et souleva le rabat de la boîte aux lettres incrustée dans la porte.

Un couloir lumineux menait à trois portes ouvertes, mais l'intérieur restait silencieux.

— Bonjour ? Il y a quelqu'un ?

Il laissa retomber le rabat métallique et s'éloigna.

— Il est soit absent, soit endormi, dit-il à Jan alors qu'elle se mettait à marcher à ses côtés et fermait le portail.

Il s'arrêta sur le trottoir et jeta un coup d'œil dans la rue, mais il n'y avait aucun piéton et les propriétés voisines semblaient calmes.

— Qu'est-ce que vous voulez faire ? demanda Jan.

Il consulta sa montre.

— Il est encore tôt, et la réunion d'information de l'après-midi n'aura pas lieu avant quelques heures. Allons à l'église de Philip Baxter à St Martin's Meadow. J'aimerais bien me repérer par rapport à sa maison.

— Bonne idée.

Une heure plus tard, Mark enfonça les mains dans ses poches et balaya la rue du regard avant de traverser la route. Il siffla doucement.

— Ça, c'est ce que j'appelle une église, dit-il.

Jan lui lança un regard en coin.

— Qu'est-ce que vous voulez dire ?

— Eh bien, regardez-la, elle a même un vrai clocher.

Elle leva les yeux au ciel.

— Vous savez que l'église catholique d'origine a été détruite pendant la Réforme ?

Mark haussa les épaules.

— C'est mieux que cette monstruosité du dix-neuvième siècle où officiait Seamus Carter. Mais qu'est-ce qui a bien pu passer par la tête des Victoriens à Upper Benham ?

Il n'attendit pas sa réponse et lui tint le portail dans le petit muret.

— Comment se fait-il que celle-ci ressemble à une vraie église ?

Jan poussa ses lunettes de soleil sur sa tête, la lumière du soleil étant maintenant bloquée par les marronniers qui créaient une canopée naturelle au-dessus d'eux tandis qu'ils suivaient un chemin de gravier vers le porche.

Elle s'arrêta net et se pencha pour lire une pierre tombale.

— La population de beaucoup de ces villages a été décimée pendant la Première Guerre mondiale, alors dans les années 1920, cette église a été cédée à l'Église catholique par l'Église anglicane. Ils avaient plus de paroissiens dans le village voisin et ils ont décidé de fusionner les deux congrégations plutôt que de supporter les frais d'un prêtre dans chaque paroisse. Cela convenait aussi aux objectifs de l'Église catholique.

Mark exhala tandis que ses yeux parcouraient les rangées de pierres.

— C'est étonnant que l'une ou l'autre des communautés ait survécu, n'est-ce pas ?

Jan se redressa et désigna l'église.

— On dirait qu'il y a quelqu'un.

Mark porta son attention vers l'endroit qu'elle indiquait et il remarqua une caisse en plastique rouge vif qui calait la porte d'entrée.

— Allons échanger quelques mots, vous voulez bien ? suggéra-t-il.

Comme ils s'approchaient, la porte intérieure s'ouvrit et un homme chauve plissa les yeux dans la lumière éclatante du soleil tandis que son regard s'adaptait à la pénombre de l'intérieur, puis il cligna des yeux à la vue de Mark et Jan qui avançaient vers lui.

— Oh, bonjour, dit-il. Vous venez pour une visite ?

Mark réalisa que l'homme pourrait penser que Jan et lui cherchaient un lieu pour un baptême ou un mariage, et il sortit rapidement sa carte de police de sa poche pour éviter tout embarras.

— Une visite d'un certain genre, répondit-il. Et vous êtes ?

— Père Templeton. Vous êtes ceux qui enquêtent sur le meurtre de Philip ?

— Nous le sommes, oui. Ça vous dérange si nous discutons un moment ?

Les épaules de Templeton se soulevèrent tandis qu'il poussait un profond soupir, et à cet instant, Mark entendit la lassitude s'échapper du calme apparent du prêtre.

— Entrez, dit Templeton.

Il se pencha pour ramasser la caisse rouge mais son visage se crispa de douleur.

— Je peux la prendre pour vous ? demanda Mark.

— Cela vous dérangerait ? Je me suis fait mal au dos en taillant les ronces derrière l'église ce week-end, et je n'aime pas prendre trop d'analgésiques. On ne sait jamais ce qu'ils contiennent de nos jours.

Mark prit la caisse dans ses mains, examina son contenu, puis sourit.

— Un fan de Frederick Forsyth, hein ?

Templeton fit signe à Jan de passer par la porte qu'il tenait ouverte, puis il attendit que Mark ait franchi le seuil.

— Oh, oui, dit-il. Tout ce genre de livres. Et Alistair MacLean aussi. Nous organisons une vente de livres pour récolter de l'argent pour une plaque commémorative en mémoire du Père Baxter, alors j'ai pensé les donner. Chaque centime compte, après tout.

Il les dirigea vers un tas grandissant de livres et de bric-à-brac derrière les bancs du fond, puis il leur montra les sièges vides.

— Merci. Maintenant, que puis-je faire pour vous ?

Mark attendit que Jan se soit installée et qu'elle soit prête avec son stylo et son carnet, puis il reporta son attention sur Templeton.

— Est-ce que Philip Baxter semblait troublé ces dernières semaines ? Paraissait-il inquiet à propos de quelque chose ?

Templeton pinça les lèvres et s'appuya contre la surface dure du banc. Il fronça les sourcils.

— Pas particulièrement, je dirais. Je veux dire, nous avons tous nos préoccupations, et de temps en temps un membre particulier de notre communauté peut traverser une mauvaise passe, ou nous pouvons avoir des difficultés financières occasionnellement, mais rien de plus fâcheux que cela.

— Les affaires comme d'habitude, alors ?

Cela lui arracha un sourire contrit.

— Oui, répondit Templeton. Les affaires comme d'habitude.

— Alors, le Père Baxter ne vous a jamais mentionné que quelqu'un le menaçait ou lui causait de la détresse ?

Le sourire de Templeton s'évanouit, et il avança la main pour effleurer du bout des doigts le symbole en relief de la croix sur la couverture de la Bible dans le banc devant lui.

— Pourquoi est-ce que vous me demandez cela ? dit-il.

Le cœur de Mark manqua un battement.

— Est-ce que quelque chose s'est passé ? Quand ?

Templeton ferma les yeux un instant.

— Il y a deux semaines, je ne me souviens plus si c'était la messe du mardi ou du jeudi, un homme est apparu à la porte au milieu de l'office et il s'est assis là où vous êtes maintenant.

Il frissonna et ouvrit les yeux.

— Je ne l'ai vu que parce que Philip m'avait demandé de faire la lecture. Sinon, j'aurais été assis sur le côté, et ma vue aurait été bloquée par l'assemblée.

— Vous l'avez reconnu ?

— Non, mais c'est là le problème. Quand il s'est approché de l'autel pour prendre le sacrement avec tous les autres, Philip l'a vu et il a failli laisser tomber le calice. J'ai vraiment cru qu'il allait le faire. Quand il a donné le sacrement à cet homme, ses mains tremblaient. Après, nous étions debout à remercier tout le monde d'être venu et à bavarder quand l'homme s'est approché de Philip et lui a demandé de lui parler en privé. Philip avait l'air mort de peur.

— Qu'a-t-il fait ?

— Il est… était prêtre. Il ne pouvait pas refuser si quelqu'un voulait recevoir le sacrement de réconciliation.

— De réconciliation ? répéta Mark.

Templeton lui adressa un triste sourire.

— La confession. Un des fardeaux les plus lourds à porter.

— Vous ne savez pas ce qui s'est dit ? Philip ne vous l'a pas raconté ?

— Cela irait à l'encontre de l'objectif même de l'exercice, n'est-ce pas, détective ?

— Que s'est-il passé quand l'homme est parti ?

— Oh, Philip a essayé d'en rire, mais je voyais bien qu'il était bouleversé.

— Vous a-t-il dit le nom de cet homme ?

— Non, il ne voulait pas en parler. Il changeait constamment de sujet. Je savais comprendre les allusions, alors j'ai arrêté de demander.

— Est-ce que vous avez revu cet homme depuis ?

— Non.

— Vous seriez capable de le décrire si je vous envoyais un portraitiste ?

— Eh bien, je ne sais pas. Vous pensez que cela aiderait ?

— Père Templeton, je vais être honnête avec vous. Je n'en sais rien, mais pour l'instant vous êtes l'une des rares bonnes pistes que j'ai.

— Dans ce cas, je ferai de mon mieux. Dieu sait ce que nous allons faire ici sans Philip. Il était comme un frère pour moi.

Les larmes lui montèrent aux yeux, et Mark tendit la main pour serrer l'épaule de l'homme.

— Nous resterons en contact.

CHAPITRE 28

Mark laissa glisser dans sa gorge la première gorgée rafraîchissante de la bière locale, puis il posa son verre sur la table devant lui et soupira en se penchant en arrière, avant de tourner son regard vers les passants qui défilaient sur le quai en béton au-delà de la fenêtre.

Le pub était calme, avec seulement un murmure de voix en provenance de deux hommes assis sur des tabourets au bar, en train de discuter du dernier score de football avec le patron, Gary.

Les habitués lui avaient jeté un bref coup d'œil à son entrée, le reconnaissant comme une forme d'autorité, mais ils avaient perdu tout intérêt quand Gary lui avait servi sa boisson sans attendre qu'il la commande, sentant apparemment qu'il était une personne connue et qu'il ne s'intéressait pas à eux.

Le fracas et le cliquetis des casseroles derrière la porte dans son dos annonçaient que le personnel de cuisine préparait les commandes pour le service du soir, et l'estomac de Mark gronda en réponse.

Il prit le magazine de motos qu'il avait acheté en chemin, tourna la page suivante avec une légère irritation devant le nombre de publicités qu'il devait supporter pour trouver quelque chose qui valait la peine d'être lu, puis il abandonna et tendit le bras vers la table à côté de lui pour prendre le journal national qu'un client précédent avait laissé.

Gary s'approcha pour récupérer un verre de bière vide et un paquet de chips sur une table voisine et il regarda Mark par-dessus ses lunettes tout en essuyant la surface marquée.

— Mauvaise journée ?

Mark grimaça et aplatit les plis du journal avant de tourner la première page.

— Frustrante.

Gary grogna en réponse, puis il retourna au bar alors que la porte s'ouvrait et qu'un jeune couple entrait précipitamment, plein de rires et de conversations bruyantes.

Mark bâilla. Ses yeux parcouraient le journal pendant qu'il prenait une autre gorgée de sa boisson. Son téléphone vibra dans sa poche et il ressentit la poussée d'adrénaline familière d'inquiétude qui accompagne toujours l'immersion dans une enquête en cours.

En le sortant, sa panique changea de nature quand il reconnut le numéro de Debbie.

— Tout va bien ?

— Bonjour à toi aussi.

— Les filles vont bien ?

— Elles vont bien.

Il desserra son emprise sur le téléphone.

— Tu m'as fait peur pendant un instant.

— Tu as repris le travail, n'est-ce pas ?

— Comment est-ce que—

— Tu imagines toujours le pire quand tu travailles. Je

pensais qu'il te restait encore quelques semaines avant de reprendre ?

— Quelque chose s'est présenté.

— Oh.

Il pouvait entendre la compréhension poindre dans sa voix.

— Les prêtres assassinés ? Tu es impliqué ?

— Oui.

Il but une gorgée.

— On m'a rappelé plus tôt.

— Ça te convient ?

— Je n'ai pas vraiment eu le choix.

— Non, je suppose que non.

Il passa le téléphone dans son autre main et s'adossa contre sa chaise tout en tournant son regard vers la rivière.

Une péniche avançait tranquillement le long du courant et ses occupants saluèrent deux pêcheurs sur le quai à leur passage. Deux femmes étaient assises sur les canapés à la proue, flûtes de champagne à la main, tandis que l'homme à la barre ajustait sa casquette de baseball et se concentrait pour passer sous le pont.

— Tout va bien ?

La voix de Debbie le ramena au pub.

— Je regarde les bateaux sur la rivière.

— Comme si tu n'avais pas déjà assez du tien.

Ses mots étaient bienveillants, pas accusateurs.

— Tu as réussi à trouver un endroit plus permanent où vivre ?

— Pas encore. Je ne pense pas que les filles vont se plaindre. Elles ont adoré venir ici l'autre week-end.

— Je sais, elles n'ont pas arrêté d'en parler.

Ils rirent tous les deux.

— Pourquoi est-ce que tu voulais me parler ? demanda-t-il, puis il leva le pouce lorsque Gary s'approcha et il lui montra son verre vide.

Il couvrit le micro de sa main.

— Merci.

Le patron lui fit un clin d'œil et repartit.

— Je pensais que tu aimerais savoir qu'Anna a bien réussi son test d'anglais la semaine dernière. Elle a reçu les résultats ce matin.

— Oh, c'est super. Elle n'est pas là en ce moment ?

— Elle est aux scouts ce soir, sinon elle te l'aurait dit elle-même. Elles ont un camp d'une semaine en août, donc je dois partir bientôt pour aller la chercher et recevoir mes instructions à ce propos. Ça va être la pagaille, sans aucun doute.

— C'est sûr. Au moins, tu auras une semaine de paix et de tranquillité.

— Tu as croisé Gillian récemment ? demanda-t-elle, sa voix feignant l'innocence.

Il réussit à rire doucement.

— Je me doute que tu as tout entendu. Elle ne me pardonnera jamais, n'est-ce pas ?

Debbie soupira.

— C'est seulement parce que nos parents se sont séparés quand nous étions jeunes, tu le sais. Je suppose que comme elle et Alistair n'ont pas d'enfants, elle s'inquiète de l'effet que tout cela pourrait avoir sur les filles. Je lui ai dit que ce n'est pas de ta faute, c'est le boulot. Laisse-lui une chance.

— Ça marche dans les deux sens, Debs.

Ils parlèrent encore cinq minutes, puis sa voix devint sérieuse.

— Est-ce que ça va, Mark ? Tu ne dis pas ça juste pour me rassurer ?

— Ça va. Promis. Tu veux bien embrasser Anna et Louise de ma part, et féliciter Anna pour ses résultats ?

— Je n'y manquerai pas.

Elle mit fin à l'appel, et il leva les yeux juste à temps pour voir Gary qui s'avançait vers lui avec un verre plein.

— Merci.

— Tu manges ce soir ?

— Non, ça va, merci.

Il attendit que Gary s'éloigne, puis il reporta son attention sur le journal, verre à la main.

À vrai dire, il mourait de faim, mais avec la perspective d'acheter une voiture, le coût de la location du bateau et les économies pour une maison, il commençait à se serrer la ceinture. Ce soir, ce serait haricots sur toast, et rien de plus extravagant pendant un moment.

Il cligna des yeux et un sentiment de malaise s'empara de son esprit.

Il poussa sa boisson sur le côté et leva le journal pour lire plus attentivement, le bruit autour de lui s'estompant en un murmure lointain tandis que les mots s'imprégnaient en lui.

Un prêtre avait été arrêté en Australie pour des abus passés, et le journal avait reproduit un article d'opinion d'une journaliste basée à Melbourne.

La reporter avait été prudente dans sa couverture de l'histoire – à son honneur, ce n'était ni sensationnaliste ni accusatoire, mais elle exprimait la tristesse que de tels crimes continuent d'être dissimulés par l'Église. Le reportage comprenait un appel aux autorités du pays pour qu'elles fassent davantage pour protéger les personnes touchées et pour poursuivre les hommes responsables. Il se terminait par une exigence que le silence cesse, que l'Église reconnaisse formellement qu'elle avait été en faute, et qu'elle fournisse une indemnisation aux victimes concernées.

Mark leva la tête et fixa le mur d'en face, le cœur battant.

Il jeta un œil à sa bière à moitié terminée, puis recula sa chaise et saisit le journal avant de jeter sa veste sur ses épaules. Il ouvrit la porte à la volée et il lança par-dessus son épaule :

— Je paierai demain, Gary. Je dois y aller.

Il faillit entrer en collision avec un homme âgé sur le trottoir en tournant au coin de la rue et, après s'être excusé profusément et s'être assuré qu'aucun mal n'avait été fait, il repartit, son esprit aussi rapide que ses pas.

Au moment où il atteignit le poste de police, la sueur coulait sur son front et entre ses épaules.

Il ignora l'expression choquée sur le visage du sergent Wilcox et il monta les marches deux par deux jusqu'au deuxième étage, puis il courut le long du couloir jusqu'à la salle des opérations.

L'inspecteur principal Kennedy leva les yeux d'un rapport qu'il lisait quand Mark fit irruption dans son bureau, haletant.

— Qu'est-ce que—

Mark se pencha en avant et posa une main sur son genou, puis leva l'autre pour faire taire l'inspecteur principal.

— Donnez-moi une seconde, chef.

Une fois qu'il eut repris son souffle, il se redressa pour voir l'expression de Kennedy passer de la surprise à l'inquiétude.

— Est-ce que ça va ?

Il se leva de sa chaise.

— Vous voulez un verre d'eau ?

Mark lui fit signe de se rasseoir.

— Ça va. Je suis juste plus à bout de souffle que je ne le pensais.

Le front de l'inspecteur principal se plissa, mais il s'assit.

— Je suppose que vous voulez me parler ?

Mark acquiesça, inhala une autre bouffée d'air, puis s'effondra sur un siège en face de son supérieur.

— Et si tout cela ne concernait pas ce que ces prêtres auraient pu faire à quelqu'un ?

— Qu'est-ce que vous voulez dire ?

Mark jeta le journal sur le bureau, feuilleta les pages jusqu'à ce qu'il trouve l'article, puis il le fit pivoter et frappa du doigt le titre.

— Et si c'était pour garantir leur silence, ou une vengeance contre ceux qui auraient pu être des abuseurs ?

Il observa le regard de l'inspecteur principal parcourir les mots avant de lever les yeux vers ceux de Mark et de frapper du doigt le milieu de la page.

— Expliquez.

— Et si Seamus Carter et Philip Baxter savaient tous les deux quelque chose et avaient aidé à étouffer l'affaire ? Et si leur meurtrier avait une sorte de grief contre l'Église ? Si sa plainte n'a pas été prise au sérieux, il aurait pu décider de prendre les choses en main.

Kennedy repoussa sa chaise et enfonça ses mains dans ses poches en se dirigeant vers la fenêtre.

— Cela donnerait certainement un mobile à notre tueur, d'une façon ou d'une autre.

— Exactement. Je pense que nous devrions parler à nouveau au contact de Jan au diocèse et découvrir s'il y a eu des plaintes déposées par, ou contre, nos deux victimes. Au moins, nous pourrons établir un ensemble de suspects potentiels avec plus de clarté.

L'inspecteur principal prit un instant pour répondre.

— Faites-en une priorité. Je vais présenter votre théorie à l'équipe lors du briefing demain matin.

Mark hocha la tête.

— Merci, chef.

— En attendant, vous avez l'air sur le point de faire une crise cardiaque. Rentrez chez vous et reposez-vous, pour l'amour du ciel.

CHAPITRE 29

Robert Argyle leva les yeux vers le ciel qui s'assombrissait, appuya la fourche de jardin contre la cabane en bois usée par les intempéries et étira les muscles de son dos.

La terre argileuse collait aux semelles de ses bottes Wellington et rendait l'entretien du potager difficile, mais il savourait le fait d'être dehors et de voir les fruits de son labeur pousser sous ses soins.

Les haricots grimpants s'étiraient au-dessus de lui, enroulés autour des perches de bambou qu'il avait attachées ensemble un matin de fin mars, et il estimait qu'il aurait une récolte exceptionnelle d'ici l'été.

À côté de l'endroit où il se tenait, les fanes de carottes perçaient la terre, et il plaça un filet sur les jeunes pousses, avant d'enfoncer des piquets dans le sol pour empêcher la population locale de lapins de se servir dans sa nourriture.

L'averse prévue par la météo lui éviterait de passer la demi-heure suivante à arroser le jardin avec un tuyau d'arrosage, et tandis qu'il remontait l'allée du jardin vers la porte arrière du cottage, l'eau lui vint à la bouche à la pensée de la bière fraîche dans le réfrigérateur.

Il s'arrêta sur le seuil, racla le plus gros de la boue de ses bottes, puis s'assit sur un paillasson en caoutchouc qui couvrait la marche de la cuisine pour les enlever. Il les cala dans un coin près de la machine à laver à l'intérieur de la porte, puis il posa ses avant-bras sur ses genoux et prit un moment pour savourer les couleurs qui baignaient le ciel de teintes d'or, d'orange et de violet.

Après quelques instants de réflexion silencieuse, il se leva et ferma la porte. Il actionna l'interrupteur des spots au plafond, puis tendit le bras et fit glisser le verrou sur le cadre de la porte.

Il brillait sous la lumière reflétée d'en haut, sa surface luisante exempte de graisse.

La bouche de Robert se pinça.

Il l'avait acheté lundi, se précipitant à travers les portes de l'épicerie caverneuse dès leur ouverture, ne souhaitant pas perdre de temps.

Ses achats avaient consommé la majeure partie de son budget courses hebdomadaire, mais il s'en moquait.

Lorsqu'il avait terminé, le verrou était fixé à la porte arrière, une nouvelle serrure avait été installée à l'entrée principale avec une chaîne, et il avait vissé un verrou dans le rail des portes-fenêtres à l'arrière de la propriété par mesure de précaution. Son travail était complet une fois que chacune des fenêtres du rez-de-chaussée avait également été équipée d'une serrure, et il gardait les clés sur une chaîne fixée à sa ceinture.

Il ne prenait aucun risque.

Il expira d'un souffle tremblant, puis il redressa les épaules, retira son sweat-shirt et l'accrocha au dossier d'une des trois chaises autour d'une table à manger, avant d'ouvrir le réfrigérateur.

Trois grandes bouteilles de bière artisanale se dressaient sur l'étagère du milieu et tandis qu'il saisissait celle de droite, son pouce glissa sur la condensation et il s'humecta les lèvres d'anticipation.

Il sortit un verre à bière d'un placard au-dessus du micro-ondes, et il essaya d'ignorer le tremblement de ses mains pendant qu'il versait la bière.

Après avoir déposé la bouteille vide à côté de l'évier, il traversa jusqu'au salon, desserra le col blanc à son cou, le déposa sur la table basse et s'enfonça dans l'un des deux fauteuils qui faisaient face à un téléviseur.

Il ne l'alluma pas.

Il n'avait pas besoin de voir la douleur et la souffrance diffusées du monde entier jusque dans son salon.

Robert renversa le verre et avala un quart de la boisson en deux gorgées.

Cela ne fit rien pour apaiser ses nerfs à vif tandis que les souvenirs remontaient à la surface.

De tous les fardeaux de son rôle de prêtre dans l'Église catholique romaine, le sacrement de réconciliation était le plus difficile à supporter.

Au fil des années, il les avait tous entendus : les petits vols, l'adultère, l'envie qui avait poussé des personnes ordinaires à des actes pécheurs.

Cependant, il y en avait un qui se démarquait et qui lui glaçait l'échine.

Le souvenir ne l'avait jamais quitté. Il s'estompait avec le temps, puis la plus simple des tâches le faisait resurgir et lui provoquait des cauchemars pendant des semaines tandis qu'il luttait avec sa conscience.

La voix qui lui avait murmuré à travers la paroi du confessionnal avait été neutre, comme si elle évoquait un robinet qui fuyait et qu'on avait réparé.

Son esprit s'était emballé en assimilant ces mots, le choc se transformant en horreur, puis en peur. Sa propre voix avait tremblé lorsqu'il avait prescrit la pénitence – et alors, comme maintenant, il s'était senti répugné par ses tentatives d'excuser le péché qui avait été commis.

La voix de l'autre côté de la fine paroi avait marmonné l'acte de contrition avant qu'un mouvement ne parvienne à ses oreilles, et il comprit que l'homme avait quitté le confessionnal, ses pas s'évanouissant sur le sol dallé tandis qu'il se hâtait de sortir de l'église.

Après cela, Robert s'était caché dans la sacristie avec une bouteille de whisky qu'il gardait enfermée dans le tiroir du bas de son bureau.

Il avait lutté avec sa conscience au fil des années, bien sûr, mais le problème était que sa croyance dans le sceau de la confession l'empêchait de raconter à quiconque ce qu'il avait entendu. Selon la loi de l'Église, s'il le faisait, il serait automatiquement puni par l'excommunication.

Sa vie telle qu'il la connaissait serait terminée. Il ne serait plus en union avec son Dieu.

Il expira, un souffle irrégulier qui s'échappa de ses poumons et le laissa craindre pour sa santé mentale.

Il savait qu'il devrait en parler à quelqu'un – mais à qui ?

L'évêque était à des kilomètres, et toute demande d'audience serait d'abord accueillie avec incrédulité, puis avec une période d'attente d'au moins deux semaines.

La police était hors de question, car comment pourrait-il leur expliquer quoi que ce soit ?

Ce n'était pas comme s'il pouvait retirer sa déclaration si

sa conscience lui rappelait subitement son devoir au milieu d'une conversation avec un policier. Il avait vu la conférence de presse samedi, et il avait remarqué la détermination sur les visages des inspecteurs qui affrontaient l'éclat des caméras des médias, leurs voix claires et fermes alors qu'ils donnaient des détails sur leur enquête et appelaient au calme – ainsi qu'à l'aide.

Il prit une autre gorgée de bière puis il passa une main sur ses yeux fatigués.

Il finirait sa boisson, puis il prierait. Il prierait pour demander conseil, pardon, espoir.

Car il n'avait rien d'autre à quoi se raccrocher.

Un bruit sourd sur la moquette de l'étage au-dessus le tira de ses pensées, et son estomac se tordit douloureusement.

Il retint sa respiration tandis que ses yeux suivaient les tourbillons du plafond, la bouche ouverte.

En silence, il tendit le bras pour poser son verre de bière sur la table et il se pencha en avant, tous ses sens en alerte.

Il se força à rester immobile et tendit l'oreille pour capter le moindre bruit, s'efforçant de ralentir son rythme cardiaque pour que le sang ne pulse pas dans ses oreilles et n'obscurcisse pas son ouïe. Il haletait maintenant, l'instinct primitif de combat ou de fuite provoquant un serrement dans sa poitrine.

Et puis il l'entendit.

Un *cric* derrière lui lorsque la porte du couloir s'ouvrit.

L'horreur s'empara de lui quand il réalisa que tous ses efforts pour se protéger avaient été vains.

Il y avait quelqu'un d'autre dans la maison.

CHAPITRE 30

— Il faut vraiment qu'on arrête de se retrouver comme ça.

— Vous m'en direz tant.

Jan écrasa l'accélérateur dès que Turpin eut claqué la portière.

— Quelle heure est-il d'ailleurs ? demanda-t-il en bâillant bruyamment tout en se penchant pour lacer ses chaussures.

— Minuit moins le quart. Je vous ai réveillé ?

— J'avais besoin de me coucher tôt.

Elle réprima un sourire devant son ton défensif. Un juron s'échappa de l'autre côté de la voiture et elle jeta un coup d'œil.

— Ça va ?

— J'ai marché dans la boue en traversant la prairie. Merde.

— Sur la banquette arrière, il y a une vieille serviette que Scott garde pour après ses matchs de foot. Utilisez-la.

— Merci.

Ils tombèrent dans le silence, la route serpentant alors qu'ils traversaient des villages endormis. Jan profita pleinement du calme des routes pour atteindre leur destination aussi vite que possible.

— Où est-ce que nous allons exactement ?

— À Malden Cross. C'est à trois kilomètres encore.

— Qu'est-ce que vous savez jusqu'à présent ?

— Comme je vous l'ai dit au téléphone, un autre prêtre attaqué chez lui. Pas encore d'informations sur son état.

Elle frappa le volant.

— Et nous ne sommes pas plus près de découvrir qui fait ça.

— J'ai parlé avec l'inspecteur principal plus tôt.

Jan écouta Turpin expliquer sa théorie, puis elle hocha la tête.

— Ça tient la route. Je vais contacter le diocèse demain matin. Il doit y avoir quelque chose là-bas que nous avons raté.

Elle freina brusquement, puis prit un virage serré vers la gauche dans une étroite ruelle bordée de haies hautes de chaque côté. Serrant les dents lorsqu'un lapin traversa l'asphalte cabossé devant eux, elle jeta un œil au compteur et relâcha un peu la pédale d'accélérateur.

— On y est presque, murmura-t-elle.

— Quelle est l'adresse ?

Elle la récita de mémoire et le visage de Turpin s'illumina d'une lueur tandis qu'il utilisait son téléphone pour trouver l'emplacement exact de la scène de crime avant de commencer à réciter les directions.

Le panneau de Malden Cross passa en un éclair sur la gauche de Jan, puis elle prit un virage à droite après une grange rénovée et poussa un cri en freinant violemment.

Turpin serra les dents alors que sa ceinture de sécurité

s'enfonçait dans sa poitrine, puis il jura quand il regarda à travers le pare-brise.

— Merde.

Les médias les avaient devancés cette fois, et une jeune agente en uniforme qui semblait à peine sortie de l'école de police faisait de son mieux pour maintenir un cordon entre la foule et la scène de crime.

Jan serra le frein à main et se précipita vers le cottage, Turpin sur ses talons.

Une agitation près de la porte d'entrée provoqua une vague d'activité parmi les journalistes qui se tenaient près du ruban qui délimitait le périmètre de la scène de crime, et Jan entendit un cri alors qu'elle réalisait qu'une paire d'ambulanciers poussait une civière hors de la maison vers une ambulance qui attendait.

— Il est vivant, dit-elle.

Turpin la dépassa, se dirigea vers l'agente et l'aida à repousser les badauds, enlevant sa veste pour la tenir au-dessus du visage de la victime afin de le protéger de la rafale de flashs qui provenaient à la fois des appareils photo des journalistes et des smartphones des voisins.

Lorsqu'elle le rattrapa, Jan l'entendit jurer à voix basse. Un microphone fut poussé sous son nez, et elle leva la main pour écarter toute question en foudroyant le coupable du regard.

Quatre agents en uniforme les rejoignirent et, ensemble, ils levèrent des couvertures pour protéger la civière de toute intrusion supplémentaire pendant qu'on la chargeait à l'arrière de l'ambulance.

Finalement, les ambulanciers sautèrent dans le véhicule qui s'éloigna en trombe, gyrophares bleus allumés.

Turpin fit un geste vers le cottage puis remit sa veste sur ses épaules.

— On y va ?

Jan se mit à marcher à côté de lui et ils installèrent le ruban de délimitation tout en ignorant les questions criées et les grommellements de la foule. Son attention se porta sur le sergent en uniforme qui prit un bloc-notes des mains de l'agent Willis sur le pas de la porte et le tendit vers elle.

— Les techniciens de la police scientifique sont arrivés il y a quinze minutes, dit-il. D'après ce que je comprends, il n'y a aucun signe d'effraction et il semble que son agresseur l'attendait.

— Vous avez pu parler avec la victime ? demanda Jan.

Il hocha la tête.

— Un des voisins a entendu une altercation et il a appelé. Nous passions justement en patrouille de routine, donc nous étions là dans les dix minutes après l'appel.

Il indiqua d'un mouvement du menton la direction qu'avait prise l'ambulance.

— Il s'appelle Robert Argyle. Prêtre de la paroisse de Malden Cross et de deux hameaux voisins.

— Quelles sont ses blessures ? demanda Turpin en tendant le cou pour voir par-dessus Willis.

— Des ecchymoses importantes au cou, sa voix est endommagée à cause de ça, mais il nous a dit que son agresseur avait essayé de l'étrangler avec une corde. Il lui manque aussi une partie de l'oreille.

Turpin porta la main à sa gorge tandis que l'agent de police continuait.

— Il a réussi à donner un coup de poing, et c'est à ce moment-là que son agresseur a pris la fuite. Argyle a pu composer le numéro d'urgence, mais bien sûr, nous étions déjà en route à ce moment-là.

— Une trace de l'agresseur ? demanda Jan.

— La porte de la cuisine était restée ouverte, mais nous n'avons pas réussi à trouver d'empreintes digitales. Nous avons effectué une recherche préliminaire dans le jardin. Maintenant que les techniciens sont là, nous allons recommencer avec l'aide de leurs projecteurs. Il y a trois patrouilles qui surveillent les routes de sortie du village et je viens juste de terminer l'organisation des enquêtes de porte-à-porte.

Sa lèvre supérieure se retroussa tandis que son regard se portait vers le cordon au-delà du portail.

— Si la moitié d'entre eux accordait autant d'attention à ce qui se passe à l'extérieur qu'à filmer ce qui se passe ici, nous pourrions trouver quelque chose d'utile.

Jan partageait son sentiment à propos des voisins, mais toute réponse fut interrompue par un cri provenant du côté du cottage.

— Chef ?

Elle reconnut Peter Cosley du commissariat alors qu'il émergeait du côté de la maison en leur faisant signe de s'approcher du périmètre délimité.

— Qu'est-ce que vous avez ?

Turpin la devança d'un pas, et elle le rejoignit, légèrement essoufflée par l'adrénaline qui faisait accélérer son rythme cardiaque.

— Qu'est-ce qu'il y a, Cosley ? demanda-t-elle.

En réponse, le sergent à lunettes tendit un petit objet en plastique qu'il avait mis sous scellé dans un sachet.

Jan regarda de plus près et fronça les sourcils.

— Un médiator de guitare ?

— Je l'ai trouvé sur le sentier qui part de la porte arrière. Il y a un portail vers un chemin qui va jusqu'au ruisseau.

— Des empreintes de pas ? demanda Turpin.

— Quelques-unes. Nous sommes en train de faire des moulages. Ça semble être un itinéraire populaire pour les promeneurs de chiens, vu le nombre d'empreintes de pattes.

— Je peux y jeter un coup d'œil plus attentif ?

L'agent tendit le médiator à Jan, qui le tourna entre ses mains. Après un moment, elle leva les yeux vers Turpin et sourit.

— Il y a un lion au dos, vous voyez ?

— Le même que celui que Toby a dit que Dean Harper utilise ?

— Où est-ce qu'il a été trouvé exactement ? demanda Jan.

— À côté du poteau du portail de la maison de la victime, là où commence le sentier.

— Très bien. Merci, dit Turpin.

Ils regardèrent l'agent en uniforme retourner à l'arrière de la maison pour rejoindre ses collègues.

— Est-ce qu'on sait si notre prêtre jouait de la guitare ?

— Pas encore, répondit Jan.

— Dans ce cas, contactez le centre de contrôle. Je veux que Dean Harper soit en garde à vue avant notre retour au commissariat.

CHAPITRE 31

Après avoir allumé la machine à côté de lui, Mark attendit pendant que Jan récitait la mise en garde officielle, et il profita de ce temps pour étudier l'homme de vingt-huit ans assis en face d'eux.

Il ignora l'avocat commis d'office – cet homme était là pour faire son travail, rien de plus, malgré son costume d'apparence coûteuse et ses cheveux blonds teints coiffés en arrière.

Non, il était intéressé par la façon dont Dean Harper prenait conscience de sa situation en garde à vue, et il se demandait pourquoi diable quelqu'un d'aussi manifestement intelligent aurait tué deux hommes et tenté d'en assassiner un troisième.

— Selon le site web de votre groupe, vous avez grandi dans le Somerset, vous avez étudié près de Bristol, et vous vous êtes installé dans l'Oxfordshire en 2016, dit Jan. Vous avez commencé votre carrière de chanteur comme enfant de chœur. Parlez-nous de votre période dans la paroisse au nord de Bristol.

Dean croisa les bras sur sa poitrine et avança le menton.

— C'est-à-dire ?

— C'est-à-dire, comment est-ce que vous vous êtes retrouvé là-bas pour commencer ?

— Par malchance.

Il soupira et laissa retomber ses mains sur ses genoux.

— Ma mère voulait que je devienne enfant de chœur. Elle était vraiment à fond dans la religion, vous voyez ? Je pense qu'elle voyait ça comme un moyen de me tenir éloigné des ennuis. On n'était pas le genre de famille qui pouvait se permettre beaucoup, donc je suppose que c'était sa façon de s'en sortir.

— C'est comme ça que vous vous êtes mis à la musique ?

— Oui. J'ai réalisé que j'aimais l'aspect performance, plus que tout le reste. Les répétitions pouvaient être ennuyeuses, surtout quand certains des plus jeunes garçons oubliaient leurs parties, mais j'adorais être sur scène, je suppose.

— Quand est-ce que les choses ont commencé à mal tourner ? demanda Mark.

— Qu'est-ce que vous voulez dire ?

— Nous avons parlé au responsable administratif de la chorale de l'époque où vous y étiez. Il a dit que vous étiez parti à quatorze ans. Pourquoi ?

— Je me suis lassé, je suppose.

— Essayez encore. Quelqu'un comme vous ? Vous l'avez dit vous-même, vous aimiez l'attention que vous receviez quand vous chantiez devant une assemblée. Alors, pourquoi arrêter ?

Il observa la pomme d'Adam du chanteur qui montait et descendait dans sa gorge.

— Je ne sais pas de quoi vous parlez, répondit-il finalement, la voix rauque.

Mark se pencha en avant et posa ses bras sur la table.

— Oh, je pense que si.

— Est-ce que vous reconnaissez ceci ?

Jan poussa vers Dean un sac en plastique avec le médiator orné d'un lion, ce qui lui fit écarquiller les yeux.

— Où est-ce que vous avez trouvé ça ?

— Répondez à la question, s'il vous plaît.

— C'est le mien. Je veux dire, ça ressemble à l'un des miens.

— Dans quel magasin de musique est-ce que vous les achetez ?

— Je-je ne les achète pas. Un de mes potes possède une boutique en ligne, et je les fais fabriquer sur mesure.

— Vous pouvez nous dire ce qu'il faisait dans l'herbe près de la maison du Père Robert Argyle ?

— Qui ?

— Robert Argyle, prêtre de la paroisse de Malden Cross.

— Je n'ai jamais entendu parler de lui.

Ses yeux allaient et venaient entre Jan et Mark.

— Je n'en ai aucune idée, je vous dis la vérité !

— Parlez-nous du Père Philip Baxter, dit Mark. Que vous a-t-il fait, Dean ? Pourquoi l'avez-vous assassiné ?

— Je n'ai jamais assassiné personne. Qu'est-ce qui se passe ?

— Le Père Seamus Carter a été assassiné la nuit où vous avez joué au White Horse.

Mark ouvrit le dossier à son coude et poussa une série de photographies à travers la table.

Dean et son avocat commis d'office reculèrent tous les deux.

— Pas très joli à voir, n'est-ce pas ? dit Mark. Vous voulez me dire ce que vous avez fait de sa langue ?

— Q-quoi ?

Le chanteur pâlit, et pendant une fraction de seconde, Mark crut qu'il allait vomir.

— Sa langue a été coupée alors qu'il était encore vivant, Dean. Elle a été emportée. Où est-ce que vous l'avez mise ?

— Bon sang, je ne l'ai pas tué !

— Et Philip Baxter ? Pourquoi est-ce que vous lui avez arraché les yeux ? Où est-ce que vous les gardez, Dean ?

— Je n'ai jamais entendu parler de cet homme.

— Où étiez-vous le soir du quinze ? demanda Jan.

— Ailleurs.

— Où ?

Dean s'agita sur son siège.

— J'ai retrouvé une fille que j'avais vue traîner à quelques-uns de nos concerts, d'accord ? On s'est croisés dans un pub à Oxford. Il y avait un groupe de punk qui jouait. Après, elle m'a invité chez elle.

— Nous allons avoir besoin d'un nom et d'une adresse.

— C'était chez sa sœur. Elle n'était là qu'en visite.

Jan le fusilla du regard et poussa un stylo et du papier à travers la table.

— Nom et adresse. Maintenant.

Mark observa le jeune homme pendant qu'il griffonnait sur la page d'une main tremblante et il plissa les yeux.

— Vous nous cachez quelque chose, Dean. Si vous n'avez pas assassiné deux prêtres et attaqué un troisième, alors nous avons besoin de votre aide, et nous en avons besoin maintenant. Vous étiez enfant de chœur dans cette paroisse. Robert Argyle y était aussi prêtre. S'est-il passé quelque chose ? Est-ce que c'est pour ça que vous dissimulez quelque chose ?

En réponse, Dean secoua la tête.

— Dean, s'il vous plaît. Jan va vérifier votre alibi pour cette nuit-là, mais il y a deux prêtres allongés à la morgue, et un à l'hôpital, chanceux d'être encore en vie. Vous savez quelque chose, et vous devez nous le dire.

Le chanteur posa ses mains sur la table, puis il leva son visage vers le plafond et ferma les yeux.

Quelques instants plus tard, une larme solitaire coula sur sa joue.

— On nous a dit de ne jamais en parler, dit-il d'une voix à peine audible.

Mark retint son souffle, reconnaissant que Jan reste silencieuse, et il attendit qu'il continue.

— Il y avait un garçon, peut-être six mois plus âgé que moi, dit Dean.

Il baissa le menton, puis leva son regard pour rencontrer celui de Mark, les joues rouges.

— C'était quand j'avais douze ans. C'est à ce moment-là que j'ai découvert que le prêtre qui nous enseignait le chant aimait les garçons.

Mark leva la main.

— Vous avez été victime d'abus ?

Dean secoua la tête.

— Non. Je ne sais pas pourquoi. Peut-être que ce vieux dégénéré avait compris que je me défendrais, ou que je parlerais. Alors il a choisi celui qui était trop effrayé pour dire un mot plus haut que l'autre, et encore moins pour tenir tête à un prêtre et le dénoncer.

— Qui ?

—Jeremy Wallace.

Dean renifla.

— Il était petit pour son âge. Vous voyez ce que je veux dire quand je dis qu'il avait l'air délicat ?

Mark hocha la tête et lui fit signe de continuer.

— Eh bien, je suppose que notre maître de chorale avait un faible pour lui.

— Ça a duré combien de temps ?

— Trop longtemps. Je ne sais pas. Il m'en a parlé environ une semaine avant que ça n'arrive.

— Qu'est-ce qui est arrivé ? demanda Jan.

— Il s'est suicidé. Il n'en pouvait plus. Trop embarrassé et effrayé pour parler à son père. Il n'avait personne. Nous sommes tous arrivés un dimanche matin pour la messe comme d'habitude et il se balançait au bout d'une corde accrochée à l'un des chênes à côté du parking de l'église. Je n'avais jamais vu de cadavre avant.

Des larmes coulaient sur son visage, et gouttaient de sa mâchoire tandis qu'il forçait un sourire amer.

— Il avait même utilisé l'une des étoles de ce salaud pour se pendre, comme un dernier geste de défi.

Dean repoussa sa chaise et traversa la pièce pour leur tourner le dos. Le bruit de ses sanglots remplit l'espace confiné tandis qu'il serrait ses bras autour de lui.

Mark posa sa main sur le bras de Jan pour l'empêcher de le suivre, et quand elle pivota sur sa chaise pour lui faire face, il secoua la tête.

— Laissez-lui un moment.

Après quelques minutes, Dean redressa les épaules, se retourna et tenta de se ressaisir en revenant à la table où il s'affala sur sa chaise.

Mark prit deux mouchoirs en papier dans une boîte à côté de lui et les lui tendit.

— Merci.

— Pourquoi est-ce que vous avez attendu près de deux ans avant de quitter la chorale ?

— J'avais peur, n'est-ce pas ? En fait, j'ai seulement réussi à partir quand j'ai décroché un job de livreur de journaux. J'ai convaincu ma mère que ça me tiendrait à l'écart des ennuis, et elle a compris que c'était mieux pour moi de gagner mon propre argent, alors elle m'a laissé arrêter.

— Vous savez si Jeremy a parlé à quelqu'un d'autre des abus ?

— Je ne sais pas.

— Vous n'en avez pas discuté entre choristes ? Vous n'avez pas entendu les autres prêtres en parler avec quelqu'un ?

— C'était justement ça le problème, dit Dean en essuyant rageusement ses yeux. Personne n'a jamais admis avoir vu ou entendu quoi que ce soit.

CHAPITRE 32

Mark jura bruyamment en apercevant deux camionnettes ornées des logos des chaînes de télévision locales garées au bord du trottoir devant le commissariat le lendemain matin. Il rétrograda et glissa son VTT derrière une voiture de patrouille avant que la barrière ne commence à se fermer.

Il freina à côté de l'entrée du commissariat, retira son casque et jeta un coup d'œil à la foule assemblée.

Un journaliste parlait à la caméra, puis se tourna vers un autre homme à côté de lui.

Mark réalisa qu'il s'agissait de Gerald Aitchison.

— Qu'est-ce qu'il mijote celui-là ? murmura-t-il.

Il plaça son vélo dans un râtelier sur le côté, puis franchit la porte et se précipita vers les vestiaires pour hommes. Quinze minutes plus tard, après avoir troqué sa tenue de cycliste contre son costume et son sac à dos sur l'épaule, il se hâta d'entrer dans la salle des opérations.

Jan se leva de son bureau à son approche.

— Vous avez vu Aitchison ?

— Oui. Qu'est-ce qu'il fabrique ?

— Il cause des problèmes, d'après l'inspecteur principal. Apparemment, il est passé en direct à la télé pour se plaindre qu'on n'en fait pas assez pour attraper le tueur.

Elle baissa la voix.

— Il a carrément dit aux médias que Seamus avait eu la langue coupée.

— Quoi ?

Il jeta un coup d'œil par-dessus son épaule vers le bureau de Kennedy, remarquant que la porte était fermée.

— Qui est avec lui ?

— Andrew Tolley, le responsable de l'équipe des relations médias. Tu peux imaginer son humeur.

— Je ne le blâme pas... comment diable Aitchison a-t-il découvert ça ?

— Aucune idée.

— Moi non plus.

Mark s'approcha de la fenêtre et regarda entre les lattes des stores, remarquant que le conseiller avait été rejoint par un entourage d'hommes et de femmes d'âge moyen qui se tenaient à ses côtés.

Aitchison les désigna d'un geste de la main, puis se retourna vers les caméras qui attendaient, et Mark comprit qu'il avait probablement rassemblé certains de ses électeurs les plus fervents pour donner du poids à ses protestations.

À ce moment-là, une des femmes frôla son coude et pointa du doigt un des journalistes avant qu'Aitchison ne pose une main sur son bras et fasse mine de la diriger doucement vers un homme plus âgé qui la prit dans ses bras.

Mark se détourna de la fenêtre avec un reniflement de dérision face à la manœuvre évidente pour qu'Aitchison apparaisse à la fois compatissant et convenablement outré devant les caméras.

— Est-ce que vous connaissez ces gens qui sont en bas avec lui ? demanda-t-il à Jan.

Elle le rejoignit pour scruter les spectateurs.

— Cette femme qui se tient derrière lui—

— Celle qui est en train de se faire consoler ?

— Oui. Je la reconnais, elle faisait partie des habitants qui traînaient sur la scène de crime à Upper Benham dimanche matin. Vous ne l'avez probablement pas remarquée parce que vous regardiez la voiture de Gillian. J'ai entendu quelqu'un dire qu'elle travaille à l'épicerie. L'homme avec elle doit être son mari.

— Donc, c'est à son assistant que j'ai parlé au sujet des clés supplémentaires de l'église, Jim Aster.

— C'est bien lui.

— Et les autres là-bas ?

Elle tapota la fenêtre.

— L'homme à la gauche d'Aitchison est Michael Westing. Il se présente comme directeur de campagne. Aitchison l'a engagé comme consultant quand il a annoncé sa candidature pour la prochaine élection partielle. Je ne connais pas les autres. Des figurants à la demande, vu l'allure de certains d'entre eux.

— Ils ont été interrogés ?

— Les agents en uniforme ont pris leurs dépositions après le meurtre de Seamus, oui. La femme, Kath Hamdan, a dit que Seamus était venu au magasin le vendredi. Elle pensait qu'il avait l'air préoccupé par quelque chose quand il est entré, mais il aurait apparemment minimisé la chose quand elle lui a posé la question, disant que ce n'était rien de grave. Les agents se sont demandé s'il y avait un lien, mais elle s'est ensuite rétractée en disant qu'elle avait peut-être fait erreur.

— Et pourtant, elle a jugé bon de le mentionner en premier lieu.

Mark jeta un regard par-dessus son épaule et se frotta la mâchoire.

— Peut-être qu'on devrait avoir une autre conversation avec elle, surtout depuis que cet assistant, Jim, a dit qu'il n'y avait pas de trace d'autres clés fabriquées pour l'église. Peut-être qu'il s'est trompé.

— Je vais récupérer son numéro de téléphone dans HOLMES2. Et son mari ?

— Qu'est-ce qu'il fait ? On le sait ?

— Mécanicien pour l'une des entreprises locales de machinerie agricole. Il n'a pas mentionné avoir parlé avec Seamus, il fréquente l'église uniquement quand sa femme insiste, apparemment.

— D'accord. On dirait que la fête est finie en bas.

Il tendit le bras et attrapa sa veste.

— Où est-ce que vous allez ? demanda Jan en haussant les sourcils.

— Discuter avec notre estimé conseiller municipal.

CHAPITRE 33

— Monsieur Aitchison, un mot, si vous voulez bien.

Mark traversa le parking d'un pas décidé jusqu'aux grilles verrouillées et il nota avec satisfaction que la tête du conseiller municipal avait pivoté brusquement au son de sa voix.

Ses yeux se plissèrent.

— Vous avez manqué votre occasion de parler à la presse, inspecteur. Vous auriez dû être ici il y a dix minutes.

Il se tourna vers l'homme à ses côtés.

— Michael et moi disions justement qu'il aurait été prudent d'avoir votre version des faits, après tout. Malheureusement, ils sont partis, sans doute pour peaufiner leurs articles avant le journal télévisé de ce soir.

Mark ignora le directeur de campagne qui lui tendait la main tandis qu'un rictus découvrait ses lèvres.

— Oh, j'évite de m'impliquer avec les médias quand je le peux, répondit-il. Je laisse ça à mon inspecteur principal et à notre chargé de relations presse. Je suis sûr qu'ils auront quelque chose à dire sur votre petit coup de publicité.

Il appuya sur le bouton pour déverrouiller la grille.

— J'aimerais cependant avoir un mot avec vous. En privé.

Il lança un regard noir à Michael Westing qui avait fait un pas en avant, puis fit signe à Aitchison.

— Venez. Je n'ai pas toute la journée. Si vous voulez que cette enquête pour meurtre soit résolue, nous devons parler.

L'expression du conseiller passa de la suffisance à la panique.

— Eh bien, je... c'est approprié ? Je veux dire—

— Nous pouvons en faire un interrogatoire officiel si vous préférez. C'est vous qui choisissez.

Aitchison s'éclaircit la gorge.

— Je suis sûr que ce ne sera pas nécessaire.

Mark claqua la grille et tourna le dos à Westing, avant de conduire le conseiller à travers le parking et dans le commissariat. Il ne ralentit pas, passa sa carte de sécurité et mena le chemin vers le quartier de détention provisoire.

Un cri de colère précéda un fort *clang* derrière l'une des portes, et la bouche de Mark tressaillit quand Aitchison recula brusquement de cette protestation soudaine avec un glapissement effrayé.

— Par ici.

Il ouvrit la porte de la salle d'interrogatoire, attendit qu'Aitchison passe, puis la claqua avec toute la force qu'il put rassembler.

Le conseiller pivota, la bouche ouverte sous le choc.

Mark pointa du doigt les quatre chaises qui entouraient une table unique boulonnée au sol.

— Asseyez-vous.

La pomme d'Adam d'Aitchison tressauta dans sa gorge,

puis il se glissa sur la chaise la plus proche et tenta de paraître indigné.

— Écoutez, je ne sais pas—

Mark se percha sur le coin du bureau et lui lança un regard noir qui fit taire l'homme en un instant.

— Comment saviez-vous que la langue de Seamus Carter avait été arrachée ?

Aitchison leva la main pour redresser sa cravate, ses yeux fuyant le regard de Mark pour se fixer sur un point du carrelage. Il marmonna.

— Je n'ai pas entendu, Gerald. Parlez plus fort.

— J'ai dit qu'on me l'a raconté.

— Donc, vous avez fourni une information à la presse basée sur des ouï-dire ? Cela semble peu professionnel pour un politicien ambitieux. Qui vous l'a dit ?

— Je ne m'en souviens pas.

Mark croisa les bras sur sa poitrine.

— J'ai toute la journée pour attendre que vous vous en souveniez. Comment pensez-vous que votre soi-disant directeur de campagne là-dehors va répondre aux demandes de commentaires pendant que vous êtes ici ? Il va leur dire que vous nous aidez dans notre enquête ?

Aitchison pâlit.

— Vous n'oseriez pas.

Mark s'écarta du bureau et se dirigea vers la porte. En l'ouvrant, il sortit son téléphone portable de sa poche et composa le numéro de Jan.

— On est en plein briefing ici, siffla-t-elle. Où est-ce que vous êtes ?

— Retrouvez-moi dans la salle d'interrogatoire numéro deux, dit-il. J'ai besoin que vous assistiez à un entretien formel que je veux mener avec Gerald Aitchison.

Il ignora le cri de protestation du conseiller derrière lui et ferma la porte, avant d'arpenter le couloir jusqu'à ce qu'il entende des pas.

— Qu'est-ce qui se passe ?

Jan repoussa une mèche de cheveux derrière son oreille et se précipita vers lui, une expression interrogative sur ses traits pincés.

Mark pointa le pouce par-dessus son épaule.

— Je n'arrive pas à décider s'il est stupide ou s'il sait vraiment quelque chose sur la mort de Seamus, mais je veux officialiser tout ça avant d'aller plus loin.

— Ah. Ok.

Il hocha la tête, reconnaissant qu'elle n'ait pas cherché à l'interroger sur ses raisons, et il lui tint la porte ouverte.

Il tira une chaise en face d'Aitchison et s'assit, puis il attendit que Jan appuie sur le bouton « enregistrer » de l'appareil à l'extrémité du bureau et lise l'avertissement officiel, notant avec satisfaction qu'Aitchison virait au gris maladif lorsqu'il réalisa que sa situation était grave.

— Est-ce que j'ai besoin d'un avocat ?

— C'est à vous de voir, répondit Mark. Vous n'êtes pas en état d'arrestation. Comme ma collègue vous l'a expliqué, il s'agit d'un entretien formel. Vous souhaitez qu'un avocat soit présent ?

Aitchison déglutit, sembla méditer les paroles de Mark tandis que son regard se posait sur la porte fermée, puis il secoua la tête.

— Non. Je n'ai rien à cacher. Je n'ai pas besoin d'avocat.

— Pourquoi parlez-vous à la presse d'une enquête pour meurtre en cours, monsieur Aitchison ?

— Je vous l'ai dit, tout le village s'inquiète qu'un meurtrier soit toujours en liberté. Il a tué à nouveau, n'est-ce pas ? Qu'est-ce qui nous dit qu'il n'y en aura pas d'autres ?

— D'autres ?

Mark se pencha en avant.

— Pouvez-vous expliquer cette déclaration, monsieur Aitchison ? Est-ce que vous savez quelque chose que j'ignore ?

Désemparé, Aitchison se renversa sur son siège, ouvrant et fermant la bouche sans qu'aucun son n'en sorte.

— Si vous dissimulez des informations qui pourraient aider cette enquête, je vous suggère de me les révéler. Maintenant, dit Mark.

Il se pencha en avant et croisa les mains sur la table entre eux.

— Seule une poignée de personnes était au courant pour la langue de Seamus. Et cela n'incluait aucun membre du public. La seule personne en dehors de mes collègues présents sur la scène de crime qui aurait pu connaître les blessures infligées à Seamus est son meurtrier. Où étiez-vous la nuit de sa mort ?

— Je vous demande pardon ?

— Répondez à la question, s'il vous plaît.

— Je… j'étais là. Chez moi, je veux dire.

— Toute la nuit ?

— Oui.

— Quelqu'un peut-il corroborer cela ?

Mark savourait l'expression paniquée qui traversa furtivement le visage d'Aitchison tandis que l'homme baissait les yeux vers ses mains et prenait une profonde inspiration.

— Je dois demander que ceci soit traité avec la plus grande discrétion, dit-il.

— Cela dépend si ce que vous nous dites a un rapport

avec notre enquête, répondit Mark. Qui peut confirmer vos allées et venues ?

— Il y a... il y a un site Internet, d'accord ? On peut y aller pour discuter avec des gens.

Mark plissa les yeux.

— Quel genre de gens ?

— Oh, rien de louche.

Aitchison émit un aboiement nerveux de rire, puis il tomba à nouveau dans le silence.

— Avec qui est-ce que vous parliez ?

Aitchison soupira.

— Elle s'appelle Amelia. Elle est croate, je crois. Une personne charmante. Elle espère obtenir un visa de résidence dans un avenir proche.

Il leva la main, les joues rouges.

— Ce n'est rien d'illégal, je vous le promets. Écoutez, depuis que ma femme a divorcé, je me sens seul. C'est tout. Ça aide.

— Nous allons avoir besoin des détails du site Internet et des coordonnées d'Amelia.

Aitchison acquiesça, résigné.

— Philip Baxter, dit Mark.

— Quoi ?

— Est-ce que vous lui avez déjà téléphoné ?

— Non, pourquoi est-ce que je l'aurais fait ?

— Vous savez si des plaintes avaient été déposées contre Seamus Carter ?

— Des plaintes ?

— Oui. Est-ce que l'un de vos administrés a déjà soulevé des inquiétudes concernant la conduite de Seamus au sein de la paroisse ?

Aitchison secoua la tête.

— Non. Rien de ce genre.

— Dites-moi comment vous avez su que la langue de Seamus avait été arrachée.

— Kath. Elle possède l'épicerie et elle gère le bureau de poste. C'est elle qui me l'a dit.

— La femme qui était dehors avec vous tout à l'heure quand vous parliez à la presse ?

— Oui.

— Comment l'a-t-elle appris ?

— Je ne sais pas. Elle ne l'a pas dit.

— Quand est-ce qu'elle vous l'a dit ?

— Le lundi après-midi. Après qu'on l'a trouvé.

— Qu'a-t-elle dit exactement ?

— J'étais en train d'envoyer des nouveaux tracts de campagne, je voulais atteindre des personnes influentes, et elles n'apprécient pas les démarcheurs qui se présentent à leur porte. Elle m'a servi au bureau de poste comme d'habitude, puis elle m'a demandé si j'avais entendu que Seamus s'était fait arracher la langue. J'étais choqué, pour être honnête. Enfin, on ne s'imagine pas ce genre de choses dans notre région, n'est-ce pas ?

— Et vous n'avez pas pensé à nous en informer ?

— Eh bien, je veux dire, à quoi bon ? Vous deviez déjà être au courant, non ?

Mark dévisagea l'homme un moment de plus, puis il soupira.

— Si vous êtes si préoccupé par notre enquête sur le meurtrier de Seamus Carter, monsieur Aitchison, alors vous devez nous laisser faire notre travail. Courir à la presse peut vous donner une bonne image et vous accorder vos quinze minutes de célébrité, mais le préjudice que vous avez causé en divulguant des informations sur une enquête de meurtre en cours est une affaire sérieuse.

Aitchison pâlit de nouveau.

— J-je ne voulais pas—

— Si, c'est exactement ce que vous vouliez. Vous n'avez pas du tout pensé aux conséquences de vos actes.

Mark secoua la tête.

— Vous avez révélé à la presse un détail concernant la mort de Seamus que seuls les membres de cette équipe d'enquête connaissaient. Avez-vous la moindre idée des dommages que vous avez causés en informant le tueur, à la télévision nationale, qui plus est, de l'orientation de nos recherches ?

Il tendit la main vers l'équipement d'enregistrement.

— Entretien terminé à huit heures vingt-deux.

— Vous me laissez partir ?

Mark recula sa chaise et pointa la porte.

— Je vous l'ai dit, vous n'êtes pas en état d'arrestation. Pas encore. Cependant, nous allons soumettre cette affaire à notre officier supérieur d'enquête. Il pourrait avoir un avis différent, alors à votre place, j'appellerais un avocat. Disparaissez de ma vue, Aitchison.

Mark arpenta la salle d'interrogatoire pendant que Jan conduisait le conseiller mortifié dans le couloir, et il prit un moment pour se calmer avant de retourner vers l'accueil alors que la porte arrière du commissariat se refermait.

Jan se retourna en entendant des pas, puis elle attendit qu'il la rejoigne devant la vitre.

— Vous pensez que c'est notre tueur ? »

— Non. Mais je pense qu'il en sait plus que ce qu'il ne veut bien nous dire.

Mark observa Aitchison traverser le parking et se glisser

par l'ouverture de la clôture avant que la barrière ne soit complètement ouverte, se dépêchant vers Michael Westing, qui se tenait à côté de la portière ouverte d'une voiture couleur rouille de l'autre côté de la rue.

Les deux hommes échangèrent brièvement quelques mots avant qu'Aitchison ne se dirige vers le côté passager et ne s'installe dans le véhicule. Westing lança un regard furieux vers les portes fermées de l'accueil, puis il monta derrière le volant et éloigna la voiture du trottoir.

Un sentiment de malaise picota la nuque de Mark tandis qu'il les regardait partir.

Il finit par se retourner pour voir Tom Wilcox appuyé contre le bureau, le visage inquisiteur.

— Vous pensez qu'il va revenir, chef ?

— J'espère bien que non, bon sang.

CHAPITRE 34

Jan redressa les épaules et poussa la porte de l'épicerie-bureau de poste d'Upper Benham, faisant tinter une clochette en laiton fixée au-dessus de sa tête qui annonçait son arrivée.

Turpin la suivit, satisfait de lui laisser mener l'interrogatoire. Ils avaient convenu pendant le trajet que ce serait elle qui dirigerait la conversation, estimant que Kath Hamdan réagirait probablement mieux à un entretien avec une autre femme.

Turpin prévoyait de rôder en périphérie du magasin, à portée de voix.

L'odeur pénétrante de lavande submergea les sens de Jan tandis qu'elle parcourait du regard un présentoir de savons sur les étagères à sa droite, parmi un bric-à-brac de babioles qu'elle n'avait pas revues depuis ses visites chez sa grand-mère dans son enfance. Elle se demanda si les gens achetaient encore de telles choses, puis elle reporta son attention sur le reste du magasin.

À sa gauche, un présentoir à journaux était à moitié rempli des éditions du matin, les tabloïds habituels accompagnés des publications locales, côtoyant magazines people et livres de jeux.

Une adolescente à l'air ennuyé l'observait de derrière un comptoir près du présentoir, une méfiance dans ses yeux bleu pâle.

Jan montra sa carte professionnelle.

— Nous aimerions parler à Kath.

La fille fit un signe de tête vers le fond du magasin.

— Bureau de poste.

— Merci.

Jan tendit le cou pour voir par-dessus les étagères de lait longue conservation, de biscuits, de produits ménagers et d'autres articles que les propriétaires avaient jugés appropriés pour les habitants du village, puis elle s'arrêta à l'extrémité d'une petite file de clients alignés devant le guichet du bureau de poste.

Tandis qu'elle attendait en ligne aux côtés de Turpin, elle observa l'expression pincée de la femme trapue derrière la vitre de séparation.

Kath Hamdan se déplaçait avec une efficacité routinière, marmonnant un salut peu enthousiaste à chaque personne qui s'approchait, et repoussant la monnaie et les reçus à travers un plateau métallique comme pour les renvoyer au plus vite.

Puis, son regard croisa celui de Jan et un « o » de stupeur se forma sur ses lèvres.

Elle marmonna une réponse sèche au dernier de ses clients, un vieil homme qui s'éloigna du comptoir en traînant les pieds, puis elle lança un regard noir aux deux enquêteurs lorsqu'ils lui montrèrent leurs cartes professionnelles.

— Je suis occupée. Vous allez devoir revenir plus tard.

Jan jeta un coup d'œil par-dessus son épaule, puis croisa le regard de Turpin.

Il lui fit un clin d'œil, puis redevint sérieux.

— Le magasin est vide, dit-il. Ce ne sera pas long.

— Ça vous dérangerait de fermer le guichet ? ajouta Jan. Ce serait plus facile de discuter sans cette vitre entre nous, vous ne croyez pas ?

Kath grogna, mais tendit le bras vers le comptoir et installa un panneau pour indiquer que le bureau de poste était fermé, puis elle se dirigea vers une porte étroite derrière elle et composa un code à quatre chiffres. Quelques instants plus tard, elle se tenait devant Jan, les bras croisés sur sa poitrine généreuse.

— Qu'est-ce que vous voulez ?

— Est-ce qu'il y a un endroit où nous pourrions parler en privé ?

Jan sentit l'hostilité de la femme et résista à l'envie de reculer d'un pas.

Elle avait rencontré des Jack Russell avec moins d'attitude.

Kath haussa les épaules.

— Je n'ai rien à cacher.

— Où étiez-vous entre samedi soir, dix-neuf heures, et dimanche matin huit heures, quand le corps de Seamus Carter a été découvert ?

— Quoi ?

— Répondez à la question, s'il vous plaît.

— J'étais ici, j'ai travaillé tard, jusqu'à environ vingt heures, puis je suis allée au pub où j'ai retrouvé Martin.

— Martin ?

— Mon mari.

— Quand est-ce que vous avez quitté le pub ?

Kath pinça les lèvres, puis exhala.

— Un peu après vingt-trois heures. Après la fin du concert.

— Vous avez quitté le pub seule ?

— Non, je vous l'ai dit. J'étais avec mon mari.

— Où êtes-vous allée en quittant le pub ?

— Chez moi, bien sûr. Je devais me lever à cinq heures pour la livraison des journaux.

— Et votre mari ?

— Il ronflait comme un sonneur quand je l'ai quitté.

Ses yeux allaient et venaient entre Jan et Turpin, avec un certain désarroi.

— Écoutez, de quoi s'agit-il au juste ?

— Est-ce que vous avez quitté le pub à un moment quelconque entre vingt heures et vingt-trois heures ?

— Non, non, je n'ai pas quitté le pub.

— Vous possédez un jeu de clés de l'église ? demanda Turpin.

— Pourquoi est-ce que j'en aurais un ?

Il désigna l'affiche à côté du guichet.

— Vous proposez un service de reproduction de clés. Jim Aster a confirmé qu'il vous a fourni deux jeux par le passé. Est-ce que vous avez fait un autre jeu sans qu'il le sache ?

— Non, bien sûr que non.

— Ça aurait été assez facile pour vous, n'est-ce pas ? Je veux dire, vous n'avez qu'une aide à temps partiel ici. Personne pour voir ce que vous faites quand le magasin est calme, pas vrai ?

— Mais je ne l'ai pas fait.

— Est-ce que vous gardez un registre des clés que vous reproduisez ici ? demanda Jan.

— Nous ne sommes pas obligés de le faire. Je n'ai jamais fait de copies supplémentaires, honnêtement.

La voix de Kath monta dans les aigus avant qu'elle ne se ressaisisse et regarde autour d'eux.

Jan suivit son regard et aperçut une femme bien habillée qui s'approchait du fond du magasin.

En se rapprochant, elle fronça les sourcils.

— Oh, je suis désolée. Je pensais que le bureau de poste était ouvert.

— Revenez dans dix minutes, dit Turpin.

La femme s'éloigna rapidement, s'arrêta pour parler à l'adolescente à la caisse, puis se précipita dehors.

Kath les fusilla du regard.

— J'essaie de gérer une entreprise ici.

— Et nous essayons de résoudre deux meurtres brutaux et une agression grave, répliqua Jan en perdant patience. Comment avez-vous su que la langue de Seamus Carter avait été arrachée ?

— Pardon ? Je ne—

— Arrêtez de tergiverser, Kath. Vous avez dit à Gerald Aitchison que la langue de Seamus Carter avait été arrachée par son meurtrier. Un fait qui n'était jusqu'alors connu que des services d'urgence présents sur les lieux et des personnes en train d'enquêter sur son meurtre. Bien sûr, la seule autre personne qui aurait pu être au courant de ce fait serait son meurtrier. Alors, je vous le redemande. Est-ce que vous avez quitté le pub entre vingt heures et vingt-trois heures ?

— Non, je vous ai dit—

— Êtes-vous allée à l'église entre onze heures ce soir-là et huit heures dimanche matin ?

— Non ! Je ne l'ai pas tué !

Elle porta une main à sa bouche comme si elle était choquée par son éclat alors que ses épaules se soulevaient.

— Alors comment avez-vous su qu'on lui avait coupé la langue ? insista Jan.

Kath poussa un souffle tremblant et baissa la main.

— Helen me l'a dit. Elle a surpris une conversation entre policiers à l'église après l'avoir trouvé.

— Helen Wilson ?

— Oui.

Kath haussa les épaules.

— Elle adore les potins. Ça a toujours été comme ça.

— On dirait qu'elle n'est pas la seule, dit Turpin, ses yeux perçant ceux de Kath.

Elle eut la décence de rougir et elle détourna le regard pour tirer un mouchoir en papier de la manche de son gilet.

— La prochaine fois, nous apprécierions que vous nous informiez des éléments concernant notre enquête, dit Jan. Pas Gerald Aitchison. Pas la presse. Voici ma carte. Prenez-la, ajouta-t-elle quand Kath hésita. Et veuillez nous informer si vous prévoyez de quitter la région avant la conclusion de notre enquête. Nous voulons pouvoir vous joindre à tout moment, c'est bien compris ?

— O-oui.

Kath fit un pas en arrière.

— Je suis désolée.

— C'est un peu tard pour ça, dit Jan avant de suivre Turpin vers la porte.

CHAPITRE 35

Mark poussa la tasse de café tiède à travers la table basse et scruta le ciel qui s'assombrissait par la fenêtre de l'atrium.

Le briefing de fin d'après-midi s'était déroulé sans apporter de nouvelles informations pour étayer la théorie qu'il avait exposée avec tant d'assurance à l'inspecteur principal Kennedy la veille, et un sentiment de panique commençait à menacer son bon sens.

La brutalité des attaques, l'audace du tueur dans sa méthode pour s'introduire dans les lieux de culte ou les domiciles de ses victimes, et l'absence totale de preuves ou de suspect, commençaient à se manifester par une fatigue qui s'infiltrait dans toute l'équipe d'enquête.

Cela laissait Mark épuisé et sur les nerfs, à se demander qui serait le prochain.

Car, assurément, un tueur animé d'une telle soif de sang comme celle qui avait été démontrée jusqu'à présent continuerait jusqu'à ce qu'on l'arrête.

Mark se retourna vers le journal, évitant le reportage sensationnaliste sur les meurtres, et il se tourna plutôt vers la section automobile. Son regard survola aveuglément les photographies éclatantes et les arguments de vente qui semblaient déplacés dans un monde numérique, et de plus en plus désespérés dans leurs techniques rédactionnelles au fur et à mesure qu'il lisait.

Les doigts de sa main droite serraient une serviette en papier froissée, la maigre offrande d'un roulé à la saucisse froid d'un distributeur automatique ne faisant pas grand-chose pour contrer sa faim.

— Chef ?

Il leva les yeux des titres sportifs en entendant la voix de Jan, puis il se redressa en voyant l'expression paniquée sur le visage de l'enquêteuse qui se précipitait à travers l'atrium vers l'endroit où il était assis.

Elle s'affala sur la chaise à côté de lui et poussa le journal de côté en ignorant ses protestations.

— Ça va ? demanda-t-il en rassemblant les pages éparpillées.

Elle lui tendit une liasse de papiers agrafés, puis elle pointa du doigt le dernier paragraphe de la première page.

— Ce que Dean Harper nous a dit lors de notre entretien. Il a dit que personne n'avait avoué avoir entendu ou vu quoi que ce soit.

— En effet. Donc personne n'aurait cru notre tueur s'il avait essayé de signaler ce qui se passait il y a toutes ces années.

— Oui, je sais, mais ce n'est pas mon point. Ils n'ont pas dit, entendu ou vu quoi que ce soit.

Mark s'adossa à sa chaise, confus.

Jan expira, reprit les papiers et les feuilleta jusqu'à atteindre la dernière page.

— Écoutez. Ce sont les trois singes de la sagesse, n'est-ce pas ?

— Ah bon ?

— Ne pas dire le mal, ne pas entendre le mal, ne pas voir le mal.

Un souffle d'air quitta ses poumons alors que la réalisation le frappait et qu'il voyait l'excitation dans ses yeux.

— Bon sang.

— J'ai raison, non ?

— Est-ce que quelqu'un a eu l'occasion d'examiner ce que nous avons jusqu'à présent, pour voir si les trois prêtres se sont rencontrés à un moment donné ?

— J'ai Caroline qui travaille là-dessus à l'étage. J'ai pensé à la même chose. S'il y a une convergence dans leur passé, cela pourrait nous donner une piste concernant un suspect potentiel.

— Je suis d'accord. Quelque chose a déclenché tout ça. Des nouvelles de l'hôpital sur l'état de Robert Argyle ?

— Je n'ai rien entendu.

Mark regarda sa montre.

— Kennedy est là ?

— Il est parti il y a vingt minutes. Il a dit qu'il emmenait sa femme dîner pour leur anniversaire.

Il passa une main sur sa mâchoire, et sa barbe naissante lui gratta le bout des doigts.

— L'inspecteur principal a dit de l'appeler si quelque chose d'urgent se présentait, dit Jan.

— Certes, mais nous devons d'abord corroborer cela.

— Éh bien, si ça peut aider, et avec tout le respect que je vous dois, chef, je ne pense pas que ces meurtres visent à assurer leur silence, ni que nos prêtres étaient les agresseurs.

— Continuez.

— Eh bien, s'il y avait eu un complot autour de ce qui se passait, notre tueur aurait sûrement fait quelque chose à ce sujet il y a des années, plutôt que maintenant, non ?

— Alors, à quoi vous pensez ?

— Peut-être qu'il considère qu'ils doivent être tués parce qu'ils *n'ont rien* dit.

— Mais pourquoi ?

Jan secoua la tête.

— Je n'en suis pas encore sûre. Mais ce n'est pas ce qui m'inquiète. Il y a un quatrième singe.

— Depuis quand ?

— Il n'est pas toujours mentionné, mais j'ai fait quelques recherches pour tester ma théorie. Parfois, il y a un quatrième singe dont la raison d'être est de « ne pas faire le mal ».

Un sentiment d'effroi commença à s'insinuer dans les entrailles de Mark.

— Vous voulez dire que notre tueur n'a pas terminé ?

— Non. Je ne pense pas.

Il prit les pages de sa main tremblante, et parcourut le contenu des yeux tandis qu'il essayait de comprendre.

Elle le devança.

— Mark, si j'ai raison, dans certaines variantes du quatrième singe, on le montre en train de croiser les bras ou de couvrir ses parties génitales. Si notre théorie est correcte et que tout cela concerne nos prêtres qui tentent de dissimuler des abus systématiques, alors nous devons découvrir qui est notre quatrième victime avant qu'il ne soit trop tard. Avant qu'il ne perde ses—

Mark leva les mains et cligna des yeux pour essayer de chasser l'image qui se formait dans sa tête.

— Contactez l'hôpital, dit-il. Nous devons interroger Robert Argyle dès que possible.

Elle repoussa sa chaise et lui arracha les documents des mains.

— Jan ?

Il tendit la main pour l'arrêter et sourit.

— Quoi ?

— Bon travail.

CHAPITRE 36

Robert Argyle gémit lorsque la douleur le submergea pour l'arracher instantanément à son sommeil.

Il cligna des yeux en essayant de reprendre ses esprits et il se demanda pourquoi il était allongé sur le dos dans une pièce fortement éclairée.

Un *bip* percutant à sa gauche fit s'emballer son rythme cardiaque tandis qu'il se rappelait qu'il était dans un lit d'hôpital. Les souvenirs de l'agression resurgirent, et il gémit.

Il était reconnaissant que le personnel ait réussi à lui trouver une chambre privée – une rareté dans cet hôpital urbain très fréquenté. Il ne supportait pas les regards inquisiteurs et furtifs des autres patients, car ils auraient sûrement entendu parler de son agression et les rumeurs commenceraient à se répandre.

Il porta la main à sa gorge, et une vague de peur étreignit son cœur.

Où était son col romain ?

Il se redressa et jeta un coup d'œil à la table de chevet, où une carafe d'eau et un gobelet en plastique sur un plateau occupaient la majeure partie de l'espace, puis il tendit la main et ouvrit le tiroir en dessous.

Il exhala. Son col et sa montre-bracelet étaient tous deux dans le tiroir.

— Bonjour, mon Père.

Il se tourna au son de cette voix enjouée pour voir l'une des infirmières qui passait la tête par l'encadrement de la porte.

— Bonjour.

— J'ai deux inspecteurs de police qui souhaitent vous parler. Ça vous convient ?

Il s'éclaircit la gorge.

— Bien sûr. Je vous en prie, faites-les entrer.

L'infirmière se déplaça sur le côté, et un homme vêtu d'un costume gris de grand magasin s'avança, la main tendue tandis qu'il se présentait.

— Compte tenu des circonstances, monsieur Argyle, vous avez l'air en forme.

Robert parvint à sourire en serrant la main de l'inspecteur Turpin puis de l'enquêteuse Jan West avant de leur faire signe de s'asseoir sur les chaises réservées aux visiteurs, à côté du lit.

— C'est « mon Père », pas « monsieur », dit-il, mais sans méchanceté. Et merci.

— Nous avons examiné la déposition que vous avez déjà fournie, et nous nous demandions si vous pouviez répondre à quelques questions, dit Jan.

— Bien entendu.

Il recula, ajusta les oreillers derrière ses épaules, puis croisa les mains sur ses genoux.

• Est-ce que vous pourriez nous raconter les événements du soir où vous avez été agressé ?

— Vous avez dit que vous aviez lu ma déposition.

— C'est au cas où quelque chose de nouveau vous reviendrait, expliqua-t-elle. Un élément qui aurait pu être négligé auparavant, avec tout ce qui se passait.

— Ah, je vois.

Comme sur commande, l'endroit où se trouvait autrefois son lobe d'oreille s'enflamma douloureusement et, tandis qu'il émettait un grognement de douleur, Turpin se pencha en avant, les yeux emplis d'inquiétude.

— Vous avez besoin de l'infirmière ?

Robert leva une main et secoua la tête.

— Non, ça va. J'ai pris des antidouleurs il y a peu. Pardonnez-moi, où en étions-nous ?

— Les événements de ce soir-là.

Il frissonna.

— Je n'avais aucune idée qu'il y avait quelqu'un d'autre dans la maison jusqu'à ce que j'entende un bruit à l'étage. C'est stupide, vraiment. Je suppose que j'étais fatigué. Trop d'air frais après avoir travaillé dans le jardin tout l'après-midi, et quand je me suis enfin assis, tout ce que je voulais c'était prendre un verre avant de commencer mes papiers. C'est là que je l'ai entendu, ça ressemblait à quelque chose qui serait tombé sur la moquette dans la pièce au-dessus. Je savais que je n'avais laissé aucune fenêtre ouverte. J'avais dépensé la plupart de mon budget d'entretien la semaine dernière pour de nouvelles serrures.

— Vous pensez que votre agresseur est entré comment ? demanda Jan.

— Par la porte arrière pendant que je m'affairais dans le

jardin. Plutôt effronté, n'est-ce pas ? Il a dû entrer directement et monter à l'étage pour attendre.

— Vous n'avez rien remarqué quand vous êtes rentré ?

— Non. Comme je l'ai dit, j'étais fatigué. Et on ne s'attend pas à être agressé dans sa propre maison, n'est-ce pas ?

Aucun des deux inspecteurs ne dit mot, et il haussa les épaules.

— En tout cas, pas moi. Pas ici.

— Vous avez dit avoir d'abord entendu un bruit ?

— Je crois qu'à ce moment-là, j'ai su que j'étais en danger, mais je ne sais pas, je me suis figé. Je ne pouvais pas bouger. Quelques instants plus tard, la porte du couloir s'est brusquement ouverte, et il…

Il s'interrompit, honteux du souffle tremblant qui s'échappa de ses lèvres.

— Il bougeait si vite. Je n'ai pas eu le temps de me lever, et puis il a passé la corde autour de mon cou et il a commencé à me tirer en arrière contre le fauteuil. J'ai tourné la tête pour essayer de la desserrer, et c'est alors qu'il a brandi un couteau devant mon visage.

Une larme s'échappa et roula sur sa joue.

— J'étais terrifié. J'avais entendu parler de ce qui était arrivé aux deux autres prêtres, et je ne voulais pas mourir comme ça. La douleur… la douleur était insupportable quand il a commencé à me couper.

— Comment vous êtes-vous échappé ?

— Quelque chose s'est déclenché en moi, et j'ai riposté. J'ai réussi à le frapper sur la peau tendre sous l'articulation du coude, et il a lâché le couteau.

— C'est une chance.

Il esquissa un faible sourire.

— Pas vraiment. Je dirigeais une mission dans une banlieue de Lagos quand j'étais plus jeune. J'ai pris des cours d'autodéfense pendant mon temps libre et j'ai aidé à enseigner le karaté de base à certains des enfants. Ça leur donnait une meilleure chance de survivre dans les rues, du moins je l'espérais. On dirait que je n'ai pas oublié certains des vieux kata après tout.

— Revenons à ce soir-là, dit Turpin. Que s'est-il passé ensuite ?

— Je n'ai aucune idée pourquoi je m'en suis souvenu à ce moment-là, mais j'étais en colère aussi. Il semblait déconcerté par ce que j'avais fait, sa main tremblait quand il s'est penché pour ramasser le couteau, et à ce moment-là j'étais debout. C'est alors qu'il s'est enfui, directement par la porte d'entrée.

Jan arrêta d'écrire, son stylo suspendu au-dessus de son carnet.

— Aucun de vos voisins n'a signalé avoir vu quelqu'un partir.

— Il portait des vêtements de couleur sombre et, croyez-moi, il n'a pas traîné. Je suis sorti en courant après lui mais le temps que j'arrive au bout du chemin, il avait déjà disparu au coin de la rue. C'est à ce moment-là que je suis rentré et que j'ai appelé la police.

— Est-ce que vous avez entendu un moteur de voiture, ou quelque chose de ce genre ?

— Non, je ne m'en souviens pas. Je ne crois pas.

— Est-ce que votre agresseur a dit quelque chose ?

— Non.

— Qu'en est-il de signes distinctifs ?

Il secoua la tête.

— Il portait un masque, une de ces trucs noires en laine avec des trous pour les yeux.

— Une cagoule ?

— C'est ça. Et des gants. Comme ceux qu'on voit à la télé lors des crimes.

Il sentit ses joues rougir.

— Enfin, je suppose que vous en portez aussi.

Turpin s'agita sur son siège, et Robert réalisa que le plastique dur était probablement inconfortable. Le détective abandonna et se leva pour aller vers la fenêtre qui donnait sur l'un des deux parkings de l'hôpital. Il se retourna et s'appuya contre le rebord.

— Est-ce que vous connaissiez Seamus Carter ou Philip Baxter ?

— Pas personnellement. Je les ai rencontrés lors de quelques événements au fil des années, des réunions au diocèse, ce genre de choses.

— Vous aviez reçu des menaces avant d'être attaqué ?

— Non, rien du tout.

— Rien par courrier, pas d'appels téléphoniques qui vous auraient inquiété ?

— Non.

Robert observa le détective qui détournait le regard, l'air préoccupé, et il comprit que malgré tout ce qu'il avait lu dans les journaux locaux et vu à la télévision, la police n'avait aucune idée de pourquoi deux hommes avaient été assassinés et lui-même attaqué.

Et tandis qu'ils lui disaient au revoir et lui souhaitaient un prompt rétablissement, ses pensées revinrent aux secrets qu'il gardait, et son cœur se serra de solitude.

Car il n'y avait personne à qui il pouvait parler, personne

à qui il pouvait se confier et, même s'il y avait quelqu'un, il ne le ferait pas.

CHAPITRE 37

Mark jeta les clés de voiture sur le bureau et les observa avec indifférence rebondir sur la surface vernie avant de glisser sur la moquette.

Jan poussa un soupir en s'enfonçant dans son siège et leurs regards se croisèrent par-dessus leurs écrans d'ordinateur.

Ses pensées faisaient écho à sa frustration, mais il garda le silence et s'occupa plutôt à parcourir les messages vocaux laissés sur son téléphone de bureau par des personnes qui n'avaient pas encore obtenu son numéro de portable. Il se demanda combien de temps durerait ce répit temporaire.

Reposant le combiné après avoir griffonné les dernières notes et supprimé le dernier message, il leva les yeux au son de son nom pour voir Jan qui agitait son téléphone dans sa direction.

— Qu'est-ce qu'il y a ?

— C'est Tom, à l'accueil. Il dit qu'il a quelqu'un en bas, un homme, qui veut nous parler de Seamus Carter.

Apparemment, il est très agité et il refuse de parler aux agents en uniforme. Il est là depuis neuf heures.

Mark consulta sa montre.

— Trois heures ? Ok, dis à Tom qu'on arrive tout de suite.

Jan murmura dans son téléphone pendant qu'il enfilait sa veste et ajustait sa cravate, puis elle lui fit un signe de tête en rassemblant son carnet et son stylo.

— Selon Tom, ce type a l'air sincère, je ne pense pas qu'il cherche à se faire remarquer.

— Dieu merci.

Mark s'attendait exactement à ça. D'après son expérience, il y avait souvent des personnes qui cherchaient à parler à la police simplement pour pouvoir dire à leurs amis et à leur famille – généralement via les réseaux sociaux – qu'elles étaient « témoins » dans une enquête pour meurtre très médiatisée, et cela l'irritait.

Il résista à l'envie de croiser les doigts et il suivit Jan hors du bureau.

Lorsqu'ils entrèrent dans l'accueil du commissariat, Tom les attendait et désigna du bout de son stylo une silhouette solitaire assise sur une chaise en plastique près des portes vitrées.

— Il s'appelle Simon Parkes. J'ai réservé la salle d'interrogatoire numéro six pour vous pendant la prochaine heure si vous en avez besoin.

— Merci.

Mark enfonça ses mains dans ses poches et observa Parkes un moment.

L'homme était assis, les coudes sur les genoux, la tête détournée du bureau. Il n'avait même pas jeté un regard au son des voix et il semblait perdu dans ses pensées, à observer la circulation qui passait au-delà des vitres.

Il avait posé une veste cirée sur le siège à côté de lui, le tissu vert décoloré et éraflé. Ses chaussures étaient dans un état similaire, robustes mais bien usées.

Mark tapota le bras de Jan et lui fit un signe de tête.

Parkes se tourna enfin vers eux, se redressant par la même occasion, et Mark fut surpris par ses yeux cernés de rouge. Malgré cela, il remarqua la ressemblance avec l'homme décrit par le Père Templeton et le portrait-robot qui en avait résulté.

L'homme se leva à leur approche.

— Vous êtes détectives ?

— C'est exact.

Mark présenta Jan puis lui-même.

— Notre collègue nous a informés que vous attendez depuis un certain temps pour nous parler. Je peux vous demander pourquoi vous n'avez pas jugé approprié de parler à l'un de nos collègues en uniforme ?

Parkes se pencha pour ramasser sa veste et la plia sur son bras gauche avant de répondre. Quand il le fit, sa voix tremblait.

— J'avais besoin de parler à quelqu'un qui m'écouterait.

— Nos agents sont des intervieweurs hautement qualifiés—

Un sourire triste déforma la lèvre de Parkes.

— J'avais besoin de parler à quelqu'un directement impliqué dans l'enquête.

— Le Sergent Wilcox a dit que vous connaissiez Seamus Carter. C'est vrai ?

— En effet.

— Bien, monsieur Parkes. De quoi souhaitez-vous nous parler ?

— De Seamus, bien sûr. C'est entièrement ma faute, voyez-vous.

Mark aperçut l'expression choquée de Jan, puis il tendit la main pour guider Parkes vers le couloir qui menait aux salles d'interrogatoire, les lèvres serrées.

— Arrêtez de parler maintenant. Venez par ici.

Il les conduisit devant les salles d'interrogatoire un et deux, sa connaissance géographique des lieux n'étant pas encore tout à fait en phase avec la façon dont les portes avaient été numérotées. Finalement, il trouva celle que Tom avait réservée pour eux.

Mark tint la porte ouverte et attendit que Parkes se faufile pour entrer, puis il le regarda prendre place face à la sortie, sa place préférée.

Il se demanda si cette manœuvre était due à l'habitude ou si elle était délibérée, puis il chassa cette pensée et se reprocha sa paranoïa.

Parkes était venu à eux, n'est-ce pas ? Et à la façon dont il tripotait un morceau de peau détaché sur son pouce gauche, il n'avait pas hâte d'avoir cette discussion. Ce n'était pas l'attitude d'un homme qui cherchait à se protéger.

Mark s'installa dans le siège face à Parkes tandis que Jan tournait une page vierge de son carnet, avant d'appuyer sur le bouton de l'équipement d'enregistrement à sa droite et de lire l'avertissement formel pour un interrogatoire de témoin.

Cela fait, Mark se pencha en avant et essaya de garder ses traits aussi ouverts que possible, afin d'encourager la confiance de son interlocuteur.

— Qu'est-ce que vous vouliez nous dire à propos de Seamus ? demanda-t-il. Et pourquoi est-ce « entièrement votre faute » ?

Parkes laissa échapper un souffle tremblant et passa une main sur son visage.

— Je n'ai tué personne, d'accord ? Je voulais juste vous parler.

— Je vous écoute.

Mark joignit ses mains et attendit, se demandant s'il avait fait une erreur et si Parkes serait simplement un autre résident local à la recherche d'informations.

Parkes s'éclaircit la gorge et s'agita sur sa chaise. Ses yeux se baissèrent vers la surface ébréchée de la table.

— J'espérais parler à Seamus. C'est pour ça que je suis venu ici. Je pensais qu'il pourrait m'aider après tout ce temps.

— Vous aider de quelle manière ?

— À parler.

Parkes soupira et se pencha en arrière.

— Et au lieu de ça, j'ai conduit son meurtrier directement à sa porte.

Mark fronça les sourcils.

— Vous allez devoir nous donner une meilleure explication que celle-là, monsieur Parkes. Comment est-ce que vous connaissiez Seamus Carter ?

— J'avais environ treize ans quand je l'ai rencontré pour la première fois. Il venait juste de rejoindre le diocèse, je ne suis pas sûr où il était avant ça. Il faudrait demander à ses supérieurs, je suppose. Mais il semblait assez amical, juste un peu intimidé par le travail.

— Attendez. De quel endroit parlez-vous ?

— Bristol.

Mark ignora le battement dans sa poitrine.

— C'était quand ?

— Trois ans avant que tout arrive.

— Avant que quoi arrive ?

Parkes s'agita sur sa chaise, puis il croisa les bras sur sa poitrine et il examina attentivement le carnet dans la main de Jan.

— Il savait que nous étions victimes d'abus, et il n'a rien dit.

Mark lui laissa quelques secondes, puis il se pencha en avant.

— Est-ce que vous pourriez commencer par le début, monsieur Parkes ? Prenez votre temps.

Le regard de l'homme croisa le sien.

— Il y avait un garçon. Jeremy Wallace. Une rumeur circulait quelques années après mon entrée dans la chorale. C'était une tradition dans ma famille, vous voyez ? Tous les garçons étaient envoyés à la chorale. J'étais l'aîné, donc mes deux frères n'ont rejoint qu'après. Je ne sais pas... je me souviens être arrivé le premier jour et avoir pensé que le maître de chœur, le Père Hennessy était... comment dire ? ...intense. C'est ça. Intense. Il nous surveillait comme un faucon. Des yeux perçants. Et c'était un grand gaillard. Grand, mais aussi musclé, je crois. Il donnait les cours d'éducation physique pour le club de jeunes.

Parkes frissonna, un spasme incontrôlable qui secoua tout son corps.

— Je n'ose pas imaginer ce qu'il leur a fait à *eux*.

— Qu'est-il arrivé au prêtre, le Père Hennessy ? demanda Mark.

— Sa chance a fini par tourner. Il s'est fait prendre et a été emprisonné quelques mois après la mort de Jeremy.

— Nous avons appris en début de semaine que Jeremy Wallace s'était suicidé, probablement à cause des abus qu'il subissait.

— C'est exact.

— Et nous comprenons que rien n'a été fait pour aider Jeremy.

— Ils sont tous restés silencieux. Moi et quelques autres garçons avons essayé de parler. Certains d'entre nous ont même utilisé la confession pour tenter de donner l'alerte, mais tous les prêtres à qui nous avons parlé sont restés muets. Ils n'ont jamais rien signalé. Puis environ neuf mois après la mort de Jeremy, Hennessy a commis l'erreur de choisir un garçon dont l'oncle était dans la police. Bien sûr, tout est alors devenu un exercice de sauvetage de réputation au sein de la paroisse.

— Qu'est-ce que vous voulez dire ?

— Le diocèse a utilisé l'enquête policière comme prétexte pour étouffer tout le reste. Ils n'ont jamais parlé à la police des autres garçons qui avaient été abusés. Pour les officiers chargés de l'enquête, Hennessy n'avait abusé que du neveu du policier et de Jeremy Wallace.

Jan se pencha en avant.

— Monsieur Parkes, quand nous avons parlé au diocèse, ils n'ont fourni aucune information concernant la présence du Père Hennessy chez eux.

Il lui lança un regard méprisant.

— Évidemment qu'ils ne l'ont pas fait. Il a été excommunié avant que son affaire ne passe devant le tribunal. Ils s'en sont lavé les mains et ils ont tourné la page.

— Comment se fait-il que vous ayez attendu jusqu'à maintenant pour demander à Seamus de parler des abus s'il était au courant depuis toutes ces années ? demanda Mark.

— Parce que la peine de Hennessy a été réduite en appel le mois dernier. À moins que quelqu'un de l'Église ne parle des abus pour lesquels il n'a pas été condamné à l'époque, il sera libre d'ici quelques semaines. Ils ont réduit sa peine pour bonne conduite. *Bonne conduite.*

La voix de l'homme tremblait.

— Seamus était la seule personne à qui je pouvais penser et qui pourrait m'aider. Il était au courant des abus originaux, mais il n'a rien dit à l'époque. Maintenant Hennessy va être libéré de prison, et il recommencera, je vous le garantis. Un monstre comme lui n'arrêtera pas. Pas après avoir été enfermé si longtemps.

— Est-ce que vous avez parlé avec Seamus Carter ?

— Au final, oui. Je suis allé à l'église il y a quelques semaines. Il n'avait pas l'air content de me voir, mais il ne pouvait pas refuser ma demande d'entendre ma confession. C'est là que je lui ai demandé à nouveau de nous aider. Il a marmonné quelque chose, puis il m'a donné ma pénitence. C'est tout. Je suis parti après ça. Quand je n'ai pas eu de nouvelles après quelques jours, j'ai laissé un message sur son répondeur, mais il ne m'a jamais rappelé. Il m'a simplement ignoré. Encore une fois.

— Monsieur Parkes, est-ce que vous connaissiez un prêtre nommé Philip Baxter ?

L'homme hocha la tête.

— Oui. J'ai essayé de le contacter aussi. Il est mort, n'est-ce pas ? Je l'ai vu aux informations.

— Comment le connaissiez-vous ?

Parkes se pencha en avant, baissant sa voix jusqu'au murmure.

— Il savait. Il était là. Quand tout s'est passé. J'étais plus âgé que le garçon qui subissait les abus, mais je voyais bien comment Hennessy me regardait. Je savais que je serais le prochain. J'avais déménagé de Cardiff avec mes parents dans la région environ six mois avant. Dès qu'il se serait lassé de

Jeremy, il s'en prendrait à moi parce que j'étais nouveau. Et je savais que mes parents ne me croiraient pas non plus. J'ai essayé d'en parler à Baxter après l'entraînement un soir. J'ai failli lui rentrer dedans en essayant de sortir de là avant que Hennessy n'ait une chance de me trouver seul. Je lui ai dit ce qui se passait, et il m'a dit qu'il allait s'en occuper, mais il n'a rien fait. Absolument rien. Jeremy est mort, et tout le monde s'en fichait. Aucun d'entre eux ne se souciait de nous.

Mark jeta un coup d'œil à Jan, puis il se retourna vers Parkes.

— Nous allons avoir besoin d'une liste de toutes les personnes à qui vous avez parlé de Seamus Carter, mais d'abord, où étiez-vous les soirs de sa mort et de celle de Philip Baxter ?

CHAPITRE 38

L'inspecteur principal Kennedy faisait les cent pas devant le tableau blanc pendant que Jan et Turpin informaient le reste de l'équipe de leur entretien avec Simon Parkes, puis il commença le briefing organisé à la hâte quand ils prirent place.

— Donc, grâce à M. Parkes, nous avons enfin un mobile pour notre tueur, dit-il en se tournant vers les photographies et la chronologie qui avaient été élaborées ces derniers jours. Vous aviez raison, Jan, il semble que ces hommes soient ciblés pour avoir gardé le silence sur les abus systématiques qui avaient lieu dans la paroisse au nord de Bristol.

Il secoua la tête et fit face à l'équipe une nouvelle fois.

— C'est une avancée, mais nous avons encore un long chemin à parcourir. Je veux que cette liste de noms de Parkes soit répartie entre vous. Retrouvez chacun d'entre eux, organisez des entretiens via les équipes locales d'Avon et Somerset quand vous n'êtes pas satisfaits d'un appel téléphonique et vérifiez leurs déplacements les jours des morts de Carter et Baxter, ainsi que lors de l'attaque contre Robert Argyle.

Jan griffonna une note pour elle-même et elle se pencha vers Caroline alors que la jeune détective lui agitait une page de la base de données HOLMES2.

— Qu'est-ce qui se passe, vous deux ? demanda Kennedy.

— Chef, nous devons encore déterminer si le tueur a une quatrième victime en tête, selon la théorie de Jan, dit Caroline.

— Quand nous avons parlé avec Parkes, nous lui avons demandé s'il savait qui pourrait être la quatrième cible, dit Jan. Il n'en a aucune idée.

— Aucun des noms sur la liste qu'il nous a donnée ne correspond à des personnes connues dans la base de données à ce jour, ajouta Turpin. Donc, pour l'instant, notre potentielle quatrième victime reste inconnue.

— Et nous n'avons aucun moyen de les prévenir que leur vie pourrait être en danger.

Kennedy jura à voix basse et tira sur sa cravate avant de la jeter sur un bureau à proximité.

— Bon, qu'en est-il du diocèse ? Jan, vous avez la liste des vicaires et des prêtres de l'époque de Seamus ?

— Ils ne l'ont pas encore envoyée, chef.

— Vous pensez qu'ils temporisent pour se protéger ?

Elle haussa les épaules.

— Peut-être. Mais il se pourrait aussi que beaucoup de leurs dossiers soient tenus manuellement et pas dans un emplacement central, ce qui causerait le retard.

— Recontactez-les après ce briefing et relancez-les. Dites-leur que nous pensons que la vie de quelqu'un est en danger et qu'il est impératif que nous ayons cette information aujourd'hui, même si c'est une liste incomplète. Au moins, ça nous donnera quelque chose pour commencer. Une fois que vous l'aurez, vérifiez-la par rapport à quiconque aurait pu déménager de Bristol vers cette région. Au moins, nous pourrions réduire notre champ d'action de cette façon.

— Oui, chef.

— Que savons-nous sur George Hennessy, ce prêtre excommunié qui attend une audience de libération conditionnelle ?

— Emprisonné après qu'un garçon qu'il avait abusé l'a signalé à son père. Pour une fois, l'affaire a été prise au sérieux, contrairement aux accusations que Jeremy Wallace aurait faites à l'époque, dit Turpin. Le gamin avait aussi des preuves, ce qui a probablement aidé à convaincre les parents. Il a pris un dictaphone portable que son père gardait dans le bureau chez eux et il a enregistré ce qu'on lui faisait, y compris les menaces dirigées contre son petit frère s'il ne se taisait pas.

— Donc, cela a forcé la main du diocèse, dit Kennedy.

— La police s'est présentée chez Hennessy ce soir-là, reprit Turpin. La première fois que l'évêque a entendu parler de cette dernière plainte, c'est quand il a reçu un appel téléphonique du prêtre pour demander une représentation juridique.

— Et les autres prêtres du diocèse ? demanda Caroline. Ceux comme Seamus Carter qui sont restés silencieux alors qu'ils savaient ?

Jan secoua la tête.

— Nous avons examiné les transcriptions des entretiens de l'époque. Il n'y avait pas assez de preuves pour les inculper, d'autant plus que l'Église a fait bloc quand il a été établi que certains des garçons n'avaient mentionné les abus que lors de la confession. La police d'Avon et Somerset s'est heurtée à un mur de silence, ils n'avaient rien sur quoi travailler.

— C'est pour ça que notre tueur pourrait avoir décidé de prendre l'affaire en main, ajouta Turpin.

— Très bien, dit Kennedy. Alex, contactez la prison et renseignez-vous sur les visiteurs que ce prêtre excommunié a eus au fil des ans. Découvrez s'il a de la famille, tout ce qui pourrait nous donner une piste.

Un reniflement sonore émana du fond de la salle.

— Je m'en occupe, chef.

— Vous pensez-vous que le tueur aurait pu lui rendre visite ? demanda Jan.

— Peut-être, même si c'est peu probable, répondit Kennedy. Au moins, une fois que nous aurons ces noms, nous pourrons les recouper avec ceux que Parkes nous a fournis.

Il consulta sa montre.

— Bon, on s'arrête là. Vous avez beaucoup à faire. Je sais que vous avez tous travaillé de longues heures sur cette enquête, mais nous avons suffisamment de preuves pour suggérer que notre tueur n'a pas encore terminé. Au travail.

Jan se précipita vers son ordinateur et essaya de ne pas regarder l'heure affichée dans le coin inférieur de l'écran.

Au lieu de cela, elle porta son attention aux noms qui lui avaient été attribués, elle prit son téléphone et elle inspira profondément.

Quelqu'un, quelque part, pourrait certainement leur donner la percée dont ils avaient si désespérément besoin, n'est-ce pas ?

CHAPITRE 39

Mark fit un pas en arrière et jura lorsque la machine à café capricieuse cracha les derniers résidus de liquide brun foncé sur ses chaussures.

Il soupira, posa sa tasse sur le comptoir et prit une poignée d'essuie-tout d'un rouleau laissé à la verticale à côté de la machine incriminée par sa dernière victime, puis il nettoya le désordre.

Alors qu'il jetait les déchets dans la poubelle, ses yeux se posèrent sur l'horloge au-dessus de la porte de la cuisinette et il fronça les sourcils, réalisant avec stupeur qu'il était presque dix-neuf heures trente. Il avait été tellement absorbé par la lecture des entrées de la base de données concernant l'enquête en cours qu'il avait perdu la notion du temps.

Son estomac gronda en signe de protestation.

Jan était partie près de deux heures auparavant, à cause d'une réunion parents-professeurs qu'elle ne pouvait pas manquer. En atteignant son bureau, il se pencha et prit une poignée de biscuits dans sa réserve, se promettant de lui acheter un paquet de remplacement tout en regrettant le régime qu'il essayait de maintenir.

Il avait le sentiment que ce serait tout ce qu'il mangerait ce soir.

Affalé dans son fauteuil avec un soupir, il lança un regard noir à l'écran d'ordinateur et il prit une gorgée de café. Il grimaça lorsque la saveur amère aigrit ses papilles, puis il enfourna la moitié d'un biscuit dans sa bouche et se pencha plus près alors que sa main déplaçait la souris à travers les liens des fichiers.

S'il était honnête, il ne savait pas vraiment ce qu'il cherchait.

Il savait qu'il ne voulait pas retourner au bateau tout de suite. Hamish se débrouillerait pour obtenir un souper d'un voisin s'il avait faim, et Mark n'arrivait pas à se débarrasser d'une sensation troublante qui le tracassait depuis leur conversation avec Robert Argyle.

Le menton dans la main, ses yeux parcouraient les images de la première scène de crime qui avaient été téléchargées dans la base de données HOLMES2 par l'un des membres du personnel administratif plus tôt dans l'enquête. Sa lèvre supérieure se retroussa en observant la scène macabre, les photographies défilant l'une après l'autre, pour mettre en évidence différents angles du visage et du cou mutilés de Seamus Carter.

Il tendit une main vers son café et cliqua de l'autre sur sa souris pour passer à la séquence d'images suivante.

Sa main se figea au-dessus de la boisson fumante alors que son cœur manquait un battement.

— Qu'est-ce que c'est que ce b...

Son café oublié, Mark se rapprocha sur sa chaise et scruta

l'écran de plus près, tandis que ses yeux cherchaient les commandes pour agrandir l'image.

Cela fait, il fallut encore une seconde à son cerveau pour réagir à ce qui se trouvait devant lui.

Il vérifia la date dans le coin supérieur droit du nom de fichier, puis il revint à l'image précédente qu'il avait vue.

La première photographie était celle de Seamus Carter prise sur la scène du crime, un gros plan de sa mâchoire montrant les dégâts causés par son tueur.

La seconde était une photographie prise par Clive Moore après que Gillian Appleworth avait terminé l'autopsie de Philip Baxter et qu'il avait lavé le corps avant que les dispositions finales ne soient prises pour les funérailles du prêtre.

Clive avait capturé le même angle que le photographe de la police scientifique avec le visage de Seamus Carter, même si Mark soupçonnait que c'était plus par chance que par intention.

Ce que cela montrait lui fit courir un frisson le long des épaules avant qu'il ne se mette en action.

Il commença à chercher parmi les entrées de la base de données HOLMES2, maudissant son incapacité à se souvenir des numéros de téléphone tandis que ses yeux parcouraient les titres des différents fichiers qui avaient été téléchargés. Il se força désespérément à ralentir pour ne pas négliger celui qu'il cherchait.

Après ce qui sembla une éternité et plusieurs tentatives pour s'habituer à la façon dont ses nouveaux collègues de la police de la vallée de la Tamise classaient leurs documents dans la base de données, il trouva ce qu'il cherchait et composa le numéro tout en faisant les cent pas sur la moquette.

— Ici Gillian Appleworth—

— Gillian, ne raccroche pas. C'est Mark Turpin—

— Je ne peux pas répondre pour le moment, mais si vous laissez un message, je vous rappellerai dès que possible.

— Merde.

Mark mit fin à l'appel et jeta son téléphone portable sur son bureau, avant de passer une main sur sa bouche tandis que ses yeux se posaient à nouveau sur les images à l'écran.

Il savait qu'il avait raison.

Ils étaient tous passés à côté – lui y compris. Mais c'était là, à le fixer, et l'objectif du photographe avait capturé ce détail infime.

C'était souvent le pur hasard qui séparait une équipe d'enquêteurs d'une percée, et son instinct lui disait qu'il tenait quelque chose.

Une idée lui traversa l'esprit, et il agita son doigt en l'air tout en se jetant dans son fauteuil.

Il se lança sur son clavier, ouvrit un moteur de recherche et tapa une chaîne de mots-clés.

Il devait bien y avoir un autre médecin légiste du quartier général à proximité qu'il pourrait consulter, non ?

Une page de résultats s'anima à l'écran, et il cliqua sur le deuxième lien, croisant mentalement les doigts tout en lâchant une série de jurons.

Seulement sept médecins légistes couvraient une zone qui englobait tout le Grand Londres, le Sud-Est et les West Midlands – et aucun d'entre eux ne se trouvait à moins de deux heures de route de l'endroit où il était assis.

Il repoussa sa chaise, pesa ses options, puis il expira et saisit ses clés de voiture.

— C'est tout l'un ou tout l'autre, marmonna-t-il avant de se précipiter vers la porte en courant.

CHAPITRE 40

Mark serra le frein à main et fixa à travers le pare-brise la maison géorgienne qui se dressait devant lui.

Une rafale de vent secoua la voiture et il retira les clés du contact avant de pousser la portière pour l'ouvrir.

Malgré la bonne réputation du village où vivaient Gillian et son mari, il ne prenait aucun risque avec la voiture de service. Il appuya donc sur la clé pour verrouiller les portières et il serra les bras contre son torse en courant vers la porte d'entrée.

D'épais rideaux couvraient les fenêtres à l'avant de la propriété, mais des filets de lumière s'échappaient à travers les vitres à gauche de l'allée pavée du jardin.

Comme pour la plupart des maisons de cette époque, l'ancienne ferme convertie disposait d'un porche qui saillait de la porte d'entrée et Mark s'y abrita de l'orage de fin de printemps en attendant qu'on réponde à la sonnette.

Un mouvement attira son attention, le bruit d'un pas traînant sur le parquet qu'il savait couvrir le couloir derrière la porte en chêne, et il s'éclaircit la gorge par anticipation tout en redressant sa cravate.

Il plissa les yeux lorsque la lumière au-dessus de sa tête s'alluma, puis la porte s'ouvrit – pas beaucoup, juste assez pour qu'Alistair, le mari de Gillian, puisse jeter un coup d'œil, le front plissé.

— Mark ? Qu'est-ce que tu fais ici ?

— Désolé, Alistair. J'ai essayé de téléphoner avant, mais—

— Qu'est-ce que tu veux ? Tout va bien ?

— Oui, oui, tout va bien. Je me demandais si je pouvais dire un mot à Gillian ?

— Nous sommes sur le point de passer à table.

— C'est urgent.

— C'est un peu inattendu.

Mark força un sourire alors que sa patience commençait à diminuer.

— C'est généralement le cas avec une enquête pour meurtre.

Les épaules d'Alistair s'affaissèrent.

— Je vois. Tu ferais mieux d'entrer.

Mark franchit le seuil, ses sens immédiatement concentrés sur l'arôme d'un curry thaï tandis que son estomac grondait. Les souvenirs de la fameuse recette de Gillian chatouillèrent ses papilles, et il avala sa salive pour faire disparaître cette sensation.

— Attends ici. Je vais la chercher.

— Merci, Alistair.

Il réprima la déception qui montait dans sa poitrine tandis que l'homme disparaissait le long du couloir en direction de la cuisine. Avant l'attaque à Swindon, avant sa rupture avec Debbie, il aurait été accueilli dans la maison des Appleworth avec enthousiasme, mais il semblait que l'antipathie de Gillian à son égard avait déteint sur son mari, désormais réticent à partager son domicile avec son ex-beau-frère.

Il se détourna de la silhouette qui s'éloignait et il se concentra sur les aquarelles qui ornaient le hall d'entrée et l'escalier.

En s'approchant, il reconnut la touche légère du pinceau de Gillian – elle et Debbie partageaient le même talent pour la peinture, Debbie préférant les coups de pinceau audacieux de l'huile à l'aquarelle.

— Qu'est-ce que tu fais ici ?

Il fit volte-face au son de la voix de Gillian.

La médecin légiste s'essuyait les mains avec un torchon tout en s'avançant vers lui, son visage déformé par une colère mal dissimulée.

D'instinct, il leva les mains.

— Je veux seulement cinq minutes de ton temps.

— Ça ne pouvait pas attendre demain matin ?

Il sentit les dernières bribes de sa patience s'évaporer.

— Si, mais étant donné que ce que j'ai découvert pourrait avoir un impact négatif sur ta future carrière et ta réputation, j'ai pensé qu'il valait mieux avoir cette conversation en privé.

Elle s'arrêta net.

— Qu'est-ce que tu viens de dire ?

— Tu m'as bien entendu. Alors, est-ce qu'on peut parler comme des personnes civilisées ou tu préfères attendre d'avoir des nouvelles de ton chef après que mon inspecteur principal l'aura appelé demain matin avec une plainte officielle ?

Elle jeta le torchon sur la rampe d'escalier et le fusilla du regard, sa mâchoire contractée. Après un moment, elle prit une profonde inspiration et fit un geste vers le fond de la maison.

— Viens dans mon bureau.

— Merci.

— J'espère que ça en vaut la peine, dit-elle en le frôlant.

Mark la suivit en réprimant sa colère grandissante. Il devait rester professionnel, garder son calme pour obtenir l'adhésion de Gillian à sa théorie. Malgré leurs différends, il respectait toujours son intelligence, et c'était à celle-ci qu'il savait devoir faire appel.

Gillian tendit automatiquement la main vers un interrupteur sur la gauche en poussant la porte, et une série de spots éclaira son espace de travail. Elle lui indiqua l'une des deux chaises à côté d'un bureau bien utilisé jonché de paperasse, puis elle se retourna et s'appuya contre la surface en teck pour l'examiner.

— Ce curry sera prêt dans quinze minutes, alors commence à parler.

En réponse, Mark plongea la main à l'intérieur de sa veste et en sortit les documents qu'il avait apportés de la salle des opérations, puis il lui tendit les photographies.

Elle haussa un sourcil en les prenant, et son front se plissa davantage tandis qu'elle parcourait les images.

— Ce sont celles que j'ai envoyées à l'inspecteur principal Kennedy avec mon rapport sur les deux prêtres assassinés. Je suppose que les autres ont été prises par l'équipe de Jasper ?

— C'est exact.

— Où est-ce que tu veux en venir ? demanda-t-elle en les lui tendant brusquement.

Il ignora les photographies et observa son visage.

— Ton rapport a omis quelque chose.

— Quoi ?

— Regarde encore. Dis-moi ce que tu vois.

Elle souffla en réponse, mais, à son honneur, elle examina les images une fois de plus. Lorsque la dernière photographie passa entre ses doigts, elle secoua la tête et leva les yeux vers lui.

— Rien que je n'aie déjà vu.

Il se leva de son siège, tendit le bras derrière elle et saisit une loupe sur son bureau, un objet qu'elle avait hérité de son père, il le savait.

— Utilise ceci.

— C'est une sorte de jeu, Mark ? Parce que je n'ai vraiment pas le temps. Je—

—Tais-toi et regarde encore. Avec ceci.

Un éclair de colère passa dans ses yeux lorsqu'elle lui arracha la loupe des mains.

Une, deux, trois photographies passèrent entre ses mains tandis qu'elle scrutait les détails, son regard exercé parcourant les images des deux prêtres décédés dont elle avait pratiqué les autopsies à quelques jours d'intervalle.

Il ne lui en voulait pas – il ne lui en voudrait pas – pour son incrédulité, mais il désirait qu'elle reconnaisse qu'il avait raison, et qu'elle accepte de l'aider.

Il retint son souffle et attendit.

La peau sous son œil droit tressaillit, et il relâcha une partie de la tension qui l'avait maintenu en haleine.

— Oh mon Dieu.

Sa tête se releva brusquement, son regard envahi de confusion.

— Tu le vois ?

En réponse, elle traversa la pièce jusqu'à une vieille table de salle à manger qui lui servait d'espace de travail, elle écarta d'un geste une série de rapports, et étala les photographies sur la surface. Elle appuya ses mains sur la table et elle jeta un regard par-dessus son épaule.

— Viens par ici.

Mark se leva de sa chaise et la rejoignit.

— Tu en penses quoi ?

— Je... je ne sais pas quoi dire.

Sa voix tremblait.

— Comment est-ce que j'ai pu passer à côté de ça ?

Une vague de pitié l'envahit, et il soupira.

— Tu es surmenée, en sous-effectif et sous pression.

— Ne cherche pas d'excuses pour moi, Mark.

Elle passa une main dans ses cheveux, renversa sa tête en arrière et cligna des yeux.

— D'accord. Qu'est-ce que tu as en tête ? Tu veux ma démission ?

— Quoi ?

Ses yeux rencontrèrent les siens, un regard d'acier qui ne vacillait pas.

— C'est pour ça que tu es là ? Pour m'annoncer la mauvaise nouvelle en personne ?

— Pour qui est-ce que tu me prends, Gillian ?

Mark se détourna et fit un geste vers les photographies, sa voix s'adoucissant.

— C'est la dernière chose que je ferais. Non, j'ai besoin de ton aide. Cette marque sur leurs joues, elle est minuscule, n'est-ce pas ? Une idée de ce qui aurait pu la faire ?

Gillian prit un gros plan du visage de Seamus Carter et passa son pouce sur la joue de l'homme.

— Quand j'ai vu ça sur notre première victime, j'ai pensé qu'il s'était simplement égratigné la peau avec un ongle irrégulier, ou qu'il s'était coupé en se rasant. C'est subtil comparé aux ecchymoses et aux égratignures que nous avons attribuées à son meurtre, tu vois ?

— C'est pour ça que ça ne t'a pas vraiment inquiétée ?

Elle avala sa salive, puis hocha la tête.

— Oui. Ça ne correspondait pas à ses autres blessures parce que ce n'est pas profond. Cette marque rouge n'est pas aussi enfoncée dans la peau, ce qui m'a amenée à croire que ça n'avait rien à voir avec l'agression.

Elle reposa la photographie tandis que Mark sélectionnait une image prise sous un angle similaire du visage de Philip Baxter. Alors qu'il la tenait en l'air, elle se tordait les mains.

— Merde, Mark. C'est grave. C'est vraiment grave. Je pourrais tout perdre à cause de ça.

Mark s'arrêta, la photographie à la main. C'était la première fois qu'il entendait Gillian avoir l'air effrayée.

Elle fixait les autres images éparpillées sur la table, son expression vide, son visage pâle sous l'éclairage artificiel.

— Gill ? Je pensais ce que j'ai dit. Je ne vais le dire à personne. Je veux juste arrêter la personne qui fait ça, d'accord ?

— Tout va bien là-dedans ?

Mark sursauta en entendant la voix d'Alistair, et ils se tournèrent tous les deux lorsque la porte s'ouvrit.

Alistair passa la tête par l'entrebâillement et s'éclaircit la gorge.

— Qu'est-ce que tu veux faire pour le dîner, Gill ? Tu as besoin que je fasse quelque chose ?

Mark retint son souffle pendant la pause qui suivit, puis Gillian parla.

— Retire la casserole du feu, chéri. Remue de temps en temps pour que ça n'accroche pas. Je pourrai le réchauffer quand on aura fini ici. Je vais faire du riz frais. Les chiens pourront manger le riz trop cuit pour leur petit-déjeuner demain.

— Ah. Ok. Je m'en occupe.

Ses yeux croisèrent ceux de Mark tandis qu'Alistair se retirait, et elle retrouva son sang-froid.

— Bon. On en était où ?

Il ne dit rien et continua à fixer ses mains.

— Mark ?

Mark leva la photographie à hauteur de ses yeux, puis il regarda à nouveau les mains de la médecin légiste.

— Est-ce que tu retires tes bagues quand tu travailles, Gill ?

— Quoi ?

Elle baissa les yeux et écarta les doigts.

— Bien sûr. La pierre de ma bague de fiançailles a tendance à accrocher les gants sinon, et je ne peux pas risquer qu'ils se déchirent. Je... oh.

Mark saisit sa main et passa son pouce sur la pierre.

— Est-ce qu'elle tourne facilement sur ton doigt ?

— Oui.

Elle fit tourner la bague et retourna sa paume vers le haut.

Il leva sa main pour qu'elle repose contre sa joue, et il pressa la pierre contre sa propre peau aussi fort qu'il le pouvait.

Quand il relâcha Gillian, ses sourcils se haussèrent en signe de compréhension.

— Ce n'est pas un homme qui les tue, n'est-ce pas ? dit-elle. C'est une femme. Même en portant des gants, la bague qu'elle portait a percé leur peau. Mais, même si j'avais gardé mes bagues, je l'aurais remarqué. Je n'aurais pas fait la même erreur deux fois.

— Ce n'est pas une erreur.

Il fit une pause.

— Ça ressemble à un message.

Mark se déplaça vers la table et il parcourut des yeux la séquence d'images qu'ils avaient disposées tandis que les pièces commençaient à s'assembler.

— Tu peux jeter un autre coup d'œil aux corps demain matin ? Voir si nous avons raison ?

— Bien sûr. Qu'est-ce que tu vas faire ?

— Je vais avoir une autre conversation avec Robert Argyle dès l'ouverture des visites demain matin. Voir s'il se souvient de quelque chose qui pourrait nous aider maintenant que nous savons ce que nous cherchons.

CHAPITRE 41

Jan réprima un sentiment de choc en écoutant Turpin décrire sa conversation avec Gillian Appleworth à l'inspecteur principal Kennedy lors d'une réunion organisée en toute hâte le lendemain matin.

Il avait appelé Jan alors qu'elle fourrait des boîtes à déjeuner dans les mains des jumeaux et tentait de vérifier si Luke avait bien terminé ses devoirs à temps. Elle avait décroché avec un « Quoi ? » exaspéré avant que ses paroles ne la réduisent au silence.

Et maintenant elle était là, son troisième café de la matinée à la main, les jumeaux expédiés à l'école grâce à leur père, à essayer de prendre des notes pendant que son inspecteur débitait son compte rendu à la vitesse d'une mitrailleuse.

Alors qu'auparavant elle avait senti chez lui une réticence à trop exprimer ses opinions dans l'enceinte de la salle des opérations, comme s'il était conscient d'être le nouveau visage de l'équipe, il arpentait maintenant l'espace devant le bureau de Kennedy en gesticulant avec enthousiasme tandis qu'il décrivait ce sur quoi il avait travaillé pendant que les autres dormaient.

Il avait au moins la décence de paraître essoufflé quand il eut terminé, mais que ce soit dû à l'excitation ou au manque d'oxygène, c'était difficile à dire.

Au bout de cinq minutes après que Turpin avait terminé son récit des événements, l'inspecteur principal laissa tomber son stylo sur le bureau, retira ses lunettes et croisa les mains sur les photographies étalées sur le sous-main devant lui.

— Et Gillian est d'accord avec votre évaluation de ces images ?

— Absolument, chef. Elle est actuellement à la morgue en train d'effectuer un examen supplémentaire de nos deux victimes et elle m'a assuré qu'elle téléphonera avec ses conclusions plus tard dans la matinée. Ces résultats devraient corroborer notre théorie.

— Votre théorie, Mark.

Jan aperçut la lueur dans l'œil de Kennedy.

— Très bien, poursuivit l'inspecteur principal.

Il rassembla les photographies et les rendit à Turpin.

— Nous allons mener cette piste en parallèle avec l'enquête actuelle. Je suis d'accord, c'est un angle qui doit être exploré correctement. Nous mettrons le reste de l'équipe au courant lors du briefing de ce matin.

— Merci, chef.

Turpin ouvrit la marche hors du bureau vers la salle des opérations, et Jan attendit qu'ils aient atteint leurs bureaux.

— Qu'a dit Gillian quand vous lui avez parlé hier soir ? demanda-t-elle. Elle ne devait pas être très impressionnée.

Il haussa les épaules et plaça les photographies dans un

dossier avant de le glisser dans un bac à côté de son chargeur de téléphone.

— Plutôt choquée, une fois que j'ai eu l'occasion de m'expliquer.

— Ça a dû vous faire du bien de la remettre à sa place après la façon dont elle s'est comportée avec vous.

Dès que ces mots franchirent ses lèvres, elle sut qu'elle l'avait mal jugé.

La déception assombrit son visage, et il haussa légèrement les épaules, une tristesse émanant de lui.

— Pas du tout, dit-il.

Il attendit qu'elle ait tiré une chaise.

— Elle était horrifiée. Malgré ce qu'elle dit à mon sujet, nous étions proches autrefois. Nous avions l'habitude de rire ensemble.

— Que s'est-il passé ?

— Elle a mal pris le fait que Debbie et moi nous soyons séparés, c'est tout. Mais alors que Debbie a réussi à passer à autre chose, Gillian ne m'a jamais pardonné. C'est une bonne médecin légiste cependant. Elle connaît son métier.

— Alors pourquoi est-ce qu'elle est passée à côté de ça ?

Il détourna le regard.

— Nous faisons tous des erreurs.

Quelque chose dans ses paroles fit comprendre à Jan qu'il n'allait pas partager davantage d'informations avec elle et elle décida de ne pas insister.

Alors qu'elle consultait rapidement ses emails, elle ignora le flot continu de membres de l'équipe qui entraient dans la salle des opérations et elle jeta plutôt un coup d'œil par-dessus les écrans d'ordinateur vers l'endroit où Turpin était assis, le front plissé pendant qu'il travaillait.

Ses joues s'empourprèrent en se rappelant la façon dont Appleworth s'était adressée à lui lors de leur premier jour de travail ensemble sur la scène de crime d'Upper Benham. Elle redressa les épaules et essaya de se concentrer sur ses emails, pas certaine qu'elle aurait été aussi indulgente dans les mêmes circonstances.

Ils avaient cependant une percée potentielle dans leur enquête, une piste qui n'avait pas été envisagée auparavant. Les récriminations concernant les erreurs de Gillian – réelles ou supposées – pourraient attendre.

— Rassemblez-vous.

La voix de Kennedy résonna jusqu'à l'endroit où elle était assise, et Jan saisit son carnet et son stylo avant de rejoindre ses collègues pour le briefing.

Après avoir compilé les mises à jour des détectives dirigeant chaque groupe d'enquêteurs, il fit un geste vers Turpin et il expliqua les raisons de l'angle d'enquête supplémentaire qui allait maintenant être poursuivi.

Un murmure collectif remplit la salle à cette nouvelle, et Jan remarqua quelques regards en coin vers son collègue.

Sans doute quelques autres partageaient son opinion sur la médecin légiste, mais à leur honneur, personne ne fit de plaisanteries et le briefing se termina peu après.

Kennedy fit signe à Turpin d'attendre pendant que les autres membres de l'équipe retournaient à leurs bureaux, et il appela Jan d'un geste.

—Vous y avez probablement déjà pensé, mais est-ce que vous pourriez aller parler à Robert Argyle ce matin tous les deux ? Voir s'il peut se rappeler quelque chose qui pourrait soutenir votre théorie.

— J'ai eu la nette impression qu'il ne nous disait pas tout, dit Turpin.

Jan hocha la tête.

— Je suis d'accord. J'ai passé en revue ses dépositions ce matin et quelque chose ne colle pas dans ce qu'il a dit concernant sa connaissance des deux autres victimes.

— D'accord, dit Kennedy. Tenez-moi au courant de ce que vous découvrirez.

CHAPITRE 42

Mark tendit le bras pour arrêter Jan dans son élan alors qu'ils finissaient de monter les escaliers et entraient dans l'aile de l'hôpital.

— Quoi ?

— Ça vous dérange si je mène cet interrogatoire ?

— Pourquoi ? Qu'est-ce que vous avez en tête ?

Il passa une main sur son crâne, puis l'écarta du chemin d'un aide-soignant qui poussait une femme âgée en fauteuil roulant.

La femme leur sourit au passage, puis Mark baissa la voix.

— C'est un homme qui a l'habitude de vivre seul. Je me demande s'il n'est pas simplement trop gêné pour parler devant une femme.

Jan ouvrit la bouche pour protester, puis la referma.

— Merde, vous avez peut-être raison. Je n'y avais pas pensé. Ok, comment est-ce que vous voulez procéder ?

— On commence ensemble. Si je pense qu'il temporise ou qu'il cache des informations, je vous ferai un signe.

Attendez dehors à ce moment-là et donnez-moi quelques minutes.

— Ça me va.

— Merci.

Il sourit.

— Certains détectives n'aimeraient pas l'idée d'être tenus à l'écart.

— Certains détectives devraient se sortir la tête du cul, alors. Je veux attraper le salaud qui fait ça autant que vous.

— J'aime bien votre façon de travailler, West.

Elle sourit.

— Je vous suis.

Il pivota sur ses talons et se dirigea vers le poste d'infirmières au bout du couloir, puis il sortit sa carte professionnelle et ils se présentèrent à la surveillante du service.

— Encore vous ? dit-elle avec bonne humeur. Juste à temps, d'ailleurs. Les visites se terminent dans une demi-heure.

— Comment va-t-il ? demanda Jan.

— Il guérit bien. Et il est si poli. Si seulement tous nos patients étaient comme lui.

— On peut aller le voir ?

— Bien sûr. Vous savez où il est ?

— Oui, merci, répondit Mark.

— Ne le fatiguez pas trop.

Mark fit un signe de la main par-dessus son épaule et se dirigea vers la chambre d'Argyle.

Un agent en uniforme se leva d'un air endormi à leur approche, et il étira les muscles contractés de son dos avec un sourire contrit.

— Foutues chaises pour visiteurs, dit-il. Ils ne veulent pas qu'on soit trop à l'aise ici, c'est sûr.

— Des problèmes ? demanda Jan.

— Aucun. Un journaliste est venu fouiner hier, mais l'agent McClellan a retiré le nom d'Argyle du tableau blanc à l'accueil des infirmières et de la porte ici hier, donc il n'a pas été dérangé. Le temps qu'on ait fini de parler avec le journaliste, il envisageait déjà une nouvelle carrière.

Il ricana, l'incident ayant visiblement rompu la monotonie de sa mission.

— Pas d'autres visiteurs ? demanda Mark.

— Non. C'est triste, n'est-ce pas ? Je veux dire, ce type passe toute sa vie à s'occuper des autres, et aucun d'eux n'a pris la peine de passer. Il y a eu quelques cartes et des fleurs, mais c'est tout.

Il haussa les épaules.

— Il n'y a même pas eu de visiteurs de son milieu, vous savez, de l'Église.

Mark ne dit rien, mais il se demanda si les collègues d'Argyle l'évitaient par embarras ou par une inquiétude croissante face aux meurtres et une crainte d'exposer un problème plus profond au sein de l'organisation – celui d'un prêtre excommunié sur le point de sortir de prison, et d'un tueur déterminé à exercer sa propre justice contre d'autres membres de l'Église pour leurs années de silence concernant les nombreux abus passés sous silence.

Au lieu de cela, Mark fit signe à l'agent en uniforme de se rasseoir.

— Nous n'en aurons pas pour longtemps. Vous voulez qu'on vous rapporte un café ou autre chose ?

— Non, ça va, merci. Il ne me reste qu'une heure environ avant la relève de toute façon.

Mark frappa à la porte avec ses phalanges, puis il l'ouvrit sans attendre de réponse.

Robert Argyle était assis, adossé contre deux oreillers, ses cheveux fins couleur sable fraîchement lavés mais qui ne parvenaient guère à atténuer les horribles ecchymoses violettes et jaunes qui s'agglutinaient autour de son nez et de sa mâchoire.

Mark s'éclaircit automatiquement la gorge à la vue de la ligne rouge dentelée sur le cou de l'homme, mais il secoua légèrement la tête face au regard interrogateur que Jan lui lança.

Il repoussa ses souvenirs, s'obligeant à se concentrer sur l'entretien à venir tandis qu'il s'approchait du lit et s'installait sur la chaise réservée aux visiteurs.

Jan resta près de la porte, carnet et stylo à la main, tandis que le regard du prêtre passait de l'un à l'autre, de la méfiance dans ses yeux.

— Est-ce qu'il s'est passé quelque chose ? demanda-t-il, la voix tremblante.

— Nous avons des raisons de croire que la vie d'un autre homme est en danger, répondit Mark. Et nous espérons que vous pourrez nous éclairer sur qui cela pourrait être, étant donné votre passé.

— Moi ?

Les yeux injectés de sang d'Argyle s'écarquillèrent.

— De quelle façon ?

— Bristol, dit simplement Mark en tirant une certaine satisfaction de la surprise qui traversa furtivement les traits du prêtre.

Il se rapprocha et s'appuya sur ses coudes posés sur ses genoux pour parler.

— Lors de notre entretien d'hier, vous nous avez dit que

vous ne connaissiez pas très bien Seamus Carter ou Philip Baxter. Vous nous avez donné l'impression que vous les aviez seulement croisés à quelques réceptions officielles au diocèse au fil des ans. Ce n'est pas la vérité, n'est-ce pas ?

Argyle ouvrit la bouche pour parler, puis il serra la mâchoire tandis que son front se plissait. Il secoua la tête et baissa les yeux vers ses mains jointes.

— Vous étiez à Bristol avec Seamus Carter, Philip Baxter, et un prêtre du nom de George Hennessy, dit Mark.

Un frisson secoua les épaules d'Argyle, et il pâlit.

— J'espérais ne plus jamais entendre ce nom, murmura-t-il.

— Il doit sortir de prison le mois prochain, dit Mark.

La tête d'Argyle se redressa brusquement, le souffle coupé.

— Ce n'est pas possible. Il devait rester enfermé pendant des années.

— Apparemment, il s'est très bien comporté, expliqua Mark, incapable de masquer le sarcasme dans sa voix.

— Mais c'est un monstre !

— Et pourtant, aucun d'entre vous ne l'a mentionné à l'époque. Vous vous souvenez d'un garçon du nom de Jeremy Wallace ?

Argyle hocha la tête.

— Et vous vous souvenez de ce qui lui est arrivé ?

— Oui.

— Et encore une fois, aucun d'entre vous ne l'a signalé. En fait, dit Mark en réprimant son dégoût, aucun d'entre vous n'a jugé bon d'agir contre Hennessy jusqu'à ce qu'un jeune garçon ait l'intelligence d'enregistrer ce qui se passait et d'en informer ses parents.

Argyle se mordit la lèvre.

— Je ne pouvais rien dire. La seule fois où l'un d'entre eux me parlait, c'était pendant le sacrement de réconciliation. Jeremy a parlé à Seamus et à Philip aussi, vous savez. Ils n'ont rien fait non plus. Ils...

Il s'interrompit, et Mark aperçut l'étincelle de compréhension s'infiltrer dans les yeux de l'autre homme.

— Je crois que le Père Argyle commence à comprendre, enquêteuse West, dit-il par-dessus son épaule.

— Il était grand temps, marmonna Jan.

Mark se retourna vers le prêtre.

— Nous travaillons sur la théorie que votre agresseur, leur meurtrier, applique sa propre forme de justice pour vous punir tous de votre silence. Il y a eu d'autres victimes d'abus qui n'ont pas été signalées, n'est-ce pas ? Combien ?

— Je ne sais pas.

— Vous devez le savoir, répliqua Mark. Ces garçons vous faisaient confiance. Ils sont venus vous demander de l'aide. Vous étiez censé les protéger, mais pourtant vous n'avez rien dit. Vous êtes resté silencieux.

— Le sacrement de réconciliation—

— Au diable le sacrement, gronda Mark en repoussant sa chaise et en pointant son index vers l'homme. Vous avez protégé un pédophile.

— Je ne pouvais rien dire !

La voix d'Argyle s'éleva en un gémissement, et Mark se retourna quand la poignée de la porte tourna et que la surveillante du service passa la tête par l'entrebâillement.

— Que se passe-t-il ici ?

— Interrogatoire officiel, dit Mark. Fermez la porte, s'il vous plaît.

— Il a besoin de repos.

— Il pourra rattraper son sommeil réparateur quand j'aurai terminé. Fermez la porte.

Mark fit volte-face vers Argyle.

— Je veux une liste de noms de votre part. Chaque personne qui était au courant des abus. Le nom de chaque enfant qui est venu vous demander de l'aide et que vous avez ignoré. Tous.

— Pourquoi ? Que se passe-t-il ?

— Votre agresseur. Racontez-moi encore une fois ce qui s'est passé.

Argyle secoua la tête comme pour essayer de suivre le brusque changement de direction que prenaient les questions de Mark.

— C-comme je l'ai dit, avant que j'aie eu le temps de faire quoi que ce soit, il avait un nœud coulant autour de mon cou et il agitait ensuite un couteau devant mon visage.

— Est-ce que vous avez été attaqué par derrière ou par le côté ?

— Par derrière. Je vous l'ai dit. J'étais assis. J'ai entendu un bruit, et puis la corde est passée au-dessus de ma tête avant que je puisse réagir. Il a tiré, et j'ai essayé de la desserrer de mon cou. J'ai réalisé que c'était inutile, alors je me suis débattu et je l'ai frappé.

— Vous êtes sûr que c'est un homme qui vous a attaqué ?

— Pardon ?

— Est-ce que votre agresseur vous a parlé, ou est-ce qu'il a fait un bruit quelconque qui indiquerait qu'il s'agissait d'un homme qui tentait de vous tuer ?

— Non, il n'a pas parlé. Il a poussé un cri quand je l'ai frappé, cependant.

— Poussé un cri ?

Le front d'Argyle se plissa à nouveau et il s'enfonça dans

les oreillers, son regard fixé sur un tableau encadré représentant un vase de fleurs sur le mur d'en face.

— Oh.

— Quelle taille faisait votre agresseur, selon vous ?

— Moyenne, je suppose. Ni grand, ni petit.

— Estimez.

— Je ne sais pas. Environ un mètre soixante-dix, peut-être.

— D'accord. Et sa corpulence ?

— J'ai déjà donné toutes ces informations aux deux policiers qui étaient là le soir où j'ai été admis.

— Faites-moi plaisir et répondez.

— Mince. Maigre. J'ai été surpris d'ailleurs quand j'ai répliqué. Je pensais qu'il se défendrait davantage, à vrai dire.

— À moins qu'il n'ait pas l'habitude de se battre. À moins que ce ne soit une femme.

Mark observa Argyle qui assimilait l'information, puis il se pencha plus près et plissa les yeux.

— Il y a un petit bleu sur votre pommette. Vous vous souvenez si quelque chose a appuyé sur votre visage pendant l'attaque ?

— Euh, non. Non, je ne m'en souviens pas.

— Réfléchissez, Robert. C'est important.

Mark croisa les bras sur sa poitrine pendant que le prêtre fermait les yeux, et il essaya de ne pas laisser échapper un torrent de jurons.

Pour autant qu'il sache, il pouvait y avoir quelqu'un dont la vie était en danger à ce moment précis, et pourtant Robert Argyle semblait ignorer toute notion d'urgence – ou de remords pour son silence initial.

— Quelque chose m'a bel et bien enfoncé la mâchoire

quand il, ou elle, peut-être, m'a attrapé, oui, dit finalement Argyle.

Mark jeta un coup d'œil vers Jan.

— Venez par ici.

Il lui fut reconnaissant de ne pas protester et de glisser plutôt son carnet et son stylo dans son sac avant de le rejoindre au bord du lit.

— Donnez-moi votre main, dit-il.

Mark la saisit par le poignet, puis il tourna délicatement la bague de fiançailles sur sa main gauche jusqu'à ce qu'elle soit orientée vers l'intérieur, avant de la presser contre la joue d'Argyle.

— Comme ça ?

Les yeux du prêtre s'ouvrirent grands.

— Oui. Comme ça.

— Donnez-moi les noms, dit Mark. Tout de suite.

CHAPITRE 43

Jan attacha ses cheveux en queue de cheval à la base de sa nuque et elle leva les yeux vers l'exposition grandissante de photographies qui commençaient à tapisser le mur du fond de la salle des opérations.

Depuis son retour de l'hôpital, son choc et son angoisse face au nombre de noms de garçons que Robert Argyle avait fournis s'étaient transformés en une rage croissante devant ce que lui et ses collègues avaient dissimulé.

Bien qu'il ait fourni les noms de certains choristes dont il se souvenait, il refusait toujours de donner des détails sur ceux qui avaient cherché son aide par la confession.

La collusion au sein du diocèse ainsi que l'arrogance avec laquelle ces gens estimaient que leur interprétation de la foi devait prévaloir sur la protection de ceux qui étaient sous leur responsabilité l'ébranlaient profondément.

Elle avait serré les poings en écoutant Argyle décrire comment lui et les autres prêtres avaient chacun été transférés vers de nouvelles paroisses afin de garantir leur silence. Il avait semblé contrarié de n'avoir pu revoir ses anciens collègues que de temps en temps, et seulement sous l'œil vigilant de l'évêque et de ses acolytes lors d'événements officiels.

La frustration de Jan avait été tempérée quand Turpin avait informé Argyle qu'il devait s'attendre à des poursuites pour être resté silencieux sur les autres abus dans l'affaire initiale contre Hennessy quinze ans auparavant, et que sa déclaration actuelle serait transmise à la commission des libérations conditionnelles qui envisageait la remise en liberté de l'homme.

— Tenez. Vous êtes calmée maintenant ?

Jan se retourna et parvint à esquisser un faible sourire tandis que Turpin lui tendait une tasse de thé.

— Presque.

Elle désigna les photographies.

— Des progrès avec ça ?

— Caroline coordonne toujours avec les agents en uniforme et elle travaille sur les nouvelles informations du diocèse, dit-il. Rien encore, mais vous savez comment ça se passe. Il nous suffit qu'une personne nous donne un nom qui pourrait nous orienter dans la bonne direction, mais ça va prendre du temps. On ne veut pas négliger quelque chose d'essentiel qui pourrait nous conduire au tueur, et à sa prochaine victime.

— Le temps nous manque, Mark. Elle va tuer à nouveau.

— Je sais.

Il tira une chaise vers l'endroit où elle était assise et il s'y affala, la frustration obscurcissant ses traits.

— Je ne peux m'empêcher de me demander si Philip Baxter serait encore en vie si le diocèse nous avait communiqué ces informations quand nous avons demandé des renseignements sur Seamus, au lieu d'attendre jusqu'à maintenant pour nous les transmettre.

— Ils se protégeaient, je suppose, dit Jan.

Elle sirota son thé.

— Oui, mais pas leurs membres. Ils ont sacrifié Baxter plutôt que d'être embarrassés par ce que Hennessy aurait pu faire d'autre il y a toutes ces années.

Il serra le poing.

— Ils préfèrent le libérer plutôt que de s'assurer qu'il reste enfermé.

Jan se retourna en percevant un mouvement sur sa gauche alors que l'inspecteur principal Kennedy s'approchait.

— Chef ?

— Rassemblons l'équipe, dit-il. Le commissaire a affecté une demi-douzaine d'agents en uniforme supplémentaires pour nous aider, alors nous allons faire un point rapide pour passer en revue ce que nous avons trouvé jusqu'à présent et voir quelles tâches peuvent leur être déléguées.

Jan repoussa sa chaise et se dirigea vers l'endroit où une foule de nouveaux visages rejoignait l'équipe d'enquête, Turpin derrière elle.

Elle percevait une certaine fatigue dans ses mouvements et elle se remémora leur première rencontre et comment il avait été ramené au travail plus tôt que sa santé ne l'aurait peut-être permis.

Elle repoussa cette pensée et se concentra sur Kennedy qui commençait à présenter les nouveaux officiers et à faire le point sur l'enquête. Après un moment, il fronça les sourcils et interpella quelqu'un à travers la pièce.

— Caroline ?

Jan se retourna pour voir l'enquêteuse fixée sur le mur de photographies, inconsciente du briefing et de ses collègues.

— Caroline.

La femme sursauta au ton sec de Kennedy, mais elle pointa le tableau blanc et montra une photographie dans son autre main.

— Je crois que je l'ai trouvé, dit-elle d'une voix hésitante.

Turpin se décolla du mur contre lequel il était appuyé.

— La quatrième victime ? demanda-t-il en prenant la photographie qu'elle lui tendait.

— Oui, répondit Caroline.

Son regard balaya ses collègues, sa voix désormais claire alors qu'ils l'écoutaient attentivement.

— Je reconnais le visage de la liste des noms et profils que nous avons reçus du diocèse après que Jan les a relancés. Il apparaît aussi dans la liste de Robert Argyle. Regardez, il est sur cette photo d'il y a six ans lors d'une collecte de fonds caritative au diocèse. C'est lui à droite, debout derrière Philip Baxter.

Jan se précipita vers l'endroit où Turpin se tenait, en train de fixer la deuxième photographie qu'il avait prise des mains de Caroline, et elle l'examina aussi.

— C'est lui, troisième rangée, le deuxième à gauche, n'est-ce pas ? dit Caroline.

— Où a été prise cette autre photo ? demanda Turpin.

— À Bristol, il y a dix-sept ans. Elle a été prise par le père de Dean Harper lors d'un concert donné par la chorale. Une grande occasion, apparemment. Toute la chorale est restée sur place pour la nuit après leur représentation et ils sont repartis le lendemain.

— Vous avez un nom ? demanda Kennedy en les rejoignant.

— Terence Slade, répondit Caroline.

Elle désigna la carte qu'elle avait étalée sur la table.

— Prêtre local de Balesford. C'est bien la bonne région, non ? Et nous avons la preuve qu'il était à Bristol en même temps que les autres.

Son regard passa de Kennedy à Jan, son expression pleine d'espoir.

— Nous devons le prévenir avant qu'il ne soit trop tard, dit Jan.

— Ça se tient, dit Turpin. Qu'est-ce que vous en pensez, chef ?

Kennedy pointa la porte du doigt.

— Allez-y.

CHAPITRE 44

Le Père Terence Slade laissa glisser les grains du chapelet entre ses doigts tout en récitant machinalement les prières, alors qu'il essayait de se concentrer sur les versets qui franchissaient ses lèvres.

Ses yeux s'entrouvrirent, son cœur s'accélérant lorsqu'une rafale de vent vint frapper le vitrail au-dessus de l'autel.

Un froid mordant s'accrochait désormais à la campagne, une tempête tardive qui déversait des trombes d'eau. Les habitants du coin pariaient déjà sur les chances que l'été daigne faire sa réapparition ce mois-ci.

Un grincement inquiétant parvint à ses oreilles, et il réalisa avec découragement qu'il avait oublié de parler au jardinier ce matin-là à propos de l'élagage des branches des deux vieux ifs de l'autre côté du mur de briques solide qui le séparait du cimetière.

Il se fit une note mentale d'inscrire cela dans son agenda une fois de retour dans son bureau, dans la modeste maison qui lui servait de domicile, après avoir accompli ses devoirs religieux pour la soirée.

Au bout d'un moment, il se leva et il fit face aux rangées de bancs, un sourire sur le visage aux souvenirs de la journée.

Une matinée chargée dans sa paroisse s'était conclue par un mariage animé dans l'après-midi.

Les futurs époux l'avaient supplié d'autoriser leur chien à assister à la cérémonie, ce qu'il avait accepté avec joie – il connaissait le vieil adage selon lequel il ne faut jamais travailler avec des enfants ou des animaux, mais il pensait secrètement que les animaux étaient un choix plus sûr. Comme prévu, le Springer Spaniel avait presque volé la vedette, et il estimait que cette cérémonie se classait parmi ses cinq meilleurs mariages en près de trente ans de carrière.

Il était curé de la paroisse de Balesford depuis plus de quinze ans maintenant, et comparée à celles de nombre de ses confrères, sa paroisse bénéficiait d'une congrégation de taille respectable.

Bien sûr, cela aidait que l'église soit également l'un des plus petits édifices du diocèse.

Il descendit les trois marches peu profondes qui menaient de l'autel à la nef, les semelles de ses chaussures résonnant sur le carrelage nu. Une lumière tamisée emplissait l'espace grâce à une douce lueur qui émanait des spots modernes encastrés dans les murs de la nef à intervalles réguliers.

L'effet produit était apaisant, et il avait résisté à l'envie d'allumer les dures lumières du plafond afin de savourer l'atmosphère. C'était pourquoi, intimement, il préférait toujours l'office de la messe du vendredi soir à tout autre. C'était comme si la semaine de travail se préparait pour le jour de célébration à venir lors du sabbat. Le crépuscule qui approchait conférait une intimité aux cérémonies qui manquait parfois aux services diurnes, et la nature purificatrice des lectures et des bénédictions l'apaisait après le sacrement de réconciliation.

Non pas que quiconque ait choisi de se confesser ce soir-là.

Les ombres s'étiraient jusqu'aux coins les plus reculés de la nef, et il s'arrêta en entendant un bruit de trottinement.

— Il y a quelqu'un ?

Silence.

Une autre rafale de vent bouscula les vitraux, et il réprima l'envie de crier, se raisonnant en se rappelant qu'il connaissait le bâtiment par cœur et qu'il avait d'ailleurs verrouillé toutes les portes avant de prendre le temps de prier.

Sa bouche tressaillit lorsqu'il réalisa que le bruit était probablement causé par la souris résidente.

Il s'était pris d'affection pour la petite créature, lui donnant même un nom plutôt que d'appeler le dératiseur local employé par le diocèse dans la zone pastorale.

— File, Oscar. Il n'y a rien à manger pour toi ici.

Non, pensa-t-il. Ce serait pour demain, après la fête paroissiale, quand tous les enfants de l'école primaire locale auraient reçu leur part de collations et de sucreries mises de côté comme prix pour les différents stands.

Maintenant, cependant, il voulait se détendre, relire les mots qu'il avait déjà écrits avant de les imprimer pour le lendemain matin. Bien qu'il aurait aimé lire depuis sa tablette, il n'était pas certain de la réaction de ses paroissiens plus âgés face à une telle monstruosité moderne.

Mais il n'arrivait pas à chasser la voix de cet homme de son esprit.

Il était tellement sûr que c'était lui.

Trois semaines auparavant, il payait un plein d'essence à la station-service sur Oxford Road, insensible aux personnes autour de lui tandis qu'il tendait sa carte de crédit et bavardait avec le caissier. Ce ne fut qu'après s'être retourné, avoir fait un signe de tête à l'homme derrière lui sans remarquer ses traits, et avoir commencé à se frayer un chemin à travers la file d'étrangers vers la porte, qu'il l'avait entendu.

— La pompe numéro quatre, s'il vous plaît.

Il s'était figé, la main sur la porte, mais quand il avait essayé de regarder autour des autres personnes dans la file, il ne pouvait voir ni le caissier ni l'homme qu'il avait salué, sa vue était obstruée.

— Excusez-moi.

Il s'était excusé, avait tenu la porte ouverte pour un vieil homme avec une canne, puis il s'était précipité vers sa voiture. Il avait attendu aussi longtemps que possible, mais un automobiliste exaspéré derrière lui avait klaxonné, et il avait dû partir avant que l'homme dont il avait entendu la voix ne sorte de la boutique.

Il était certain que c'était Simon Parkes, même s'il ne l'avait pas vu depuis son adolescence.

Pourquoi était-il ici ?

Était-il la raison pour laquelle Seamus Carter et Philip Baxter étaient morts ?

Il laissa tomber les feuilles de papier sur son bureau et leva les yeux vers le crucifix.

Il n'arrivait pas à se concentrer.

Il se pencha pour ajuster les paramètres de musique sur l'ordinateur portable, et il se réinstalla dans son fauteuil tandis qu'un concerto commençait à jouer. Il ferma les yeux, savourant les tons mélodieux du violoncelle qui montaient et descendaient, ses épaules se détendant alors que l'orchestre l'emportait au loin.

Il n'entendit pas l'homme entrer dans la pièce.

CHAPITRE 45

— Excusez-moi. Père Slade ?

Mark recula en titubant lorsque l'homme se jeta hors de sa chaise en brandissant un ouvre-lettres en bois sculpté, la bouche retroussée en un rictus menaçant.

Les yeux du prêtre lançaient des éclairs, et Mark leva les mains.

— Bon sang. Désolé, je ne voulais pas vous effrayer.

— Qui êtes-vous ?

Mark baissa les mains pour sortir sa carte de police, le cœur battant à tout rompre.

— Inspecteur Mark Turpin.

Il jeta un coup d'œil par-dessus son épaule en entendant des pas, puis Jan apparut, ses yeux écarquillés devant la scène.

— Tout va bien ici ?

Le prêtre jeta l'ouvre-lettres sur le bureau puis les foudroya tous deux du regard.

— Vous avez failli me donner une crise cardiaque.

— Je ne voulais pas vous effrayer, s'excusa Mark. Mais

nous avons des raisons de croire que votre vie pourrait être en danger.

— Est-ce qu'il y a quelqu'un d'autre ici ? demanda Jan.

— Non. Non, Beatrice, la femme de ménage, est partie il y a un moment.

Son visage se froissa, la fatigue gravée sur ses traits.

— Je pensais avoir fermé cette porte à clé. Que se passe-t-il ?

Mark lui fit signe de se rasseoir et lui tendit une copie de la photographie fournie par le père de Dean Harper.

— Pouvez-vous confirmer que c'est bien vous sur cette photo ?

Slade lui arracha la photographie des mains, puis poussa un soupir tremblant.

— C'est à propos des meurtres, n'est-ce pas ?

— Veuillez répondre à la question.

— Oui, c'est moi.

Slade rendit la photographie.

— Même si j'espérais ne jamais devoir me rappeler de cette époque.

— Un peu difficile, je pense, étant donné que nous avons aussi des photos de vous d'il y a six ans où vous socialisez avec Seamus Carter, Philip Baxter, et Robert—

— Je n'avais pas le choix, trancha Slade. Il fallait sauver les apparences. Je ne voulais plus rien avoir à faire avec eux après ce qui s'était passé, mais le diocèse en avait décidé autrement.

Son expression s'assombrit.

— J'aurais préféré n'avoir jamais rien dit.

Mark sentit son estomac se nouer.

— Qu'est-ce que vous voulez dire ?

Un rictus méprisant retroussa la lèvre supérieure de Slade.

— Pourquoi croyez-vous que j'aie été rétrogradé dans ce trou perdu, seulement pour être suivi par la bande de Carter ? On les a envoyés ici pour leur rappeler de garder le silence sur tout ça, mais ils me surveillaient aussi, au cas où. Je ne pense pas que les autorités, celles au service de l'évêque, me faisaient confiance avec ce que je savais.

— Que saviez-vous ?

— Que George Hennessy abusait des garçons de la chorale. Ça durait probablement depuis des années quand je suis arrivé là-bas. Je l'ai découvert par accident, je l'ai surpris un soir après coup, ce salaud répugnant.

— Vous l'avez confronté ?

Slade secoua la tête.

— Vous l'avez déjà rencontré ?

— Je ne peux pas dire que j'ai eu ce plaisir.

— C'est un grand gaillard. Je crois qu'il a travaillé dans la construction ou quelque chose comme ça quand il était ado, avant de rejoindre l'Église. Non, je suis allé directement au bureau de l'évêque. Ils ont essayé de nier qu'il se passait quoi que ce soit, bien sûr. Je pensais qu'ils n'allaient rien faire, puis ce garçon s'est manifesté avec l'enregistrement, et l'affaire était réglée.

— Il n'y a rien dans le dossier d'enquête qui mentionne votre nom, remarqua Jan.

Slade renifla dédaigneusement.

— Ils m'ont envoyé ici dès l'arrestation de Hennessy. Trop effrayés que je parle à la police, je suppose. Bien sûr, j'ai découvert quelques mois plus tard que j'allais être rejoint par Carter et sa bande.

Il secoua la tête, son regard tombant sur le sol carrelé.

— Je pensais leur échapper, à eux et aux souvenirs qu'ils ramenaient.

— Comment se fait-il que vous ayez dénoncé les abus qui se produisaient et pas eux ? demanda Mark.

— Ils étaient plus haut placés que moi, donc je peux seulement supposer qu'ils l'ont découvert lors des confessions des garçons. Ils ne rompraient jamais le secret, alors que moi j'avais été témoin de ce qui se passait.

Mark laissa les paroles du prêtre pénétrer son esprit tandis qu'il arpentait le sol, ses pensées se brouillant.

Il réprima la frustration et la colère qui montaient face à l'aveu de Slade que l'Église avait conspiré pour se protéger des retombées suite aux abus de Hennessy, dispersant les témoins loin de la région de Bristol avant que la police n'ait pu les interroger, même si Slade avait au moins essayé de donner l'alerte.

Il s'arrêta et fit volte-face au milieu de la pièce, ignorant le regard interrogateur que Jan lui lança, et il dévisagea Slade, qui était assis les mains sur les genoux, un regard de défaite gravé dans ses yeux.

— Pourquoi est-ce que vous n'êtes pas allé voir la police à l'époque ? demanda-t-il. Pourquoi est-ce que vous ne leur avez pas dit ce que vous aviez vu ?

— Je... je n'en avais pas besoin. C'est ce qu'ils m'ont dit. Quand j'ai appris que Hennessy avait été arrêté, j'ai contacté le diocèse et j'ai demandé si je devais faire une déposition. Ils m'ont dit que ce ne serait pas nécessaire et qu'ils avaient déjà transmis mes déclarations à la police chargée d'enquêter sur les allégations.

Ses yeux passèrent de Mark à Jan, puis revinrent.

— Ils l'ont fait, n'est-ce pas ?

Mark se gratta la mâchoire un instant.

— Non, mon Père, répondit-il doucement. Ils n'ont pas du tout signalé les autres abus.

— Quoi ?

— Nous pensons que c'est pour cela que ces meurtres ont lieu. Nous pensons que quelqu'un a découvert que Hennessy allait être libéré plus tôt de prison parce que l'Église est restée silencieuse concernant les autres garçons, et cette personne a décidé de punir ceux qui se sont tus pendant tout ce temps.

Mark jeta un coup d'œil tandis que la porte du sanctuaire s'ouvrait et qu'un agent en uniforme passait la tête.

— Nous avons vérifié à l'extérieur, chef. Aucune trace de qui que ce soit.

— Merci.

Mark se tourna vers Slade. L'agent Willis et son collègue vont vous raccompagner chez vous et rester avec vous jusqu'à ce que nous estimions que c'est sans danger, c'est compris ?

— Je... je comprends. Merci.

Jan fit un pas en avant et elle sortit la photographie de son sac.

— Avant que vous ne partiez, vous pourriez jeter un coup d'œil à ceci, pour voir si vous pouvez reconnaître quelqu'un d'autre avec qui nous devrions nous entretenir ?

— Vous pensez que votre tueur cherche encore quelqu'un ? dit Slade.

— Oui, c'est ce que nous pensons, répondit Mark. Étant donné que les victimes jusqu'à présent étaient celles qui n'ont pas parlé et signalé les abus, mais que vous l'avez fait, nous sommes maintenant assez confiants que votre vie n'est pas en danger. Néanmoins, vous aurez quand même ces deux agents pour vous surveiller en attendant. Je ne prends aucun risque.

Slade prit la photographie des mains de Jan et la tint à la lumière de sa lampe de bureau.

Après ce qui sembla une éternité, il émit un grognement et tapota l'image du doigt.

— Eh bien. Qui aurait cru qu'il réussirait si bien ?

Il sourit.

Mark s'approcha de l'endroit où il était assis.

— Qu'est-ce que vous voulez dire ?

— Vous ne le reconnaissez pas ? Ce grand gaillard au bout de la dernière rangée.

Slade soupira tandis que Mark lui arrachait la photographie des mains pour la fixer du regard.

— Je me suis toujours demandé s'il savait ce qui se passait, étant donné qu'il était chef de chœur.

— De qui s'agit-il ? demanda Jan.

— Gerald Aitchison. Je pensais qu'il aimait être chef de chœur pour le prestige qui accompagnait cette position. Je suppose qu'il n'a jamais perdu ce sens de l'ambition, n'est-ce pas ?

CHAPITRE 46

Mark ignora le couinement qui s'étrangla dans la gorge de Jan alors qu'il faisait déraper la voiture de service dans un virage à gauche et écrasait l'accélérateur dès que la route se redressait.

Il avait atteint la voiture le premier, et elle lui avait lancé les clés avant de programmer l'adresse d'Aitchison dans l'application de navigation sur son téléphone.

— C'est vraiment le moment que vous choisissez pour décider de conduire, avait-elle grommelé.

Maintenant, le nom du village défilait à toute vitesse tandis qu'il fonçait sur l'étroite route, et les haies foisonnantes frappaient contre la carrosserie du véhicule.

Il tressaillit lorsqu'une branche se brisa au contact du pare-brise, mais la vitre résista.

Mark risqua un coup d'œil vers Jan.

La mâchoire serrée, l'expression déterminée, elle scrutait à travers le pare-brise l'obscurité totale au-delà de la portée des phares.

Un hoquet lui échappa, et il reporta son attention sur la route juste à temps pour voir un renard traverser en trombe, évitant de justesse les roues avant.

Il résista à l'envie de freiner et il détendit ses doigts sur le volant.

— Essayez encore son portable.

L'écran du téléphone de Jan illumina brièvement le côté passager de la voiture, puis Mark entendit une légère sonnerie avant que le message désormais familier du répondeur de Gerald Aitchison ne se déclenche.

— Rien, dit Jan en laissant retomber sa main sur ses genoux où elle serrait fermement son téléphone. Et les uniformes sont à plus de vingt minutes d'ici.

— Tendez le bras et sortez les matraques. On ne va pas les attendre.

Mark jura tout bas alors qu'ils approchaient d'un carrefour et il ralentit la voiture.

— Par où ?

Jan plissa les yeux sur la carte de son téléphone.

— À gauche. C'est à environ quatre cents mètres. Sa maison devrait être de ce côté du village. Cherchez un portail métallique avec des piliers en brique.

Mark accéléra.

— Un noble terrien, ce type ?

— Il a acheté la propriété il y a douze ans d'après ce que j'ai lu sur son site web. Il cultive des pommes de terre et il s'en sort plutôt bien, je crois. C'est probablement pour ça qu'il est populaire auprès des autres propriétaires terriens de sa circonscription.

Ils se turent tandis que Mark faisait passer le véhicule dans un dernier virage.

— Merde.

Mark fit écho au juron de Jan en freinant.

Les grilles de la propriété d'Aitchison étaient grand ouvertes et, alors que Mark engageait la voiture dans la courte allée gravillonnée, il remarqua que la porte d'entrée était ouverte, la lumière du hall se déversant sur le seuil et sur un escalier de pierre.

— Restez derrière moi, ordonna-t-il, puis il saisit l'une des matraques des mains de Jan avant de bondir hors de la voiture.

Un bruit blanc emplit ses oreilles alors que le sang affluait à sa tête, et il chancela un instant.

— Mark ?

— Ça va. Allons-y.

Il déploya la matraque d'un geste sec, l'extension télescopique n'offrant que peu de protection mais suffisamment pour dissuader en cas de besoin.

Le *clic-clac* d'une seconde matraque derrière son épaule fut un bruit bienvenu.

Il n'avait jamais douté de la détermination de sa collègue pendant le court laps de temps où ils avaient travaillé ensemble, mais se jeter délibérément dans une situation dangereuse sans le soutien de leurs collègues en uniforme n'était pas ce qu'il avait prévu.

— Je suis prête, murmura Jan.

Il acquiesça d'un signe de tête, puis il gravit rapidement les marches et entra dans la maison.

Un silence l'accueillit, une présence sinistre qui fit frissonner les fins cheveux à la base de sa nuque.

Il leva une main vers Jan, puis un fracas en provenance de la cuisine les fit courir à travers le couloir jusqu'à l'arrière du bâtiment.

Mark entendit une porte claquer, puis celle devant lui

s'ouvrit brusquement.

Il s'arrêta net sur le carrelage, la mâchoire relâchée par le choc.

— Penny ?

Les yeux de la fleuriste s'écarquillèrent, sa bouche béante tandis qu'elle levait ses mains couvertes de sang.

Mark retrouva ses esprits alors que Jan le frôlait en passant, sa voix autoritaire.

— Penny, où est Gerald ? demanda-t-elle. Qu'est-ce que vous avez fait ?

— Je... j'ai essayé de le prévenir. Il n'a pas voulu m'écouter.

Penny Starling laissa retomber ses mains le long de son corps.

Mark fit un pas en avant.

— Que s'est-il passé, Penny ? Où est-il ?

Il entendait l'urgence dans sa voix mais il combattit la panique qui montait.

La femme portait un chemisier bleu maculé de sang – manifestement pas le sien, il y en avait trop – et pourtant elle semblait sous le choc.

Ce n'était pas l'expression du tueur brutal et sadique qu'il avait si désespérément essayé d'arrêter.

— I-il est dans la cuisine, dit Penny. J'étais aux toilettes, et puis j'ai entendu une voix de femme. S'il vous plaît, aidez-le—

Mark partit à la suite de Jan, qui avait bousculé la femme et était entrée dans la pièce, matraque levée.

En contournant la porte ouverte, son pied glissa. Ses yeux se posèrent sur la flaque de sang qui couvrait les dalles de pierre et remontèrent jusqu'à l'homme affalé contre le plan de travail central, le visage pâle alors qu'il serrait son abdomen.

— Monsieur Aitchison ?

Jan s'accroupit et sortit simultanément son téléphone portable.

Mark la rejoignit et tendit la main vers celle d'Aitchison.

— Gerald, parlez-moi. Est-ce que c'est Penny qui a fait ça ?

Les yeux de l'homme s'entrouvrirent, son regard perdu tandis qu'une larme roulait sur sa joue.

— Penny ? Non. Penny m'a sauvé.

Il haletait, son corps tremblant.

— Elle est entrée quand - quand...

— Qui vous a attaqué ? demanda Mark en entendant l'urgence dans sa propre voix.

Le désespoir s'insinuait dans ses pensées. Aitchison avait perdu beaucoup de sang, et ses mains étaient froides au toucher de Mark.

Il examina le sol à côté d'eux, mais il n'y avait ni couteau, ni arme.

Il se retourna vers Aitchison et il écarta doucement les doigts de l'homme de son ventre, puis il réprima un haut-le-cœur. Il avait été poignardé, c'était certain, mais son agresseur avait emporté l'arme.

Mark se redressa et ouvrit les tiroirs jusqu'à ce qu'il trouve une pile de torchons soigneusement pliés. Il en saisit une poignée et retourna vers Aitchison, ignorant les cris de l'homme tandis qu'il pressait le tissu contre la blessure et plaçait les mains de l'homme par-dessus.

— Où est l'ambulance ? demanda-t-il à Jan alors qu'elle baissait son téléphone.

— Ils seront là dans quinze minutes.

— Tenez bon, Gerald. Ils arrivent.

Aitchison hocha la tête alors que ses yeux se fermaient.

— Ne perdez pas connaissance maintenant, dit Mark en serrant l'épaule de l'homme. Où est-elle allée ? La personne qui vous a fait ça ?

Aitchison cligna des yeux, un profond soupir s'échappant de ses lèvres.

— Par la porte arrière. La cour donne sur un pré.

Il pivota sur ses talons et se précipita vers la porte.

— Mark !

Il se retourna pour voir Jan qui avançait vers lui, et il secoua la tête.

— Restez ici avec lui. Dites à Penny de s'asseoir sur une de ces chaises et prenez sa déposition.

Elle déglutit et lui tendit sa matraque.

— Faites attention.

Il prit le bâton et s'enfonça dans la nuit, clignant des yeux pendant que sa vision s'adaptait à la cour de ferme éclairée par la lune. Malgré l'urgence de la situation, il resta immobile pour guetter le moindre mouvement.

Quiconque avait fait ça à Aitchison, quiconque avait tué Seamus Carter et Philip Baxter avant d'attaquer Robert Argyle, serait en train de paniquer, il en était sûr.

Des sirènes hurlaient au loin tout en se rapprochant, et il espérait que la demande de renforts en uniforme de sa collègue avait été prise en compte. Il voulait que le chemin au-delà de la propriété soit fermé dès que possible pour bloquer une éventuelle voie d'évasion.

L'apparition inattendue de Penny Starling aurait choqué son agresseur, qui avait sans doute prévu qu'Aitchison serait seul.

Il était prêt à parier qu'il n'y avait pas de plan B pour sa proie. Elle aurait tué Aitchison après l'avoir mutilé et aurait tranquillement quitté la maison sans laisser de traces. À un moment donné, ils devraient trouver son véhicule, mais étant donné que l'allée était vide et qu'aucun bruit de moteur ne s'était fait entendre lorsqu'il était à l'intérieur de la maison, il était convaincu qu'elle était à pied.

Un mouvement à la lisière d'une grange, à la limite avec le pré obscur, attira son regard, et il retint son souffle.

Les sirènes qui approchaient avaient forcé la main du tueur, et maintenant Mark attendait de voir ce qui viendrait – combat ou fuite ?

Fuite.

La silhouette jaillit des ombres, surgissant dans le clair de lune qui inondait la cour et se dirigea vers la clôture à gauche de Mark.

Il s'élança au sprint, ignorant la douleur à son côté alors que sa vieille blessure protestait, et il se dirigea en diagonale à travers l'espace ouvert.

Trop tard, l'agresseur d'Aitchison réalisa son erreur.

Mark plaqua la silhouette mince au sol comme au rugby, puis il frappa la peau tendre et les muscles à l'intérieur de son bras tendu.

Elle cria de douleur en laissant tomber le couteau, et Mark donna un coup de pied pour éloigner l'arme des doigts gantés.

L'agresseur d'Aitchison se débattit encore une fois, puis resta silencieuse lorsque les lumières de sécurité s'allumèrent brusquement, quelques instants avant que Mark n'entende des pas précipités.

— Mark ? Est-ce que ça va ?

Jan s'arrêta net à côté de lui tandis qu'il roulait sur le côté et se remettait sur pied.

— Ça va, répondit-il en maintenant une main ferme sur l'épaule de l'agresseur.

Il tendit la main vers la cagoule qui dissimulait les traits de la tueuse et il l'arracha.

Helen Wilson le fusilla du regard, de la haine dans les yeux, puis elle se retourna et cracha sur la terre nue.

CHAPITRE 47

Tôt le lendemain matin, Jan termina de lire la mise en garde officielle et observa la femme en face d'elle qui essuyait ses joues avec la manche de son sweat-shirt noir.

Le maquillage de Helen Wilson était barbouillé, révélant un hématome violacé sur la ligne de sa mâchoire, qui jaunissait sur les bords. Ses cheveux avaient été tirés en arrière en une queue de cheval serrée qui accentuait sa maigreur, et Jan se demanda quand cette femme avait mangé correctement pour la dernière fois.

Avant la nuit dernière, avant l'agression contre Gerald Aitchison, Jan aurait attribué l'apparence de cette femme au chagrin causé par la perte de Seamus Carter.

Elle réprima un frisson en se rappelant comment Helen Wilson les avait tous dupés.

À côté de Wilson, un avocat commis d'office d'un des cabinets juridiques de la ville était assis et griffonnait des notes, le crissement de son stylo-plume contre le papier formant la bande sonore d'une salle d'interrogatoire autrement silencieuse.

Au bout d'un moment, Turpin joignit ses mains et se pencha en avant, et Jan ouvrit le dossier devant elle qui contenait les documents et les photographies qu'ils avaient l'intention de présenter pendant l'entretien formel désormais en cours.

— C'est un sacré bleu que vous avez là, Helen, dit-il. Comment est-ce que vous avez fait ça ?

Helen haussa les épaules en guise de réponse.

— Vous devrez répondre oralement pour les besoins de l'enregistrement, s'il vous plaît.

La voix de Turpin restait calme, et Jan s'installa confortablement pour écouter.

— Je ne m'en souviens pas, répondit Helen.

— Si c'est comme ça que vous voulez jouer.

Turpin tendit le bras et lança la première des photographies du dossier sur le bureau, où elle glissa jusqu'à s'arrêter près des mains de Helen.

— Pourquoi avez-vous tué Seamus Carter, Helen ?

Le front de l'avocat commis d'office se plissa à la vue du prêtre mort, puis il baissa le regard et se mit à écrire frénétiquement dans son carnet.

Une ombre passa sur le visage de Helen, et sa lèvre supérieure se retroussa.

— Il méritait de mourir. Il aurait dû dire quelque chose.

— Dire quelque chose à propos de quoi ?

La femme leva son regard vers Turpin tandis que ses doigts trouvaient le bleu sur sa joue.

— Mon mari est mort à cause de Seamus Carter et de ses semblables.

Un silence choqué suivit ses paroles, puis Turpin reprit contenance.

— Vous allez devoir nous expliquer cette déclaration, Helen. Vous avez dit dans votre première déposition à nos collègues que votre mari était mort d'une crise cardiaque il y a deux ans.

Une tristesse balaya le visage de Wilson.

— Derek était victime de beaucoup de stress. Il avait essayé d'en parler à Seamus, mais rien ne s'est passé. Ça lui a brisé le cœur.

— De quoi a-t-il parlé à Seamus ?

La voix de Helen tremblait.

— Je ne le savais pas à l'époque. Derek n'était jamais un grand pratiquant, mais subitement, il a dit, comme ça, qu'il allait se confesser après la messe un jeudi soir. Nous avions parlé de renouveler nos vœux de mariage, alors je pensais qu'il voulait simplement avoir la conscience tranquille, vous voyez ? Je pensais que toutes nos discussions sur la célébration de notre anniversaire en grande pompe l'avaient inspiré.

Elle prit deux mouchoirs dans une boîte posée à proximité avant de se moucher.

— J'ai su que quelque chose n'allait pas dès qu'il a passé la porte d'entrée une demi-heure plus tard. Il semblait s'être recroquevillé sur lui-même, comme s'il avait été écrasé. J'ai essayé de lui parler, mais…

Elle s'interrompit tandis que des sanglots secouaient ses épaules, et Jan se laissa aller contre son siège, un sentiment de terreur s'insinuant dans ses veines.

Turpin s'éclaircit la gorge.

— Que s'est-il passé ?

— Il est mort une semaine plus tard, murmura Helen.

Elle porta un mouchoir propre à ses yeux pendant un

moment, puis elle abaissa sa main sur ses genoux, son regard tombant sur la photographie posée sur la table.

— Je ne savais pas à ce moment-là ce qui s'était passé toutes ces années auparavant. Je ne l'ai appris que récemment.

— Comment ?

— Un homme est venu à l'église un dimanche après-midi, il y a environ trois semaines. J'étais en train de nettoyer après la messe du matin et de m'assurer que tout était en ordre pour la messe du soir pendant que Seamus disait au revoir aux fidèles.

Jan sortit l'esquisse de Simon Parkes du dossier et la poussa de l'autre côté de la table.

— Est-ce qu'il s'agit de l'homme dont vous parlez ?

— Oui, c'est lui.

— Nous avons une déposition de Simon Parkes qui confirme qu'il a demandé à parler avec Seamus en privé. Il ne vous a jamais mentionnée.

— Il ne m'a pas remarquée, n'est-ce pas ? Même si je suis la sacristine de l'église.

Ses lèvres se pincèrent.

— Il semblait gêné, furtif, comme s'il n'était pas sûr de devoir être là ou non, alors j'ai décidé d'écouter. Quand j'ai entendu ce qu'il avait à dire, j'ai été choquée. J'ai décidé d'attendre qu'il finisse de parler avec Seamus, puis je l'ai suivi à l'extérieur de l'église quand il est parti. Je l'ai rattrapé dans la ruelle où il avait garé sa voiture, et j'ai dit que je n'avais pas pu m'empêcher d'entendre qu'il venait de Bristol. J'ai dit que c'était de là que venait mon mari.

— Votre mari, Derek, vivait à Bristol ? demanda Turpin.

— À proximité. Nous avons déménagé ici il y a douze ans.

— Qu'a dit Parkes ?

— Il m'a parlé de Hennessy, le prêtre qui va sortir de prison. Il a dit que Seamus était l'une des rares personnes qui pourrait faire la différence. Il m'a dit qu'il avait été abusé et qu'il avait essayé d'obtenir de l'aide, mais Seamus et deux autres prêtres ne voulaient pas écouter, ou ont choisi d'ignorer l'information.

Helen pâlit.

— Je n'en avais aucune idée. Honnêtement, je n'en avais aucune idée. Si j'avais su, j'aurais peut-être pu sauver Derek. Mais je ne savais pas. Je ne savais pas. Derek m'a toujours dit qu'il voulait que nous déménagions ici parce que c'était plus facile d'aller à Londres, mais je me suis toujours demandé s'il avait retrouvé Seamus et décidé de le surveiller, lui et les autres, surtout après ce qui s'est passé.

— Attendez. Revenons en arrière, dit Turpin. *Que* s'est-il passé ?

— Je ne savais pas quand j'ai épousé Derek, il ne me l'a dit que quelques jours avant sa mort. Il remplaçait parfois l'organiste pour une chorale dans une paroisse près de Bristol.

— Est-ce qu'il avait parlé à Seamus à cette époque ? demanda Jan, son intérêt piqué.

— Je ne pense pas, il devait être trop effrayé à l'époque. Je ne sais pas pourquoi il a décidé de le confronter il y a deux ans, peut-être qu'il pensait qu'il pourrait expier son silence en arrangeant les choses.

Helen haussa les épaules.

— Je ne sais pas. Ça n'a plus d'importance, n'est-ce pas ? Seamus n'a rien fait à l'époque.

— Qu'est-ce que Simon Parkes vous a dit d'autre ? demanda Turpin.

— Rien. Il était gêné. Je pense qu'il était simplement content d'avoir quelqu'un à qui parler, pour être honnête. Il m'a donné son numéro de téléphone et il m'a demandé de dire à Seamus de l'appeler s'il changeait d'avis. Il m'a dit qu'il y avait deux autres prêtres dans la région auxquels il espérait parler, et que s'ils l'aidaient, Hennessy ne sortirait pas de prison. Je lui ai demandé d'écrire leurs noms pour moi afin que je ne les oublie pas quand je parlerais à Seamus. Je l'ai regardé s'éloigner, remonter dans sa voiture, et je savais parfaitement que Seamus ne l'aiderait pas. Il ne romprait jamais le secret de la confession. Il ne dirait jamais à personne ce que Simon Parkes ou mon Derek lui avaient confié pendant la confession, et il ne mettrait jamais sa propre position en danger pour dénoncer son Église.

— Et donc, vous l'avez tué.

— Oui.

Les sourcils de l'avocat commis d'office se haussèrent et il posa une main sur le bras de Helen pour la retenir, mais elle s'en dégagea.

— Il le méritait. Ils le méritaient tous.

— Helen, Philip Baxter et Robert Argyle étaient-ils les autres noms sur la liste ?

— Oui.

— Avez-vous tué le Père Baxter ?

— Oui.

Jan entendit Turpin prendre une profonde inspiration, puis il tourna une autre page du dossier.

— Avez-vous placé un des médiators de Dean Harper sur la scène du meurtre de Philip Baxter ?

— Oui.

— Pourquoi ?

— Parce que je savais d'après la biographie de Dean sur le site web du groupe qu'il avait grandi près de Bristol. Derek adorait ce groupe.

— Comment avez-vous obtenu le médiator ? Vous connaissez Dean ? demanda Jan.

Helen sourit.

— Je vous l'ai dit, personne ne me remarque. Je parie que même Terry Benedict a oublié de mentionner que c'est moi qui nettoie le pub tous les matins, n'est-ce pas ?

Turpin ravala le juron qui se formait.

— Donc, vous avez nettoyé le pub le samedi matin, empoché un des médiators de Dean, puis vous êtes allée à l'église où vous aviez tué Seamus la veille, et vous avez donné l'alerte ?

— Oui.

Elle regarda Jan puis revint à Turpin.

— Eh bien, je dois toujours faire mes corvées, n'est-ce pas ? Si je n'étais pas arrivée à l'heure pour nettoyer le pub, Terry aurait remarqué quelque chose. Trouver les médiators de Dean a été un coup de chance, mais je savais qu'ils me seraient utiles, alors j'en ai gardé un.

Turpin se pencha en arrière sur sa chaise alors que son esprit faisait des cabrioles sur les paroles de Helen. Il sortit une photographie du dossier de Jan et la fit glisser sur la table où elle s'arrêta près du coude de Helen.

— Vous nous avez dit que vous n'aimiez pas conduire loin, que vous étiez une conductrice nerveuse, dit-il. Ces traces de pneus ont été trouvées sur l'accotement herbeux devant la maison de Philip Baxter. Je suppose qu'elles correspondent à votre voiture.

La lèvre de Helen se retroussa.

— Je n'ai jamais été douée pour faire marche arrière.

— Est-ce que vous aviez l'intention de laisser tomber le médiator intentionnellement ?

— Bien sûr, comme je l'ai dit, c'est pour ça que je l'ai pris.

— Saviez-vous que Dean avait fréquenté la même chorale que votre mari il y a toutes ces années ?

— Pas au début, non, mais quand j'ai lu la biographie sur son site web qui disait qu'il avait été enfant de chœur dans la même paroisse, j'ai compris que c'était trop pour être une coïncidence.

Elle ricana.

— Ça vous a un peu embrouillés pendant un moment, n'est-ce pas ?

Turpin désigna la bague de fiançailles que Helen tournait à son doigt en parlant.

— Votre bague. Vous deviez savoir qu'elle laisserait une marque sur leur peau, et pourtant vous ne l'avez pas enlevée. Pourquoi prendre la peine de porter des gants pour masquer vos empreintes et faire ça ensuite ?

Un sourire glacial déforma le visage de la femme.

— Je savais que je devais dissimuler mes empreintes digitales, mais tout ce que j'avais, c'étaient les gants de cuisine que j'utilise quand je fais de la pâtisserie.

Elle examina sa bague et tourna sa main pour admirer le saphir serti dans un amas de petits diamants.

— J'ai oublié de l'enlever la première fois, mais quand j'ai vu la marque sur le visage de Seamus, j'ai trouvé ça tellement approprié. Je les ai marqués, vous voyez. J'ai laissé ma marque sur eux, tout comme ils ont laissé la leur sur Derek et les autres.

— Où sont les parties du corps que vous avez prélevées ? demanda Jan.

L'attention de la femme se reporta brusquement sur l'enquêteuse.

— Dans le congélateur du garage, chez moi. Où voulez-vous que je les mette ?

— Que comptiez-vous en faire ?

Helen repoussa les photographies et le croquis et s'accouda à la table, les yeux brillants.

— J'attendais d'avoir la collection complète. Ensuite, j'allais les envoyer par la poste au diocèse avec un message personnel pour l'évêque.

Turpin cligna des yeux, puis consulta ses notes.

— Pourquoi avez-vous agressé Gerald Aitchison, Helen ?

La femme laissa échapper un reniflement méprisant.

— Il est aussi coupable qu'eux. Chef des choristes quand mon Derek y était, vous le saviez ? Il n'a pas parlé à l'époque, et il ne parlerait pas maintenant, surtout si cela devait jeter une ombre sur sa campagne électorale.

— Et lui et votre mari n'ont jamais parlé de ce qui s'est passé il y a toutes ces années ?

— Bien sûr que non. Tous les deux ont essayé de laisser le passé derrière eux. Quand Simon Parkes m'a parlé et m'a raconté ce qui s'était passé avec ce prêtre qui sortait de prison plus tôt que prévu, j'ai su que je devais faire quelque chose. Gerald ne voulait rien entendre. Il m'a dit de laisser la justice suivre son cours.

Elle se tourna et cracha par terre.

— Ce n'est pas ça, la justice.

— Pourquoi avoir enlevé la langue de Seamus et les yeux de Philip ? Quel était le but ?

— Ils avaient la possibilité de faire quelque chose, et ils ne l'ont pas fait, répondit Helen en s'essuyant les yeux. Ils ont fait semblant de ne pas voir le mal, ils ont choisi de ne jamais parler de ce qui s'était passé il y a toutes ces années, ni d'entendre un mot contre leur Église. Ils ont choisi de ne rien faire. Ils ont choisi leur Dieu plutôt que mon mari. Tous, sans exception.

CHAPITRE 48

Un courant chaud balayait les Downs et traversait le Val du Cheval blanc le lendemain matin lorsque Jan descendit de la voiture de service et leva les yeux vers la maison de Robert Argyle.

Des jouets d'enfants étaient éparpillés sur la pelouse inégale de la propriété voisine, contrastant fortement avec l'ordre et la propreté du jardin d'Argyle. Elle se demanda si la famille resterait ou si elle serait effrayée par les événements des dernières semaines.

Turpin la rejoignit, puis d'un signe de tête indiqua la maison.

Elle le suivit sur le chemin, éprouvant un sentiment de soulagement tempéré par l'épuisement suite à l'arrestation et l'interrogatoire de Helen Wilson. Elle essayait de ne pas imaginer la paperasse qui serait nécessaire avant que l'affaire puisse être transmise au parquet.

— Prête ?

— Je vous suis.

Elle se tint face à la surface brillante en bois de la porte d'entrée de remplacement, puis elle tendit la main pour sonner et frappa du poing contre le verre orné en haut.

Quelques instants passèrent, puis Jan entendit le bruit des verrous qu'on tirait, et elle recula d'un pas lorsque la porte s'ouvrit et que Robert Argyle jeta un coup d'œil par-dessus une chaîne de sécurité en laiton.

— Nous pouvons entrer ? demanda-t-elle.

— Qu'est-ce que vous voulez ?

— Nous avons arrêté quelqu'un en rapport avec votre agression, et nous aimerions recueillir votre témoignage, dit Turpin.

Il posa sa main sur la porte.

— Alors, est-ce que vous pourriez nous laisser entrer ?

Le prêtre marmonna dans sa barbe tandis qu'il détachait la chaîne et il s'écarta pendant que Jan franchissait le seuil.

— Venez dans la cuisine, dit Argyle en fermant la porte avant de glisser les verrous dans le cadre. Je n'utilise plus le salon.

Il passa devant Jan, puis se dirigea vers le fond de la maison par le couloir court et étroit et il désigna une table ronde en pin ordinaire avec deux chaises.

— Asseyez-vous.

Jan posa son sac par terre à côté d'elle, remarquant que le prêtre semblait pressé de les faire sortir de sa maison le plus vite possible. Elle ouvrit son carnet et récita la mise en garde formelle.

— Tout va bien, Robert ? Vous êtes sorti de l'hôpital ce matin, n'est-ce pas ? dit Turpin.

— Oui, répondit le prêtre.

Il s'appuya contre l'évier et croisa les bras sur sa poitrine.

— Le policier qui était devant ma chambre d'hôpital est entré avec l'infirmière en chef et m'a dit que je pouvais rentrer chez moi en toute sécurité. Vous dites que vous avez arrêté quelqu'un ?

— Helen Wilson, répondit Turpin.

Jan entendit l'air quitter les poumons du prêtre tandis qu'il passait une main sur sa bouche, son visage devenant gris.

— Une femme ?

Il cligna des yeux, puis tourna vers eux un regard interrogateur.

— Mais je ne la connais pas. Pourquoi ?

— Vous vous souvenez d'un homme du nom de Derek Wilson ? demanda Turpin. Il jouait de l'orgue pour la chorale à l'église près de Bristol où vous avez travaillé.

La pomme d'Adam d'Argyle tressaillit, et il secoua la tête.

— Je ne me souviens pas de lui.

— Lui se souvenait de vous, dit Turpin, d'une voix dangereusement basse. Et il l'a dit à sa femme, Helen. Qui a ensuite systématiquement torturé et assassiné deux de vos collègues avant de vous attaquer, puis elle a tenté de tuer Gerald Aitchison. Vous vous souvenez de lui ? L'ancien chef des choristes.

Argyle chancela, puis il s'agrippa au bord du plan de travail et ferma les yeux.

— Est-ce que quelqu'un passe vous voir régulièrement ? demanda Jan.

— Non. Ce n'est pas nécessaire. Je peux parler à mes voisins si j'ai besoin de quoi que ce soit. Je dois retourner à mon église. Des gens ont besoin de moi.

— Parlez-nous de George Hennessy, dit Turpin.

— Il n'y a rien à dire.

Argyle se retourna brusquement vers lui, les yeux flamboyants.

— Il a été reconnu coupable et condamné. Je n'avais rien à voir avec lui, ni avec ce dont on l'accusait.

— Vous devez parler, dit Turpin. Informer les autorités au sujet des autres enfants. Faites en sorte qu'il reste enfermé, Robert. S'il vous plaît.

— Je ne peux pas.

— Pourquoi pas ? demanda Jan.

— Parce que cela ne m'a jamais été officiellement signalé.

— Ces garçons vous ont *parlé* en toute confiance, répliqua Turpin, la voix tremblante. Ils étaient terrifiés, et ils vous faisaient confiance.

— Je n'ai jamais entendu que des rumeurs pendant leurs confessions, dit Argyle. Et ces sujets restent entre eux, moi et Dieu.

— Je pourrais vous emmener pour un interrogatoire formel, dit Turpin en serrant les poings. Vous dissimulez des informations vitales pour une enquête en cours.

Jan leva la main. Il allait trop loin, et elle devait le retenir.

Turpin se rassit dans son fauteuil, et Argyle soupira.

— Peu importe ce que vous me faites dans cette vie. C'est entre moi, mon Dieu et mon Église. Je ne veux pas, je ne peux pas, rompre le sacrement. Je ne divulguerai pas ce qui m'a été dit pendant le processus de réconciliation.

— Robert, j'ai besoin de votre aide, dit Turpin en se penchant en avant, les yeux suppliants. Je ne comprends pas pourquoi vous refusez d'aider mes collègues à poursuivre leur enquête sur les abus systématiques qui auraient eu lieu.

— Je ne m'attends pas à ce que vous compreniez, répliqua sèchement Argyle. C'est justement mon point.

— Est-ce que vous pouvez imaginer ce que ces enfants ont enduré ? Les dégâts qui ont été causés ?

— Non, et je ne le voudrais pas. Mais laissez-moi vous demander ceci, inspecteur Turpin. Pouvez-vous imaginer ce que c'est d'être excommunié de votre Église ? D'être ostracisé par la seule communauté que vous avez connue toute votre vie ? D'être rejeté par votre religion, par votre Dieu ?

Argyle s'interrompit en secouant la tête.

— Écoutez, nous allons avoir besoin d'une déclaration formelle de votre part concernant ce que vous pouvez nous dire sur Helen Wilson, dit Jan d'une voix calme tandis que ses yeux transperçaient ceux du prêtre. Elle sera inculpée pour vous avoir agressé, et pour les meurtres de Seamus Carter et Philip Baxter. Mais, l'inspecteur Turpin a raison, ça ne s'arrête pas là. Ça ne peut pas s'arrêter là. Ce sont des accusations graves qui sont portées contre le Père Hennessy.

— Et c'est tout ce qu'elles sont. Des accusations. Pas de preuves, dit Argyle.

Il pinça les lèvres.

— C'est tout ce que j'ai à dire à ce sujet.

Turpin frappa la table de sa paume et se leva de sa chaise. Il baissa les yeux vers le prêtre et attendit que le regard de l'homme croise le sien.

— J'espère que vos excuses tiendront la route face à votre Dieu quand vous le rencontrerez, dit-il.

CHAPITRE 49

Mark tapota le rasoir contre le bord du lavabo en céramique, puis il le rinça dans l'eau savonneuse avant de retirer le bouchon.

La vapeur de la douche s'élevait vers la fenêtre circulaire ouverte qui donnait sur la rivière, la lumière du soleil mouchetant ses épaules tandis qu'il se séchait avec une serviette.

Il sifflotait au rythme de la radio dans la cuisine, un tube rock familier des années quatre-vingt qui stimulait sa bonne humeur.

L'inspecteur principal Kennedy avait accordé une fin de journée anticipée à l'équipe d'enquête avant de se rendre à une conférence de presse pour annoncer l'arrestation de la « bouchère de prêtres », comme l'avait si éloquemment qualifiée le journal local.

Jan s'était approchée de lui alors qu'ils rangeaient leurs bureaux pour l'après-midi.

— Vous voulez venir chez nous pour un barbecue ce soir ? Ma mère a les garçons pour le week-end donc on pourra se détendre et boire quelques bières. Scott peut acheter des steaks et tout ce qu'il faut en rentrant.

L'estomac de Mark gargouilla à ce souvenir, et il se fraya un chemin à travers l'étroite porte qui menait à la chambre.

Après avoir passé un peigne dans ses cheveux rebelles, il enfila un jean et un polo avant de traverser la cabine en vérifiant que les fenêtres étaient fermées.

Satisfait que la péniche était suffisamment sécurisée pour que Lucy et ses autres voisins puissent repérer d'éventuels intrus, il éteignit la radio et enfila une veste en cuir sur ses épaules.

Il contrôla ses cheveux dans le miroir près de l'écoutille arrière de la péniche, puis il décrocha la laisse de Hamish et sortit.

— Oh, regarde-toi.

Il aperçut Lucy debout sur le chemin de halage, les bras croisés et un sourire espiègle aux lèvres.

— Un rendez-vous galant ?

Mark sentit son visage s'échauffer et il se pencha pour attacher la laisse au collier de Hamish.

— Un dîner avec une collègue et son mari.

— Bien. Pas besoin d'être jalouse, alors.

Elle sourit, puis elle fit un signe de la main par-dessus son épaule et continua le long du chemin de halage vers un bateau voisin.

Mark la regarda un moment, puis, remarquant que deux autres promeneurs l'observaient avec des expressions amusées, il s'éclaircit la gorge et descendit du plat-bord.

— Allez, viens, dit-il à Hamish.

Le chemin de halage menant à la ville était animé en cette fin d'après-midi par des promeneurs de chiens, des joggeurs et des couples avec des poussettes.

La saison estivale de location de bateaux battait son plein, et il leva la main en signe de salut aux passagers de deux bateaux qui le dépassaient, les cris et les plaisanteries enthousiastes de ceux à bord portant à travers l'eau.

Il espérait seulement qu'ils ne s'amarreraient pas à côté de lui à leur retour, pour gâcher la paix et la tranquillité qu'il chérissait.

Arrivé à la route principale, il tourna à droite, traversa le pont vers la ville et adopta un rythme rapide à travers le centre en direction de Peachcroft.

Hamish trottait à ses talons, heureux d'explorer, le museau en l'air et la queue frétillante.

Mark sortit son téléphone pour vérifier l'adresse de Jan sur l'application de cartes et il tourna dans l'impasse.

Il ralentit en arrivant au niveau du numéro seize, sa confusion se transformant en horreur.

À travers les vitres à double vitrage d'une chambre à l'étage s'échappait le son incontestable de deux trombones en train de se livrer un duel pour dominer en volume.

— Oh, mon Dieu.

Hamish gémit, fit demi-tour et tira sur sa laisse.

— Pas question. Si je dois subir ça, toi aussi.

Les yeux bruns du chien le fixèrent d'un air plaintif.

— C'est un barbecue. Il y aura sûrement des saucisses.

Hamish remua la queue, mais son regard restait incertain.

— Tu pourras en avoir deux.

Mark prit une grande inspiration, puis tendit la main vers la sonnette.

Avant qu'il ne puisse l'atteindre, la porte s'ouvrit et Jan se glissa par l'entrebâillement, son sac jeté sur une épaule et une veste sur le bras.

Elle leva une main et posa un doigt sur ses lèvres.

— Qu'est-ce qui se passe, Jan ? Le barbecue est annulé ou quoi ?

— Ma mère a appelé il y a une demi-heure. Elle devait garder les garçons ce week-end, mais il y a eu un contretemps.

— Vous voulez qu'on fasse ça un autre soir, alors ?

— Ah ça, non.

Elle posa sa main sur son bras et le guida le long de l'allée du jardin jusqu'à la porte.

— Je ne reste pas là-dedans une minute de plus, c'est la pagaille.

— Alors, on va où ?

— Au pub. C'est moi qui invite pour le dîner.

FIN

BIOGRAPHIE DE L'AUTEUR

Rachel Amphlett est l'auteure de romans policiers et de thrillers d'espionnage les plus vendus par USA Today, et la plupart de ses livres ont été traduits dans le monde entier.

Ses romans sont disponibles en format numérique, en version imprimée et en livres audio dans les bibliothèques et chez les détaillants, ainsi que sur son site web.

Grande voyageuse et détective privée par accident, Rachel possède les nationalités australienne et britannique.

Pour en savoir plus sur les livres de Rachel, rendez-vous à l'adresse suivante : www.rachelamphlett.com.